침입자들

정혁용
장편소설

침입자들

다선
책방

누구나 어쩌다가 지금의 내가 되지

영화 《칼리토》 중에서

바닥이 있다면 아직,
진짜 바닥은 아닌 거지

나의 일상은 사막이다.

뜨겁게 내리는 햇빛이 나의 일이고, 습기 한 점 없이 건조한 바람이 나의 시간이며, 끝없이 펼쳐진 모래가 나의 하루다. 먼 육지의 친구에게는 사막으로 집을 지으러 간 이의 소식으로 전해질 거다.

어쩌자고 고향을 떠나왔는지, 안 될 거라는 걸 알면서도 무엇 때문에 과거의 나에게 이별을 고했는지는, 앞으로의 나조차도 영원히 알 수 없을 거다. 아무튼 나는 떠나왔고 나의 일상은 사막이다. 원했던 바고 원하던 대로 됐다. 삼 년 조금 넘게 그렇게 살고 있다.

시작은 그해 여름 8월 3일이었다. 정확한 시발점을 얘기하자면 그보다 한참을 거슬러 올라가야겠지만, 과거에 대해서는 되도록 얘기하고 싶지 않다.

구질구질하다는 뜻이다.

아무튼 그때의 나는 강남 고속버스 터미널에 있었다. 12시 정각이었고 막 서울에 도착한 참이었다. 여벌의 옷이 든 가방, 9만 8천 원이 든 지갑, 마흔다섯의 나이와 텅 빈 시간만이 내가 가진 전부였다. 거리는 여름의 열기로 가득 차 있었고, 간혹 한 줌의 행인들이 힘없이 지나곤 했다. 길면 일주일, 짧으면 이틀을 버틸 수 있을지 모를 돈을 들고 벤치에 앉아 담배를 피웠다. 네 개비째를 피운 후 핸드폰을 껐다. 그제야 구직사이트를 훑어보기 시작했다. 사람을 상대하거나 어울릴 필요가 없는 일이라면 종류는 상관없었다. 남는 것은 육체노동뿐이었다.

일단 배달은 제꼈다. 오토바이 운전도 못 할 뿐만 아니라, 하고 싶지도 않아서. 고깃집의 숯불 피우는 일이 몇 개 있어 연락을 해봤지만 이미 사람을 구했다고 했다. 그다음 알아본 것이 정육 보조. 보조니 배워가며 하면 되겠지 싶었는데 나이가 많아서 거절당했다. 농수산물 시장의 배달 일을 알아봤다. 역시 나이가 많아서 거절. 전화를 받은 남자는 사장인 자기보다 나이가 많아서 부담된다고 했다. 다시 담배를 몇 개비 더 피웠다. 그 사이 하늘을 세 번 봤다. 더럽게 맑은 하늘이었다.

'제길, 그래도 치나스키보다는 나은가?'라고 생각했다. 비

내리는 새벽의 뉴올리언스에 내린 건 아니니까. 그래 봐야 거기서 거기라는 생각이 들었지만. 왜 하필 그때, 부코스키의 소설 《팩토팀》이 떠올랐는지는 모르겠다. 우연이었겠지. 하지만 그 생각 탓인지 구인란의 '택배기사 구함'이라는 문구가 눈에 띄었다. 택배라면 거제도에서 십 개월간 해본 적이 있다. 더럽게 힘든 일이었다. 어부나 광부만큼은 아니겠지만 쉴 수 없다는 것, 개인 시간은 전혀 가질 수 없다는 것 정도는 알고 있었다. 그럼에도 나의 손은 구직란의 전화번호를 누르고 있었다. 한 구절이 눈에 들어왔기 때문이었다.

숙소제공.

'숙식제공'이라면 더 좋았겠지만 숙소만이라도 감지덕지한 상황이었다. 몇 번의 신호 후에 남자 목소리가 들려왔다.

"여보세요?"

중년의 목소리였다.

"구직란을 보고 연락드렸습니다."

"택배 해보신 적은 있고요?"

"이 년 했습니다."

첫 번째 거짓말. 십 개월이었지만 그렇다고 국정원 직원을 보내 조사할 것 같진 않았다.

"그럼 택배는 잘 알겠네요?"

"예."

두 번째 거짓말. 10개월을 일해서 잘 알 수 있는 일이란 세상에 없다. 적어도 직업으로 불리는 일 중에는.

"급여가 안 나와 있네요?"

내가 물었다.

"페이는 자기가 하는 만큼이죠. 많이 돌리면 많이 가져가고, 적게 돌리면 적게 가져가고. 본인이 물량을 더 치고 싶으면 구역을 더 가져가면 되고."

"개당 얼맙니까?"

"수수료 떼고 천백 원."

나쁘지 않았다. 예전에는 880원을 받았다.

"차가 없는데 임대도 가능합니까?"

"탑차요? 가능해요. 한 달 삼십만 원 공제. 사용료와 보험료 합쳐서."

"일하는 지역은요?"

"행운동."

서울이 처음이니 동을 말해준다 해도 어떤 지역인지 알리가 없다. 아무튼 '화성이나 금성은 아니에요',라는 말처럼 들렸다.

"시간당 타수가 얼마나 나오는 구역입니까?"

"그건 사람마다 다르죠. 잘 하면 많이 나오고 못 하면 적게 나오고."

'선문답이냐?' 싶었다.

"평균적으로요."

"보통 시간당 열다섯 개. 많이 나오는 친구는 서른 개도
나오고."

남자의 말에 스무 개로 잡고 계산해봤다. 열 시간, 200개
라고 생각하면 22만 원, 일하는 일수를 23일로 봤을 때 506
만 원이었다.

"숙소제공이라고 적혀 있던데요?"

"컨테이너가 있어요. 여름이라 당분간은 지낼 수 있을 겁
니다. 겨울에는 나가야겠지만. 추워서 지낼 수가 없을 거예
요. 그래도 지금부터 일한다면 방 한 칸 구할 돈은 겨울이
오기 전에 마련할 수 있을 겁니다."

남의 장래계획을 세워주는 걸 좋아하는 사람이었다.

"일한다면 언제부터 할 수 있습니까? 오늘부터라도 가능
하고요."

남자가 물었다.

"오늘은 벌써 반나절이 지났는데요?"

"지리라도 익히면 되죠. 택배를 해봤어도 타 지역은 익히
는 데 시간이 필요하니까."

틀린 말은 아니었다. 그만큼 사람을 구하는 게 급하다는
뜻이기도 했고.

"오늘은 일이 있어서요. 내일부터 가능할까요?"

세 번째 거짓말. 일은 무슨. 당장 일을 하는 게 싫을 뿐이었다. 천성이 게으른 인간이다.

"관악구 쪽 잘 알아요?"

남자가 물었다.

"아뇨."

"지금 어디 있어요?"

"강남 고속버스 터미널 근처요."

그 한마디에 모든 것을 짐작하는 듯한 남자의 한숨 소리가 전화기 너머로 들려왔다.

"사실 이 바닥이 바닥까지 떨어진 사람들이 많이 오긴 하죠."

남자는 구구절절 설명할 필요 없다는 듯이 그렇게 말했다. 악의는 없었다. 자신의 경험을 얘기하는 것일 뿐. 그래도 약간 기분은 상했다.

"바닥이 있다면 아직 진짜 바닥은 아닌 거죠."

셰익스피어가 이런 비슷한 말을 했던 것 같은데. 전화기 너머로 침묵이 들렸다. '뭐래?'라고 생각하는 것 같았다. 그러거나 말거나.

"혹시 가불 필요해요? 한 장 정도? 당장 식대나 잡비가 필요할 텐데. 기름값도 그렇고."

남자가 화제를 돌렸다.

"가능한가요?"

"얼마 정도는. 일주일 정도 지나면 더 줄 거고. 그동안 일을 할 거고 본인이 버는 돈이 있을 테니까. 일종의 담보인 거죠."

"필요하면 말씀드리겠습니다."

지금 주시죠,라는 말이 목구멍까지 올라왔지만 자존심에 턱, 하니 걸려 다른 말이 나왔다. 내 것이긴 하지만 이놈의 자존심은 자주 내 발목을 잡는다.

"아무튼 일할 생각은 있는 거죠?"

남자가 약간 애가 다는 듯한 투로 말했다. 사람 구하는 게 어지간히 급한가 보다 했다.

"예."

"좋아요. 그럼 내일 아침 여섯 시 반까지 신도림역 일번 출구로 나와요."

"알겠습니다."

"그럼 내일 봐요."

남자는 그렇게 말하고는 전화를 끊었다. 지하철 앱을 열었다. 신도림까지 위치를 확인했다. 멀지 않아 보였다. 그래도 역 근처에 숙소를 잡는 것이 좋을 것 같았다. 지하철을 탔고 신도림역에 내려 밥을 먹고 가까운 여관을 잡았다. 지갑에는 3만 4천 원이 남아 있었다.

    50대의 남자였다. 키는 178 정도. 까맣고 거친 피부, 깡마른 몸 때문에 그 키에도 불구하고 어쩐지 왜소해 보였다. 필리핀의 바나나 농장에서 20년쯤 어학연수라도 하고 온 것 같았다. 다 낡아빠진 흰색 탑차를 끌고 온 그는 1번 출구에 서 있는 나를 보자마자 차에서 내려 물었다.

    "혹시 어제 전화하신 분?"

    한국말이 유창했다. 농장에서 열심히 독학했나 싶었다. 남자의 말에 고개를 끄덕이자 차에 타라는 손짓을 했다. 조수석에 올랐다.

    "담배 피워도 돼요."

    대단한 선심이라도 쓰는 양 남자가 말했다. 이가 대부분 빠져 있었다. 내색하지 않은 채 담배를 물었다.

    "바로 일 시작할 수 있죠?"

    나는 고개를 끄덕였다.

    "해봤다고 했으니 따로 설명은 필요 없을 테고……."

    남자 역시 담배를 물면서 말했다.

    "나보다 어린 것 같은데, 몇 살입니까?"

    나이를 말해줬다.

    "내가 연배네. 말 놔도 되겠지?"

남자가 담배 연기를 내뿜으며 말했다.

"편하실 대로. 초면에 나이 따지고 말을 놓는 게 이 나라의 따뜻한 문화 아니겠습니까."

남자는 잠깐 나를 보더니 다시 정면을 바라봤다. '뭐래?'라는 표정이었다.

"터미널은 멉니까?"

내가 물었다. 배달할 택배를 받고 분류하는 곳을 업계 용어로 터미널이라고 한다.

"여기서 사십분 정도. 광명에 있어."

"터미널에서 배송지까지는 얼마나 걸립니까?"

"사십분 정도. 어쩔 수 없어. 서울은 땅값이 비싸니까 외곽에 터미널이 있을 수밖에 없지."

"오늘부터 일합니까?"

"하루 정도는 보조로 하는 게 어때? 지리도 익힐 겸."

보조라. 말은 좋다. 보조가 하는 일은 조수석에 앉아 택배 기사가 가라는 건물에 들어가 배송을 하는 거다. 일단 노임이 없다. 그건 좋다. 그 구역의 배송 노하우를 배우는 대가니까. 문제는 대개의 택배기사가 노하우는 제대로 가르쳐주지 않는다는 거다. 그냥 부려먹기 바쁘다. 시간과 몸만 날릴 뿐이다.

"그냥 바로 일하죠. 지도는 있죠?"

"서울은 처음이라며? 바로는 무리 아닐까?"

하지만 보급대나 하면서 하루를 날리기는 싫었다.

"어떻게든 되겠죠."

"그러지 말고 하루 정도만 보조해. 어차피 하루 이틀 택배할 것도 아닌데."

하루 이틀만 하고 싶었다. 마음 같아서는.

"그러죠. 그런데 여긴 대리점입니까? 직접 하시는 건가요? 제가 어떻게 호칭을 해야 하죠? 사장님? 점장님? 소장님?"

"직접하고, 호칭은 마음대로 해. 사장이든 점장이든 소장이든 형님이든."

뭐라 부르든 별 관심 없다는 투였다. 그럴 만도 했다. 노동판 사람들은 일정 시간 이상을 보내지 않으면 친분을 쌓지 않는다. 언제 그만둘지 모르기 때문에.

"바나나 형님이라 부르고 싶네요."

나의 말에 남자가 힐끗 나를 보았다. '뭐래?'라는 표정이었다.

"하긴, 내가 얼굴이 길긴 하지."

남자가 담배꽁초를 차창 밖으로 버리며 말했다.

보통 터미널은 트러스 지붕에 기둥이 철골로 되어 있다. 바닥은 콘크리트고 그 위에 사람 허리 높이 정도의 레일이

폭 1미터 정도로 길게 깔려 있다. 레일 시작점에 간선차를 대고, 둘이나 셋 정도가 차로 올라가 물건을 빼서 레일 위에 놓는다. 그러면 레일 양쪽으로 탑차를 대고 기사들이 자기 짐(물건에는 주소가 적힌 송장이 붙어 있다)을 구분해서 내린다. 자동 레일은 물건만 내리면 되지만 수동 레일은 일일이 사람이 물건을 손으로 밀며 뒤로 보내야 한다. 보통 택배 분류는 그런 식으로 이루어진다. 하지만 이 터미널은 좀 다른 구석이 있었다.

첫째, 산골에 있었다. 왕복 4차선 도로에서 5분쯤 들어간 곳이라 산골이라 하기에 뭐했지만 일단 주변의 풍경은 산골이었다. 주위는 잡목과 수풀이 우거져 있었고 작업 공간만 제초를 해서 터미널처럼 보이게 만들어져 있었다.

둘째, 초라했다. 거제도에 있을 때는 공장 같은 느낌이었는데 여기는 트러스 구조물도 철골도 없었다. 레일 위에 천막이 여러 개 쳐져 있을 뿐이었다. 터미널이 아니라 망한 지 한참 된 캠핑장 같은 분위기였다. 바닥은 포장도 없는 흙바닥이었다. 탑차들 앞에는 콘크리트 바닥을 대신해 팔레트가 깔려 있었다. 시리아의 난민 수용소도 이보다는 나을 것 같았다.

"대리점이라고 하지 않았나요?"

바나나 형님에게 내가 물었다.

"그랬지."

"이런 터미널은 처음 보네요."

"뭐가 어때서?"

"굉장히 자연친화적인데요?"

"뭔 소리야?"

"그냥 그렇다는 얘기죠."

"터미널이 밥 먹여줘? 배송이 밥 먹여주지."

그렇긴 했다.

"여차하면 버리고 갈 수 있는 터미널이 좋은 거야. 투자해 봐야 원청만 배 불리는 짓이지."

바나나 형님이 담배를 물며 말했다. 맞는 말이었다.

"행운동은 누가 합니까?"

나의 말에 바나나 형님이 레일 중간쯤으로 나를 데려갔다.

"오늘부터 행운동 할 거야. 잘 좀 가르쳐줘."

바나나 형님이 지도를 보고 있는 사람에게 말했다. 형님의 말에 남자는 고개만 약간 돌린 채로 나를 흘끗 봤다. 나 정도 의 키에 서른 후반으로 보였는데 인상이 더러웠다. 오랜 시간 성실하게 연습하지 않으면 만들 수 없는 얼굴이었다.

"형님, 급하다고 아무나 데리고 오는 거 아닙니다. 저번 주에 데려온 애도 하루 만에 관뒀잖아요."

남자가 짜증 난다는 듯한 얼굴로 말했다. 역시, 오랫동안 연습한 게 분명했다. 나에게까지 짜증이 확 밀려왔다.

"이 년 했대."

"저번 주에 붙여준 애도 삼 년 했다고 했어요. 그 구라를 다 믿어요, 형님은?"

대화는 소장과 나누고 있었지만 나 들으라는 소리 같았다. 어딜 가나 이런 놈들이 있다. 인간관계를 상하로 나눠 기선을 잡고 우위에 서야 만족하는 족속들. 자신의 내면에 의지할 수 없으니 계급이나 직급에 목을 맨다. 여기서는 신입과 고참이겠지만. 무엇 때문에 그런 쓸데없는 것에 목을 매는지 나로서는 전혀 이해가 되지 않았지만 내 인생이 아니니 참견할 일은 아니다 싶어 그러려니 했다.

"오늘 하루만 보조로 데리고 다녀."

바나나 형님은 남자의 말에 대답하지 않고 부탁조로 명령을 했다. 보통 같으면 직원이 자기를 무시한다고 화를 낼 수도 있는 상황인데 부딪치지 않고 자기 의도를 관철하는 걸 보니 의외로 사업수완은 좀 있을 것 같았다.

"타는 건 안 말려요. 배우는 건 본인이 눈치껏 배우든가. 해줄 말 같은 건 없어요."

남자가 퉁명스럽게 대답했다. 그러자 바나나 형님이 천진한 얼굴로 나를 보며 말했다.

"보조 일은 잘 해결됐으니까 지금부터 이 친구 옆에 붙어서 일해."

어디가 잘 해결됐다는 건지 도무지 알 수가 없었지만 그러라니 그러겠다고 대답했다.

"참, 숙소를 보여줘야지. 잠깐 따라와봐."

형님의 손짓에 뒤를 따라갔다. 터미널 옆으로 10미터 정도 좁은 오솔길을 내려가니 100평 정도의 공터에 컨테이너 두 대가 일자로 놓여 있었다. 그중 한 컨테이너의 문을 열더니 내부를 보며 말했다.

"에어컨하고 냉장고는 있어."

형님의 말에 컨테이너 내부를 들여다봤다. 말 그대로였다. 그것 말고는 아무것도 없다는 뜻이기도 했고.

"이불은 본인이 사든지 가져오고 취사는 알아서 하고. 차키는 내일 아침에 줄 거야. 그 차 타고 일해. 자, 이제 다 됐지?"

형님이 확인을 받듯 물었다. 이만하면 다 알려줬으니 일을 시작하라는 뜻 같았다.

"다시 터미널로 가면 됩니까?"

"아까 그 친구한테 가면 돼."

형님의 말에 고개를 끄덕이고 다시 터미널로 가서 남자 옆에 서 있었다. 작업이 끝날 동안 남자는 말 한마디 하지 않았고 도와달라는 부탁도 하지 않았다. 내 첫인상이 무척이나 마음에 들어 설레는 탓인 것 같았다. 남자는 배송을 시작하기 위해 차에 타더니 딱 한 마디만 했다.

"차에 안 타고 뭐해요?"

신경질적인 말투였다. 얼굴처럼 목소리도 꽤 오랫동안 연습을 한 것 같았다. 성실하게 말이다.

다음 날 아침, 차를 받았다. 아무리 잘 봐줘도 바퀴가 달린 마차였다.

"말도 한 필 줘야 하는 거 아닙니까?"

바나나 형님에게 물었다.

"뭔 소리야 그게?"

"굴러는 가냐고요."

"잘 굴러가."

그렇단다.

차 키를 받았다. 뭐, 굴러가긴 했다. 일을 시작했다.

부탁을 하면 부탁을 들어주고,
명령을 하면 반항을 하고

처음부터 그 여자가 눈에 띈 것은 아니었다. 평범한 차림이기도 했지만, 설령 눈에 띄는 외모를 가졌다 하더라도 마찬가지였을 거다. 택배는 주위 사람들에게 신경 쓸 시간이 없다. 다른 기사들은 어떤지 모르겠지만 적어도 나는 그렇다. 탑차에서 물건을 꺼내고 빌라 계단을 올라가고 받을 사람에게 전화하고 물건을 놓고 다시 운전해서 다음 지점으로 가는 것을 반복하는 것만으로도 버겁다. 터미널에서 물건을 받아(업계 용어로 속칭 '까데기'라고 한다) 오전 11시 조금 지나 배송을 시작하는데 평일 평균 150개 정도다. 시간당 20개로 보면 7시간에서 8시간 정도 걸린다. 3분에 한 개꼴로 배송을 해야 한다는 얘기다. 헤비스모커를 넘어 체인스모커인 나였지만 담배를 피우고 말고 할 시간도 없다. 점심은 물론이고 잠시 쉬는 것조차 두려워서 못한다. 그랬다가는 마치는 시간이 자정을 넘기는 경우도 생기기 때문이다. 심지어는 당일에 끝내지 못하는 경우도 있다. 당연히 잡생각이나 시선을 돌리는 일 따위는 하지 않는다. 조그만 잡생각이라도 했다가는 배송해야 할 곳을 지나쳐버리기 때문이다. 그러면 다시 돌아가야 하고 배송시간은 그만큼 늘어난다. 한마디로 택배를 하는 동안은 택배 이외의 생각은 해서도 안 되고 할 수도 없다.

그러니 그 여자가 매일 같은 자리에 같은 모습으로 앉아 있다고 해도 그 사실을 알아차리는 것은 무척이나 힘든 일이다. 베테랑이라면 가능하겠지만 난 베테랑이 아니었고 설령 베테랑이었다 하더라도 알아채지 못했을 거다. 주위 풍경이나 사람에 관심이 없는 인간이니까.

물론 택배가 바쁜 일이긴 하지만 아예 쉬지 않고 일을 할수는 없다. 보통 한 블록을 기준으로 배송이 끝나면 차를 세워두고 다음 구역 짐을 정리한 후 담배를 한 대 피우며 짧게 쉬는데, 구역을 반복해서 배송하다 보면 쉬는 지점도 일정해지기 마련이다.

여자는 행운동 1688번지대의 작은 벤치에 앉아 있었다. 대로변에서 보면 산 쪽으로 꼭대기 지점에 가까운 곳이었는데, 대로에서 배송을 시작해 치고 올라가면 이 번지대 배송이 끝나는 지점이었다. 보통 1시에서 2시 사이에 해당 블록의 배송이 끝나는데 그럴 때면 길가에 차를 세워두고 담배를 한 대 문 후 숨을 돌리는 곳이기도 했다.

처음에는 여자가 벤치에 앉아 있다는 것도 자주 온다는 것도 몰랐다. 시작하고 한 주는 구역에 익숙해지는 것만으로도 힘들었으니까. 어느 정도 구역에 익숙해지자(배송 속도가 빨라졌다는 말이다) 쉴 때만큼은 잡생각도 하게 되고 주위 풍경도 눈에 들어오게 되었는데 항상 같은 시간에 같은 벤치에 여자가 앉아 있으니 아무리 나라고 해도 모를 수가 없었다. 물론 여자는 벤치에 앉아 있을 뿐이고 나는 차에서 담배를 피울 뿐이니 그 여자고 나고 서로에게는 풍경의 일부, 그 이상은 아니었다. 남의 일에 호기심을 가지는 사람도 아니니 무엇 때문에 매일 같은 시간에 벤치에 앉아 있는지, 왜 총살당하기 전 피우는 마지막 한 개비처럼 담배를 피우는지 궁금하지도, 알고 싶지도 않았다. 타인에 관한 관심도 자신의 인생에 여유가 있어야 생기는 법이다. 성격 자체가 그런 사람을 제외하고는.

여자는 서른 중반으로 보였다. 165 정도의 키에 청바지, 흰 티, 뉴욕 양키즈 마크가 그려진 야구 모자를 쓰고 있었다. 서구적인 이목구비로 개성 있는 얼굴이었는데 보는 이에 따라서는 미인으로도 혹은 아닌 쪽으로 볼 수도 있는 얼굴이었다. 모자를 벗어 다시 쓸 때 보니, 곱슬머리에 삭발에 가까

운 스포츠머리였다. 모자를 쓴 시네이드 오코너 같은 느낌
이었다. 항상 같은 차림이었고 같은 시간에 벤치에 앉아 담
배를 피웠다. 주차선에 주차하면 바로 맞은편에 벤치가 있었
는데 주택 사이의 편도 도로라 우리 사이의 거리는 4, 5미터
남짓이었다. 하지만 아는 눈빛 한 번 나눈 적도 없었다. 그래
서 여자가 나의 차로 와서 먼저 말을 걸었을 때 조금 놀라기
는 했다.

"담배 하나 줄래요?"

허스키한 목소리였다. 매력적이기도 했고. 하지만 망설였
다. 담뱃갑에는 한 개비 밖에 남아 있지 않았다. 갑작스러운
상황에 당황하기도 했고.

"하나밖에 없는데요?"

담뱃갑을 보여주며 내가 말했다. 그러자 여자는 담뱃갑 쪽
으로 손을 뻗더니 요령 좋게 마지막 담배를 빼가며 말했다.

"한 갑이 채워지면 말해요."

여자는 잔챙이처럼 굴지 말라는 듯이 말하고는 다시 벤치
로 돌아가 아무 일도 없었다는 듯이 담배를 피웠다. 나는 잠
깐 그 모습을 보고 있다가 '뭐, 세상에는 별의별 사람이 다
있으니까'라는 생각을 하며 시동을 걸었다. 다음 배송이 시
작되기 전에 담배부터 사야겠다고 생각하면서.

초반에는 가끔,이라고 불러도 좋을 횟수더니 어느 순간 매일이 됐다. 여자는 거리낌 없이 담배 있냐고 물었고 나는 으레 그래야 하는 것처럼 담뱃갑을 내밀었다. 언제나 한 개비였고 그 이상은 가져가는 법이 없었다.

"오늘로써 한 갑째입니다만."

어느 날 내가 말했다. 여자는 그 말에 나의 얼굴을 물끄러미 쳐다보며 표정 없이 말했다.

"두 갑째가 되면 말해요."

여자는 그렇게 말하고는 다시 벤치로 돌아가 담배를 피웠다. 한 갑이 다 되면 말하라는 게 담뱃값을 주겠다는 뜻인 줄 알았는데 내가 뭔가 단단히 착각한 모양이었다. 자신이 피운 양을 알고 싶었을 뿐인가 보다. 그러려니 했다. 하루에 담배 한 개비를 누군가에게 적선한다고 해서 뭐가 달라질까 보냐 싶었다.

한 갑을 넘고부터 여자는 몇 마디씩 묻고는 했다. 별 얘기는 아니었다. 독백 같은 대화였고 하나 마나 한 얘기들이었다.

오늘 날씨가 나쁘지 않네요.(비 오는 오후였다)

여름치고 많이 덥지는 않네요.(여자는 나무 그늘 아래 벤치에 앉아 바람을 쐬고 있었다)

무슨 일해요?(택배라고 차 옆면에 쓰여 있는데도)

일은 할 만해요?(대신해줄 생각은 없어 보였다)

담배 하나 줘봐요.(당연히 줘야 한다는 듯한 태도였다) 같은 말들. 딱히 대답할 필요도 없는 말들이라 알아들었다는 듯, 동의한다는 듯, 고개를 한 번 끄덕였을 뿐이다. 싱거운 여자였고 그 장단을 맞추기에는 택배가 무슨 산타클로스의 선물이라도 되는 양, 목을 빼고 기다리는 인간들이 너무 많았다. 한가하게 놀고 있을 시간이 없었다. 그녀에게 줄 수 있는 시간은 담배 한 개비를 피울 정도가 적당했다. 어쩌면 그 시간도 아깝다고 생각했을지 모르고.

자취를 감춰가는 여름의 남은 열기마저 밀어내듯 선선한 가을바람이 불기 시작하는 9월 말이 되자 여자가 내게 담배 한 보루를 건넸다.

"당신에게 빚졌던 거."

주차하고 사이드를 올리자 여자가 조수석의 열린 창문 너머로 팔을 들이밀며 말했다.

"두 갑 정도면 될 겁니다."

계산을 해보니 그 정도일 것 같았다.

"받아 둬요. 앞으로도 당신에게서 얻어 피울 거니까."

"그럴 거면 본인이 가지고 다니면 되지 않습니까?"

의아한 얼굴로 내가 물었다.

"당신이 가지고 있는 게 나아요."

아주 중대한 결정이라도 되는 양 여자가 말했다.

"무슨 말인지 모르겠군요. 제가 왜 당신이 피울 담배를 들고……."

미처 말을 마치기도 전에 여자가 내 말을 자르며 말했다.

"우울증이에요."

'카푸치노 한잔이요' 하고 커피를 주문할 때 쓰는 말투였다. 여자는 나를 빤히 바라보고 있었다. 표정은 없었다. 여자의 갑작스러운 말에 어떻게 대답을 해야 할지 감도 잡히지 않았다.

"우울증에 대해 아는 거 있어요?"

알 리가 없겠지만, 하는 표정으로 여자가 물었다.

"아는 건 없지만 당신이 가르쳐줄 것 같긴 하군요."

아는 게 없으니 이렇게 대답할 수밖에.

"말해줘도 당신은 모를 거예요. 말해주려 해도 말로 간단히 설명할 수 있는 병도 아니고."

여자가 담배 연기를 내뿜으며 말했다. 선문답이 취미인 여자 같았다.

"개에게는 불성이 있죠."

나의 말에 여자가 무슨 뜻인지 모르겠다는 얼굴로 나를 보았다.

"무슨 뜻이죠?"

"말해줘도 당신은 모를 거예요. 말해주려 해도 말로 간단히 설명될 수 있는 것도 아니고."

유치한 행동이었고 실제로 유치한 짓이었지만 나이를 먹었다고 해서 다 어른이 되는 건 아니다. 특히 나란 인간은. 여자는 나의 얼굴을 한동안 빤히 바라보기만 했다.

"남자의 자존심이라 이건가요?"

여자가 먼저 입을 열었다.

"그런 건 평생 가져본 적도 없어요. 하지만 상대가 부탁을 하면 부탁을 들어주죠. 명령을 하면 반항을 하고."

나의 말에 여자의 입가에 살짝 미소가 일어났다. 나의 말 어디에 미소 지을 부분이 있는지 전혀 이해되지 않았지만, 남자의 심리도 잘 모르는 내가 여자의 심리를 알 리가 없다. 그냥, 이상한 여자인가 보다 했다.

"당신이 가지고 있어주면 좋겠어요. 부탁이에요."

거절할 수 없는 미소였다. 나는 고개를 끄덕였다.

"잠시 얘기 나눌 시간 있어요?"

여자가 물었다. 없었다. 차 안에는 아직 돌려야 할 택배가 돌린 양보다 훨씬 더 많이 남아 있었다. 소심한 성격이라 할 일이 남아 있으면 끝내기 전까지는 스트레스를 받는다. 나는 고개를 저었다.

"잠깐이면 돼요."

여자는 마치, 당신이 아니면 안 된다는 눈빛으로 나를 보며 말했다. 두 번이나 거절하기 뭐해서 차에서 내렸다. 우리는 벤치에 나란히 앉아 담배를 물었다. 한 개비가 연기로 사라질 때쯤 여자가 입을 열었다.

"딱 한 시간이에요. 더도 덜도 아니고."

"뭐가 말입니까?"

"벤치에 앉아 있는 시간. 매일 오후 한 시에서 두 시까지."

"좋은 회사를 다니시나 보군요. 점심시간이 꽤 긴 걸 보니."

"회사 같은 건 다니지 않아요."

젠장!

"그럼 가사에서 해방되는 시간인가요?"

"가사 같은 건 하지 않아요."

젠장!

"아무튼 한 시에서 두 시까지는 한가한 시간이라는 거군요."

"아뇨. 가장 힘든 시간이에요."

젠장!

여자는 담담한 표정으로 말했다. 벤치에 앉아 바람이나 쐬고 있는 게 힘들다면 도대체 세상에 힘들지 않은 일이 뭐가 있을까 싶었다.

"당신 같은 사람들은 이해가 되지 않을 거예요."

나의 생각을 알기라도 하는 듯 여자가 말했다.

"우울증이란 건 그런 거예요. 절대 세상의 상식으로는 이해할 수가 없죠. 겪어보지 않은 이상."

말은 어딘가 심각하게 들렸는데 여자의 표정은 변화가 없었다.

"전 우울증에 대해서는 모릅니다만 혹시 병증 중에 낯선 남자에게 말을 거는 게 있나요?"

나의 말에 여자가 풋, 하고 웃었다. 말을 해놓고 보니 기분이 나쁠 수도 있겠다 싶었는데 의외의 반응에 오히려 내가 놀랐다.

"사람 보는 눈은 있어요. 그냥 나이를 먹은 건 아니니까. 상대의 눈을 보면 대개는 판단할 수 있죠. 대화를 나눠도 좋을 사람인지 아닌지."

"그 말 녹음이라도 해두고 싶군요. 아마 나의 전 애인들이 들으면 배를 잡고 웃을 겁니다."

"사람 말을 꼬아서 듣는 버릇이 있는가 봐요?"

"남의 칭찬은 어색해요. 비아냥거리게 되더라고요."

"부끄러움을 잘 타서 그런 거예요. 나쁜 사람들은 절대 부끄러움을 타지 않죠."

안 그런 사람을 172명 정도 알고 있지만, 그렇다니 그런가 보다 했다. 바람 따라 얼마쯤의 시간이 흘렀다.

"만약 당신이 접시 물에 코를 박고 있다면 어떻게 하겠어요?"

여자가 침묵을 깨며 물었다.

"당연히 머리를 들겠죠."

"보통 사람이라면 그렇겠죠. 하지만 우울증에 걸리면 그게 안 돼요."

"왜죠?"

"왜?라는 질문 자체가 없어요. 상식적인 사고가 존재하지 않아요. 머리를 들겠다는 생각 자체가 들지 않아요. 그냥 코를 박은 채로 답답해하다 죽는 거예요."

"고개만 들면 되는데?"

"제가 말했죠? 설명해준다 해도 이해하지 못할 거라고."

여자는 이해 못하는 게 당연하다는 얼굴로 말했다.

"그럼 우울증에 걸리면 다 접시에 코가 빠져 죽나요?"

"비유가 그렇다는 거죠. 정도에 따라 다르겠지만 일상적인 생활이 거의 불가능해요. 그것뿐이라면 괜찮겠죠. 정말 위험한 건 일상생활 자체가 위험투성이라는 거예요. 목숨을 잃을 정도로."

여자가 담배를 끄며 담담히 말했다. 내게는 답을 알 수 없는 수수께끼처럼 들렸고.

"이해가 되지 않는 게 있는데……."

"뭐죠?"

"만약 당신이 우울증이라면, 그리고 당신 말처럼 일상생활 자체가 위험이라면, 저에게 말을 거는 게 가능한 일인가요?"

나의 말에 여자가 고개를 끄덕이며 입을 열었다.

"당연한 의문이네요. 제가 좀 더 정확히 말했어야 했는데. 우울증은 맞지만 우울증을 앓았다는 말이 더 정확하겠네요. 지금은 거의 치료가 된 상태예요. 물론 우울증에 완치는 없지만, 지금은 거의 정상에 가까워요. 약이 필요할 때도 있지만 아주 가끔이죠. 전문가가 아니면 알아채기 힘들 정도까지는 나았어요."

"산책은 그래서 하는 겁니까? 나았기 때문에?"

"아뇨. 다시 돌아가지 않기 위해서."

"무슨 말인지 잘 모르겠군요."

"이 병은 언제고 재발할 수 있어요. 원인과 요인이 다양하죠. 그래서 조심해야 해요. 굳이 비유하자면 알코올 중독과 같은 거예요. 아무리 금주를 해도 한번 손을 대면 다시 중독자로 돌아가는 거죠. 그래서 여력이 있을 때 자신을 무장시켜 두는 거예요. 할 수 있는 만큼."

여자는 그렇게 말하고는 내가 손에 쥐고 있는 담뱃갑을 가져가 담배를 꺼내 물었다.

"하지만 이해가 안 되는 게……."

나는 여자의 손에서 담뱃갑을 다시 가져와 한 개비를 꺼내 물며 말했다.

"당신이 이런 말을 하는 이유를 모르겠군요. 보통 사람들같으면 자신의 병명을 잘 얘기 안 하지 않나요? 친한 사이라해도. 하물며 낯선 사람에게는 더더욱 말이죠."

그녀의 얼굴을 빤히 보며 물었다. 여자는 내 눈길을 피하지 않은 채 내 얼굴을 보며 말했다.

"오늘은 여기까지만 하죠. 오늘만 날은 아니니까. 당신은내일도 모래도 계속 여기를 지나다닐 테고."

그녀는 벤치에서 일어나 쓴웃음을 지었다. 말하지 않겠다는 여자의 입을 열게 할 방법을 나는 모른다. 나 역시 따라일어나 차로 향했다. 기어를 넣고 출발하려는데 여자가 조수석 창으로 다가와 말을 걸었다.

"하지만 이 말은 해두는 게 좋겠군요."

여자가 반쯤 열려 있는 창문을 오른쪽 검지로 톡톡 두드리며 말했다.

"전 당신을 죽이려고 했어요."

역시, '카푸치노 한 잔이요'라고 주문할 때 쓰는 말투였다.뭐라고 대답할 사이도 없이 여자는 차 뒤쪽으로 걷기 시작했다. 사이드미러를 보자 여자는 이미 골목 안으로 사라진뒤였다. 하지만 죽음이란 단어만은 잔상에 남았다. 죽음이라……

마틴 크루즈 스미스는 《레드 스퀘어》에서 가장 비참한 죽음에 대해 이렇게 썼다.

'아무도 내가 죽어간다는 사실에 관심이 없다는 것을 아는 채로 죽어가는 것',이라고. 비참한지는 모르겠지만 내가 그런 죽음을 맞을 것 같긴 했다. 언제일지는 몰라도 말이다.

돌부처와 코알라의 시간

한 달이 지나도록 동료들과 별다른 말을 섞지 않았던 것은 내 성격 탓이었다. 인간관계라면 이미 끊어진 예전의 것만으로도 충분했다. 다시 만들고 싶지 않았다. 그런데도 간혹 그 단단한 틈을 억지로 비집고 들어오는 이가 있었는데, 일을 시작하고 한 달쯤 지나 코알라가 그랬다.

물론 코알라는 별명이다. 이름은 심주창. 나이는 서른다섯으로 170 정도의 키에 탄탄한 몸을 가지고 있었다. 선이 굵게 생긴 남자였는데 입이 조금 돌출되어 있어 미남이라고 하기에는 어딘가 부족한 외모였다. 하지만 인상만 봤을 때는 과묵하고 진중한 사람으로 보였다. 어디까지나 첫인상은 말이다.

그날은 월요일로(택배는 월요일이 한가한데 다른 평일 물량과 비교해 보통 1/5 정도다), 오전 10시에 배송을 끝내고 숙소에 도착해 샤워를 한 후, 컨테이너에 앉아 책을 펴니 11시 10분이었다. 겨우 한 장을 읽었을 무렵 누군가 노크를 하더니 대답도 기다리지 않고 문을 열었다.

"형님, 저예요."

주창이었다. 같은 곳에서 일을 하니 면식은 있지만 딱히 여러 말을 나눠본 것도 아니었다. 오다가다 인사 정도 나누던 사이라 갑작스러운 방문에 조금 놀라긴 했지만, 숙소가 사무실 바로 옆에 있고 주창이는 지점의 관리부장 겸 택배 기사라 사무실 관련 일 얘기를 하러 왔다면 이상하게 생각할 일도 아니긴 했다.

"민증 보니까 저보다 형님이던데요? 형님이라 불러도 되죠?"

넉살 좋게 말하며 주창이가 숙소로 들어섰다. 이놈의 나라는 저마다 행복에 겨운 가정에서 태어나 행복에 겨워하며 자랐는지, 아니면 형 동생의 관계가 나빠서 밖에서라도 구해볼 요량인지, 아무튼 형 동생을 못 해 안달 난 사회 같아서 이상하게 생각되었다. 그렇다고 형이라고 부르겠다는 걸 억지로 하지 말라고 할 정도로 낯이 두껍지는 못해서 얼떨결에 응, 대답해버리고 말았다.

"뭐해요?"

어느새 내 옆에 착 달라붙더니 물었다.

"책 읽지."

"어떤 책인데요?"

말이 떨어지기 무섭게 주창이가 내 책을 낚아채고선 표지를 훑었다.

"로드 독스? 엘모어 레너드? 무슨 내용이에요?"

관심은 없지만 물어는 본다는 얼굴로 주창이가 물었다.

"하드보일드 소설이야. 펄프 픽션이고. 감옥, 죄수, 돈에 관한 이야기지. 여자와 탐욕은 덤이고."

나의 말에 주창이는 내가 영어를 들을 때 짓는 표정을 했다. 무슨 말인지 하나도 못 알아먹겠다는 표정.

"하, 뭐요? 펄, 뭐라고요?"

딱히 알고 싶어 묻는 얼굴은 아니었다. 당신이 말을 해줬으니 예의상 뭐라도 대답은 하겠다는 태도였다.

"몰라도 돼. 중요한 것도 아니니까."

"귀찮아서 그러는 거예요? 제가 이해 못 할까 봐?"

"아니. 별로 중요한 게 아니라서 그래."

귀찮아서 그랬다. 뭔가 설명하는 걸 귀찮아하는 성격이다. 중요한 게 아니기도 했고. 어색한 시간이 조금 흐른 후에 주창이가 내 어깨를 툭, 치며 입을 열었다.

"형님, 사람 좀 볼 줄 아네."

웃음을 띠고 있었다.

"저 가방끈 짧아요. 설명해줘도 몰라."

악의 없는 말투였고, 가방끈이 짧다는 걸 부끄러워하는 표정도 아니었다.

"아무튼 형은 가방끈이 긴가 보네. 쓰는 단어가 달라. 단어가."

"별 단어 쓴 거 없는데?"

"형이 그랬잖아. 하 어쩌고 펄 어쩌고. 난 그런 거 모르거든. 내가 좀 무식해."

"하드보일드고 펄프 픽션이고 알아도 그만, 몰라도 그만인 거야. 난 이쪽 소설을 읽는 게 취미니 알고 있는 거고. 무식이란 건 알아야 하는 걸 모르는 거지 몰라도 되는 걸 모른다고 해서 무식하다고 하진 않아."

"거 봐. 내가 중학교 때 가출해서 학교를 덜 다녀서 그렇지 사람 보는 눈은 있거든. 안 해본 일이 없어, 내가. 일하면서 내가 뭐 했겠어? 그동안 내가 직장에서 만난 사람만 몇 트럭이야. 겪어본 게 사람이고 한 게 사람 공부야. 척 보면 알지. 이 사람이 어떤 사람이다 하는 거. 형을 처음 딱 봤을 때 가방끈이 길겠거니 했어. 박사까지 했어? 아님 석사?"

대답하지 않았다.

"공부 좀 했네. 대답하지 않는 걸 보니. 하긴, 택배기사들이 과거가 화려한 사람들이 많지. 큰 회사 하다 말아먹고 온 사람이 없나, 대기업 다니다가 온 사람이 없나. 하여튼 여기가 희한한 동네야, 희한한 동네. 군대하고 똑같아. 별의별 사람들이 다 있거든."

너야 대답하건 말건 아무튼 나는 말을 해야겠다 하는 것이 주창이의 대화법 같았다. 이런 유형은 사람을 짜증 나게 만드는 법인데 이상하게도 이 녀석은 밉지 않은 구석이 있었다. 왜일까 곰곰이 생각해봤지만 이유는 알 수 없었다. 말은 함부로 해도 악의가 없어서일까 생각했지만, 악의가 없어도 밉살스러운 인간은 천지로 있는 법이다. 후일, 꽤 친해진 후에 그 이유가 생각났는데 근본적으로 선한 인간이기 때문이었다. 심성 자체가 누굴 해할 만한 위인이 못 되는 사람이었다.

"그건 그렇고, 아무튼 바쁜 거 없죠?"

화제를 돌리며 주창이가 물었다.

"책 보는 것 말고는."

"그럼 술 한잔할래요? 책은 다음에 봐도 되잖아."

"한참 재밌는 부분이라서 끊기가 뭐한데."

"아니, 이 사람이. 동생이 술 먹자는데 형이라는 사람이 술은 사주지 못할망정 책 본다고 거절해? 형이 형이라고 할 수 있어? 한잔해요. 내가 살 테니."

어쩌다가 하늘에서 툭, 하고 동생이 떨어졌는지 알 수 없었지만 소주나 홀짝거리면서 읽을까? 하던 차라 고개를 끄

덕였다. 사람과 어울려 술 먹는 것은 좋아하지 않지만 이 정
도로 들이미는데 딱히 거절하기도 민망했다.

주창이가 숙소 앞의 구멍가게에서 사 온 소주를 따고 두
부와 김치를 반반씩 접시에 담은 후 건배를 했다. '카' 하는
소리를 내며 주창이가 잔을 내렸다.

"이 맛이야. 이 맛에 소주를 먹는 거거든."

잔을 내려놓기 무섭게 다시 한 잔을 따르며 주창이가 말
했다.

"그런데 형님은 터미널에서 왜 그렇게 말이 없어? 그동안
내가 진짜 궁금했거든. 아침에 인사할 때 말고는 입을 여는
걸 본 적이 없어. 아니, 인사말도 안 해. 인사하면 그냥 웃으
면서 고개만 끄덕이고. 왜 그런 거예요?"

"그게 왜?"

"그게 왜라니. 우리 다 동료잖아. 한 직장에서 일하는. 그
러면 잡담도 하고 속내도 얘기하고 그러는 거지. 여기서는
형, 그러면 안 돼. 다른 사람들이 자기 무시하는 줄 알아. 형
을 안 좋게 생각할 수 있다고."

심각한 표정으로 주창이가 말했다.

"아, 그래."

"아, 그래? 아니 이 사람이. 형! 내가 형 생각해서 하는 말
이잖아. 다른 사람들이 싫어하면 좋아?"

다른 사람이 이런 식으로 말했다면 뭐 이런 녀석이 다 있지 싶었겠지만 어쩐지 주창이란 녀석은 정말 상대를 걱정하는 얼굴이라 내심 웃기기도 하고 고맙기도 하고 그랬다.

"피곤하게들 사네. 남의 인생까지 짊어지려고 하고. 난 내 인생만으로도 충분히 버거운데 말이지."

"뭔 얘기야? 형이 터프가이란 뜻이야?"

"그런 건 평생 해본 적도 없는데? 앞으로도 없을 것 같고."

"아무튼 남 신경 안 쓴다는 얘기 아냐?"

"되도록 그러려고 하지."

"그게 돼? 사람 사는 세상에서 사람들과 사는데?"

"같이 산다고 해서 꼭 어울려 살 필요는 없지."

"야, 이 형, 그렇게 안 봤는데 은근히 똥폼은 다 잡고 사네."

주창이가 나를 말똥히 보며 말했다. 그리고 한동안 조용히 소주만 마셨다.

"하지만 마음에 들었어."

말을 듣고 있자니 전생에 미국 남부에서 노예 좀 부려본 것 같았다. '이해는 못 하지만 용서는 해주지' 같은 말투였다.

"남자가 자기 주관이 있어야지. 안 그래, 형? 내 말이 틀려?"

"맞겠지."

대충 대답했다.

"아, 이 형이 진짜. 나는 심각하게 얘기하는데 건성으로 대답하면 어떡해?"

의외로 날카로운 구석이 있는 녀석이구나 싶었다. 혹은, 바보도 알 만큼 내 마음을 숨기는 데는 서툰 인간이 나란 사람이어서일 수도 있고.

"네 말이 맞아."

역시, 대충 대답했다.

"그렇지? 내 말이 맞지. 역시 형은 괜찮은 사람이야. 사람을 받아주는 맛이 있어. 내가 형 처음 봤을 때 딱, 알아봤다니까. 아, 이 형 괜찮은 사람이구나 하고 말이야. 자, 건배. 한 잔해요."

어디가 괜찮다는 건지 전혀 짐작도 가지 않았지만 오해를 하기로 작정한 것 같아서 딱히 말릴 방법은 없었다.

"난 형의 그 과묵함이 좋아. 좀 지나면 알겠지만 내가 말이 좀 많아."

"그래?"

추임새를 넣었다. 더 이상의 시간이 필요할까 싶었지만.

"응. 그래. 그래서 형이 좋아. 말이 별로 없으니까."

나도 말이 많다. 마음이 맞을 때는. 하지만 이왕 내버려 둔 거 계속 오해하게 내버려 뒀다.

"술자리는 이래서 좋아. 서로 이해하게 되거든."

소주를 털어 넣은 후 주창이가 말했다.

"글쎄, 서로 이해하자고 먹는 술자리에서 서로 오해만 하고 있을 뿐인 것 같지만……."

나의 말소리가 작기도 했고 주창이는 술을 넘긴다고 내 말에 신경을 못 쓴 탓인지 뭔가 대꾸를 할 만도 한데 별말은 없었다. 다시 자기 혼자 떠들기 시작했을 뿐이다.

"그런데 내가 형 별명을 지었어."

"뭔데?"

"돌부처."

"……."

"아니, 그렇잖아. 항상 말도 없고 사람이 무슨 말을 하면 빙그레 웃기만 하고."

역시, 오해가 깊어가는 술자리였다. 나는 성질이 못됐고 때때로 밴댕이 소갈딱지로도 변한다. 나이를 먹으면서 좀 더 많이 숨기게 됐을 뿐이지. 사람 본성 어디 가는 게 아니다.

"봐봐. 또 웃기만 하잖아."

주창이가 검지로 나를 가리키며 말했다. 웃는 얼굴이었고 자신의 말이 맞았다는 걸 확인한 듯 아이처럼 기뻐하는 표정이었다.

"형도 내 별명 하나 지어줘봐."

"글쎄, 그렇게 물어도 생각해본 적이 없어서."

"지금 생각하면 되지. 긴 가방끈 두고 어디 쓰려고? 빨리 생각해봐."

주창이가 재촉을 하듯 얼굴을 내 쪽으로 내밀며 말했다.

"코알라?"

"코알라?"

"응, 코알라. 어쩐지 널 보고 있자니 그런 이미지가 떠올라."

"왜?"

"언젠가 읽은 것 같은데 코알라는 스물네 시간 중에 스물세 시간을 잔다고 하더라고."

"그래서?"

"음, 너도 스물세 시간을 쓰는 것 같아."

"뭘?"

"얘기하는 데."

나의 대답에 주창이가 한참을 내 눈을 빤히 들여다보다 대답했다.

"괜찮은데. 코알라. 마음에 들어."

의외의 반응이었다. 다른 사람이라면 기분 나빴을 텐데 말이다. 내 많은 단점 중의 하나다. 굳이 물으면 굳이 속마음을 말해버리는 것. 비아냥거리는 성격이라는 얘길 많이 듣고 살았는데 어쩌겠는가. 밴댕이 소갈딱지인 것을. 하지만 아주

드물게 개의치 않는 성격의 사람을 만나곤 하는데 주창이가 그런 것 같았다.

"내가 말이 좀 많긴 하지."

좀이냐? 싶었지만 본인이 그렇다니 그런가 보다 했다.

"하지만 난 말하는 게 좋아. 쉴 새 없이 떠들고 싶고, 쉴 새 없이 떠들면서 살 거야."

"가끔 남 말도 좀 들으면 좋지 않겠어? 술자리라는 게 서로 대화하자고 먹는 거니까."

"형, 난 안 그래. 내 얘기하려고 먹는 거야. 내 돈 내고 내가 술을 사면서 내가 즐거운 걸 해야지. 안 그래?"

정색을 하며 주창이가 말했다. 듣고 보니 의외로 그럴 듯했다.

"하긴 자본주의 사회니까."

"좋은 말 나왔네. 자본주의. 그거거든. 이래서 난 가방끈이 긴 사람들이 좋아. 척하면 척, 하고 알아듣거든."

가방끈과는 아무 상관 없는 것 같았지만 그런가 보다 했다. 주창이의 얘기는 계속 이어졌다. 결국에는 집에도 가지 않고 숙소에서 잤다. 자기 전에 아내에게 전화를 한 통 걸었다.

"나야, 오늘 안 들어가."

대답을 기다리지는 않았다. 전화를 끊고 한쪽 구석으로 던져버리고는 바로 잠에 빠져들었다. 코를 심하게 곯아 나는 새벽까지 잠을 뒤척였다.

다음 날 아침 일을 준비하려는데 바나나 형님이 다가왔다.

"어제 주창이랑 술 먹었어?"

하늘이 무너지려 할 때 사람들이 지을 것 같은 표정이었다.

"예."

"주창이는 술 먹이면 안 돼."

"안 먹였어요. 자기 손으로 술 사 와서 권하기에 같이 마셨지."

"그게 그거지. 아무튼 앞으로 절대 주창이와 술 먹지 마."

"다 큰 성인들이 누가 먹지 말란다고 안 먹어요? 자기가 알아서 판단하는 거지."

"네가 걔를 몰라서 그래."

"알고 모르고가 어디 있어요. 겨우 술 먹는 건데. 왜요? 주창이 술 먹으면 사고 쳐요? 어제 술버릇 보니 그런 거 없던데."

나의 말에 형님이 답답하다는 듯, 하지만 설명해줘봐야 이해 못 할 거라는 듯한 표정으로 나를 보았다.

"아무튼 앞으로 절대 먹지 마. 알았지?"

바나나 형님은 그렇게 말하고는 사무실로 내려갔다. 도대체 무슨 영문인지 알 수가 없었다. 적어도 그때는 말이다.

패배자들에 대해서는
마음이 약하다

그는 마이클 잭슨이 80년대에나 썼을 법한 선글라스를 쓰고 다니는 까무잡잡한 남자로, 어떤 이유에서인지 항상 콧물을 흘리고 있었다. 처음 만난 것은 경사가 심한 100번지대에서였다.

택배를 하면서 가장 큰 난관은 화장실이다. 빌딩이나 상가가 밀집된 곳이라면 별문제가 없지만 주택가로 깊이 들어갈수록 볼일을 보는 것에 난감해질 때가 많다. 커피숍이라도 있으면 커피라도 한 잔 시키고 화장실을 쓰면 그만이지만 주택이 밀집된 곳은 그마저도 없는 경우가 대부분이다. 그럴 때를 대비해 보통은 1리터짜리 생수병을 들고 다닌다. 급한 경우 탑차의 뒷문을 열고 들어가 생수병에 해결하는 것이다. 하지만 간혹 생수병을 잊는 때도 있는데 그런 경우는 어쩔 수 없이 노상방뇨를 할 수밖에 없다. 밤이면 그나마

인적이 드문 곳을 찾으면 되는데 낮에는 아무리 노상방뇨라 해도 적당한 장소를 찾기가 여간 어려운 일이 아니다. 이놈의 서울은 지방과 다르게 골목골목마다 행인들이 어찌나 바퀴벌레처럼 기어 나오는지. 아무튼 겨우 으슥한 곳을 찾아서 볼일을 마치고 돌아서는데 한 남자가 서 있었다. 선글라스에 경찰복까지 입고 있어서 잔뜩 놀랐고 뒤이어 벌금으로 얼마쯤 돈이 날아가겠군, 하는 생각에 신경질이 났다. 하지만 남자의 입에서 나온 첫마디는 예상외였다.

"손 씻어야지?"

응? 무슨 소리지 싶었다.

"오줌을 눴으면 손을 씻어야 한다고 엄마가 말했어."

엄마? 손? 상황을 파악하기에는 나오는 단어들이 너무 엉뚱했다.

"자, 이걸로 손 씻어."

남자는 손에 들고 있는 1리터짜리 생수병을 내게 건넸다. 얼떨결에 뚜껑을 열고 물을 받아 손을 씻었다.

"자, 이걸로 닦아."

이번에는 뒷주머니에 꽂아 둔 수건을 꺼내 내게 건넸다. 시큼한 냄새가 났고 때에 절어 있었다. 손을 닦으라는 건지 손을 더럽히라는 건지 알 수 없었지만, 너무나 천진난만한 표정이어서 내색하지 않고 손을 닦았다. 슬슬 생수병에 들어 있던 내용물도 의심스러워졌다.

"다음에도 필요하면 줄게."

그는 뭔가 좋은 일을 했다는 듯 아주 기쁜 표정으로 수건을 다시 뒷주머니에 꽂고 생수병을 받아들었다. 165 정도의 키에 아무리 좋게 봐도 마흔은 넘은 얼굴이었다. 스포츠머리는 손질하지 않아 여기저기 제멋대로 자란 채였고, 옷이라고 입은 경찰복 상의는 허리춤에서 반쯤은 들어가고 반쯤은 나와서 나풀거리고 있었으며, 바지는 다리 길이에 비해 턱없이 길어 질질 끌고 다닐 정도였다.

"이름이 어떻게 되지?"

호기심에 내가 물었다.

"오줌을 누면 손을 씻어야 해."

해맑은 표정이었다.

"알아. 방금 네가 알려줬잖아. 이름이 뭐냐고."

"오줌을 누면 손을 씻어야 해."

역시 해맑은 표정이었다. 귀엽기는 했지만 이름을 알아내기 어려워 보였다.

"밥은 먹었어?"

나의 말에 남자는 생수통을 들이밀며 말했다.

"자, 이걸로 손 씻어."

역시, 대답을 듣기는 힘들 것 같았다.

"차에 삼각 김밥이 있는데 먹을래?"

나는 손가락으로 차를 가리키며 말했다.

"자, 이걸로 손 씻어."

남자의 말을 듣고 있자니 대화가 아니라 '대화 같은 걸' 하고 있는 기분이었다. 나는 차에서 삼각 김밥을 가져와 까주었다. 남자는 멀뚱히 김밥을 보더니 허겁지겁 먹었다. 입가에 밥알과 참치가 뒤범벅된 채로. 남자는 거의 다 먹자 목이 막히는 듯 컥컥거렸다. 남자의 손에 들린 생수병을 열어 마시게 했다. 카이사르의 것은 카이사르에게. 내용물이 의심스럽긴 했지만 물이라고는 그것밖에 없었다. 진정이 됐는지 남자는 생수병을 챙기더니 골목을 따라 내려가기 시작했다. 앞모습과 다르게 어쩐지 쓸쓸해 보이는 뒷모습이었다.

"마이클."

그의 등을 보며 내가 소리를 질렀다. 이름이 없다면 만들어주면 된다. 그는 골목을 따라 계속 걸어 내려갔다.

"마이클."

그제야 남자는 무슨 일이 있나 하는 얼굴로 나를 돌아보았다.

"또 봐. 마이클."

웃는 얼굴로 손을 흔들며 내가 말했다.

"오줌 누면 손을 씻어."

마이클이 웃으며 말했다. 흐르는 콧물이 멀리서도 보였다.

종종 100번지에서 마이클을 만나곤 했다. 늘 같은 말이었고 난 그러려니 했다. 노상방뇨는 하지 않았지만 아무튼 마이클이 주는 생수로 손을 씻고 아무튼 정체를 알 수 없는 수건으로 손을 닦았다. 그러면 마이클은 마치 자신의 임무를 완수했다는 듯한 표정으로 골목길을 걸어갔다. 어디 사는지 어떻게 사는지 어쩌다 저리되었는지 모든 게 의문투성이였지만 내 일이 아니니 그러려니 했다.

100번지는 사십 도 정도 경사진 비탈에 형성된 동네라 길이 좁고 험했다. 바둑판처럼 생긴 블록이긴 했으나 걸어서 올라가려면 상당히 지치는 곳으로 그 탓인지 사람의 통행이 뜸한 구간이 꽤 있었다.

그날, 마이클은 고등학생들에게 둘러싸여 맞고 있었다. 이놈이 패서 넘어지면 저놈이 일으켜서 다시 패는 식이었다. 다섯 명이었고 덩치는 모두 어른 뺨치고 있었다. 행운동 100-85번지 근처로 두 개의 빌라가 철거 중이었고 세 개의 빌라가 신축 중인 곳이었다. 이 골목만큼은 인부들의 작업이 끝난 이후부터는 사람의 통행이 거의 없었다. 나는 배송 중이었고 다음 배송지는 이 골목을 지나야 편리했기 때문에 지나가는 길에 우연히 그 장면을 보게 되었다. 헤드라이트가 비치자 누군가 욕을 하는 게 들렸다.

"씨발, 뭐야?"

10대 무리 중 하나가 눈이 부신지 헤드라이트 빛을 팔로 막으며 말했다. 처음에는 엎어져 있는 게 누구인지 몰랐으나 경찰복을 보니 상황이 짐작됐다. 진짜 경찰이라면 10대들에게 맞고 있을 이유가 없으니까. 나는 차에서 내려 마이클에게 다가갔다. 눈은 부을 대로 부어 있었고 입술은 터져 있었으며 얼굴은 피범벅이었다. 몸을 제대로 가누지 못했다. 그 모습을 보고 있자니 긴 한숨이 나왔다.

"뭐야, 이 씹새끼는?"

같잖지도 않다는 듯 10대 중 하나가 침을 뱉으며 말했다.

"택배."

자리에서 일어서며 짧게 대답했다. 그러자 모두 웃기 시작했다.

"아 씨발, 택배가 언제부터 정의의 사도가 됐어? 아, 뒷골이야."

한 녀석이 뒷목을 잡는 시늉을 하자 모두 더 크게 웃었다.

"어이, 아저씨. 당신 볼일이나 보고 가던 길이나 가셔. 좋은 말할 때."

예나 지금이나 양아치들은 어찌 이리 대사가 하나같은지, 또 발전이 없는지 나로서는 알 수가 없다.

"아저씨, 내 말 안 들려? 귀를 뚫어줘?"

대장인 듯한 녀석이 나를 보며 말했다. 이 사이로 침을 찍, 하고 뱉으면서. 나는 손가락으로 차를 가리켰다. 의외의 행동이라 생각했는지 모두 내가 가리키는 차를 봤다. 아무 일도 없자 그 녀석이 말했다.

"뭐야, 이 씹새야."

술 냄새가 나에게까지 풍겼다.

"너 머리 나쁘지?"

내 말에 정곡을 찔렸는지 녀석의 얼굴이 파래졌다. 단순히 내 말투가 기분 나빴는지도 모르고.

"너 미쳤냐? 죽고 싶어?"

하아, 정말이지 변치 않는 이 유치한 대사들이란. 말을 마치자 녀석이 바지 뒷주머니에서 뭔가를 꺼냈다. 잭나이프였고 손에 쥐더니 이리저리 철커덕거리며 돌렸다. 좀 놀아봤다는 의미인 것 같았다. 겁도 좀 주고 말이다.

"잭나이프? 설마 지금 사과를 깎을 생각인 거야? 사람을 찌르고 창자를 도려내려면 다른 걸 쓰는 게 좋을 텐데? 그러니까 Ka-Bar 같은 거 말이지."

녀석이 칼로 노닥거리는 걸 보며 내가 말했다. 겁을 먹지 않는 게 의외였는지 녀석이 주춤했다.

"저기 차 안에 깜빡이는 작은 불빛이 보여?"

나의 말에 양아치들이 다시 차를 노려봤다. 운전석 유리창으로 작은 불빛이 깜박거리고 있었다.

"내가 운전이 서툴러서 네비를 항상 켜고 다니거든. 그런데 이게 다른 기능도 몇 가지 있어요. 그중에 하나가 영상촬영이야. 사고 났을 때 잘잘못을 가리기 위해 주행 중 상황을 촬영하거든. 이 골목에 CCTV가 없어서 마음 놓고 이 짓거리를 하는 모양인데 미안하지만 저 기계가 다 촬영을 하고 있다는 거야."

나의 말이 끝나기가 무섭게 무리 중 한 명이 차 쪽으로 달려가려는 듯 자세를 잡았다.

"소용없어. 저건 실시간으로 클라우드에 저장되는 거라서 기계를 부순다고 해결되는 게 아니야."

말도 안 되는 소리였다. 그런 기능은 있지도 않았고. 하지만 이 양아치들이 바보라는 데 일말의 희망을 걸었다. 머리가 약간 돌아간다면? 그때는 할 수 없이 좀 놀아줄 수밖에. 하지만 거기까지 가고 싶진 않았다. 과거와 단절한 것은 심심해서가 아니니까. 폭력에 질려버렸기 때문이다. 그리고 더 많은 이유들. 더 중요한 이유들.

대장인 듯한 녀석이 나를 노려봤고 한동안 서로 마주 본채 침묵이 흘렀다. 어떻게 할지 생각하는 것 같았다.

"씨발."

녀석이 다시 침을 탁, 뱉더니 주위 녀석들에게 손짓을 했다. 양아치들이 물러갔고 나는 마이클을 업고 차에 태운 후 응급실로 향하며 파출소에 신고했다.

보호자가 아니었으니 내가 마이클에게 해줄 수 있는 건 겨우 그 정도였다. 응급실에 들르고 파출소에서 조서를 꾸미고 나오니 시간은 이미 12시가 지나 있었다. 아직 50개 정도의 물건을 배송하지 못했다. 시동을 켜고 미배송 구역으로 가서 일을 시작했다. 정확히 2시 20분에 배송이 끝났다. 젠장. 세 시간 정도 잘 수 있었다.

한동안 마이클을 보지 못했다. 마음만 먹으면 파출소로 가서 알아볼 수도 있었을 테지만 그러지 않았다. 알아본다고 뭐가 달라질 것인가? 내가 보살필 것도 아닌데 괜한 오지랖이었다. 쓰레기 같은 인간들이야 어디든 있는 법이고 인간은 누구나 한두 번쯤 그런 인간들을 만나 호되게 당한다. 굳이 마이클이 아니더라도. 연민에는 책임이 따른다. 책임을 지지 못하면 동정으로 전락하고. 누구에게도 누군가를 동정할 권리가 없다. 그게 내 생각이었다.

마이클을 다시 본 건 그 일이 있고 난 후 20일쯤 지나서였는데 여전히 같은 모습이었다. 아직 얼굴의 부기가 다 빠지지 않았지만 본인은 별로 개의치 않는 듯 보였다. 마이클은 내게 와서 생수병을 건네며 말했다.

"오줌을 누면 손을 씻어."

천진난만한 표정은 그대로였다. 괜스레 조금 울컥해졌다. 그런 내 모습이 의외였는지 마이클이 한동안 보더니 말했다.

"마이클. 마이클."

무슨 뜻으로 그 말을 하는지는 전혀 알 수 없었다. 하지만 그 말을 듣고 있자니 또 한 번 조금 울컥해졌다.

페터 회는 《스밀라의 눈에 대한 감각》에서 이런 문장을 썼다.

'나는 항상 패배자들에 대해서는 마음이 약하다. 환자, 외국인, 반에서 뚱뚱한 남자애, 아무도 춤추자고 하지 않는 사람들. 그런 사람들을 보면 심장이 뛴다. 어떤 면에서는 나도 영원히 그들 중 한 사람이라는 사실을 알고 있기 때문일 것이다.'

100번지대에 마이클이 나타나는 시간은 일정했다. 대개 4시에서 6시 사이. 배송을 하고 있으면 한 번쯤은 부딪치곤 했다. 그럴 때면 차에 있는 간단한 요깃거리를 나눠 먹고는 했다. 바나나 같은 과일이나 김밥, 떡볶이, 혹은 편의점에서 파는 투 플러스 원 음료였다. 음식을 먹은 뒤 한 시간 정도 마이클이 나를 따라다녔는데 어쩐지 나는 마이클이 마음에 들어서 그리도록 내버려뒀다. 100번지는 마이클의 세계였으니까. 적어도 그에게 있어서는 말이다.

돼지와 뒹굴어서는 안 된다

화요일 아침 7시, 터미널에서 까데기 칠 준비를 마치고 커피를 한 모금 마시던 차였다. 바나나 형님이 내게 다가와 물었다.

"주창이 못 봤어?"

안색이 어두웠다.

"못 봤는데요."

"어제 컨테이너에서 술 마시지 않았어?"

"술? 마셨죠. 혼자서."

"주창이와 먹은 게 아니고?"

"그랬다면 그랬다고 말했겠죠."

"이 자식 또 사고 치는구먼."

혼잣말처럼 바나나 형님이 말했다. 나로서는 무슨 뜻인지 이해되지 않았다. 형님이 가자 내 옆의 남자가 말했다.

63

"또 어디서 술 먹고 나자빠진 것이여."

조 따꺼였다. 본명은 들은 적이 없다. 자칭 이지스였고 별명은 조 따꺼였다. 중국인이 많은 대림동에서 오래 일했기 때문에 대형의 중국말인 '따꺼'가 붙지 않았나 짐작할 뿐이었다. 나이는 마흔여덟. 170 정도의 키에 노동으로 단련된 군살 없는 몸을 하고 있었다. 앞니 두 개가 없었다. 본인 말로는 택배만 20년을 했다고 하는데 확실히 택배의 달인이긴 했다. 일단 분류 작업부터 남달랐다. 레일 위로 짐이 지나가면 때때로 놓치기도 하는데 조 따꺼는 단 하나도 놓치는 법이 없었다. 심지어는 맞은편이나 앞사람이 놓치는 물건까지 잡아냈다. 이런 자신을 농담 삼아 택배계의 이지스라 부르며 '내 눈을 피해갈 수 있는 택배는 아무것도 없어',라고 자랑스레 말하곤 했는데, 누구도 그렇게 부르진 않았고 그의 별명은 여전히 조 따꺼였다. 간혹 전라도 사투리가 나왔고 행동이 빨랐다.

일을 하다보면 아무리 사람들과 담을 쌓아도 어쩔 수 없이 몇몇과는 알고 지내기 마련이다. 특히 택배는 어쩔 수 없이 내 양옆의 동료, 그리고 맞은편 사람 이렇게 세 사람과 친해지게 된다. 물건을 뽑다보면 내 물건을 놓치는 경우가 있는데 그럴 때 맞은편이나 좌우의 사람들이 도움이 된다. 무엇보다 물건만 받는 게 다가 아니라 받은 짐을 배송할 순

서대로 탑차 안에 쌓아야 해서 중간중간 짐을 정리하러 들어가는데, 그때도 도움이 꼭 필요하다(그런 도움이 없다면 배송은 한두 시간 뒤에나 시작할 수 있다). 일종의 품앗이가 서로에게 필요하기 때문에 어지간해서는 낯을 붉히는 일은 만들지 않는다. 내 경우에는 왼쪽이 주창이, 오른쪽이 조 따꺼였고 맞은편은 낙성대, 아파트, 인헌동 순이었다. 대개 이름보다는 별명이나 자기가 맡은 동 이름으로 호칭을 하는데 정말 친해지지 않는 이상 이름은 부르지도 알려고도 하지 않는 게 이 동네의 규칙이라면 규칙이다. 마찬가지로 나 역시 행운동 형님이나 행운동으로 불렸다.

"자주 그래요?"

조 따꺼를 보며 내가 물었다.

"한 달에 두세 번은 꼭 사고를 치지."

"술 먹고 안 나옵니까?"

"그렇지."

택배 일에 있어 결근이란 일반 회사의 결근과는 다르다. 결근했다고 해서 누가 그날 배송해야 하는 택배를 대신 돌려주는 게 아니니까. 결근한 만큼 물건이 쌓이고, 쌓인 만큼 힘들어진다. 짧아도 일주일은 그 여파가 가서 일요일까지 나와 일을 해야 밀린 물량을 처리할 수 있다. 그뿐만이 아니다. 배송이 지연되는 만큼 고객들의 클레임이 들어올 거고, 본사

로부터 페널티를 먹는다. 지점이고 담당 기사고 돈이 까진다는 말이다. 하지만 무엇보다 심각한 건 생물이다. 음식물은 당일 배송이 원칙이다. 하루라도 늦어 고객의 항의가 들어오면 물건값을 물어줘야 한다. 하루 전체 물건 중 적게는 20%, 많게는 30~40%가 생물인 날도 있어 백만 원 정도 두들겨 맞는 건 우스울 때도 있다. 그래서 기사들 사이에서는 이런 말이 나돈다.

부모 초상이 나도, 팔다리가 부러져도 아무튼 그날 택배는 그날 배송해야 한다고.

이 일을 하다보면 모두 피치 못할 결근의 경험이 있는데 기를 쓰고 나오는 이유는 그 여파를 잘 알고 있기 때문이다. 그제야 바나나 형님이 왜 주창이와 술을 먹으면 안 된다고 얘기했는지 알 것 같았다. 이 녀석의 술버릇은 결근이었다. 물론 그뿐만이 아니란 것도 나중에 알게 되지만. 아무튼 조 따꺼의 표정이 좋지 않았다. 이런 유형이 있다. 성실함을 그 사람 인격의 전부라고 생각하는 사람. 조 따꺼가 그런 유형인 것 같았다.

"나도 술을 많이 먹지만 이러지는 않아."

정말 그랬다. 조 따꺼는 배송량도 많았지만 집화도 많았다. 개인적으로 회사나 상점을 뚫어 일정 규모 이상의 택배를 가져와 터미널에서 발송하는 걸 집화라고 하는데, 매일 집화량만 200개 정도였다. 그렇게 배송과 집하를 마치고 나면 보통 밤 10시에서 11시. 그럼 새벽 1시나 2시까지 술을 마시고 아침 6시 반이면 터미널에 출근하는 것이다. 다른 사람은 몰라도 적어도 그는 그런 말을 할 자격이 있었다. 하지만 호불호가 분명하고 싫은 사람에게는 노골적으로 싫은 티를 내서 적도 많았다. 물론 조 따꺼는 신경 쓰지 않았다.

"애도 셋이나 있다는 놈이 그러면 안 되제."

꽤나 신경질이 난 것 같았다. 그럴 만도 했다. 한 사람이 나오지 않으면 그 사람 구역의 까데기를 다른 사람들이 쳐야 하니까. 주로 바로 옆의 사람이. 자기 물건뿐만 아니라 다른 사람의 물건까지 다 뽑아야 한다는 얘기다. 일이 두 배로 는다. 하지만 조 따꺼가 성질낼 문제는 아니었다. 주창이의 바로 옆자리는 나였으니까.

물건을 싣고 출발하려는데 비가 오기 시작했다. 11시 10분. 가을비라기 보다는 장맛비에 가까웠다. 짜증이 밀려왔다. 이런 날은 반은 죽는다고 봐야 하기 때문이다.

일단 비를 맞고 일해야 한다. 비옷을 입으면 되겠지만 대개 입지 않는다. 비를 맞은 채로 차의 시트에 앉았다가는 시트가 젖는 건 둘째고 운전석에서 비옷 때문에 엉덩이가 미끄러질 확률이 높기 때문이다. 사고 위험이 높다. 그래서 보통 방수 처리된 옷을 입고 모자만 쓴 채로 일한다.

택배도 문제다. 고객들에 따라 박스가 젖었다는 이유로 반품을 요구하는 경우가 많다. 이런 경우에 대비해 박스에 넣어 보내는 건데도 박스 자체의 손상을 제품 손상과 같이 보기 때문이다. 상품 자체의 손상이 아닌 경우 반품을 해도 택배기사에게 영향은 없지만, 다시 배송하고 물건을 수거해 반품하는 자체가 두 번 일이다. 일의 양만 늘어난다. 게다가 쌀, 양파 같은 물건들은 포장 자체가 불량한 경우가 많아 비에 노출될 경우 바로 상품 손실이 일어난다. 배송할 수가 없다는 뜻이다. 원하든 원하지 않든 미배송 물건이 쌓이게 된다.

배송 속도 또한 늦어진다. 당연한 얘기다. 늦어지는 만큼 노동시간도 길어지고. 하지만 무엇보다 짜증 나는 건 비 자체다. 비를 맞고 일하다보면 감기에 걸릴 확률이 무척 높다. 운행할 때 히터를 강하게 틀지만 배송 자체는 차 밖으로 나가 걸어 다니면서 하기 때문에 습도, 기온 차, 젖은 몸 상태 등으로 정말 쉽게 감기에 걸린다. 물론 감기 자체는 별것 아니다. 문제는 감기를 달고 일을 해야 하는 경우다. 지옥도 이런 지옥이 없다. 나도 몇 번의 경험이 있어 대충 견디는 요령이 있기는 하다. 예를 들면 여름이라고 해도 두꺼운 옷을 입는다. 물론 창문은 모두 닫는다. 그럼 여름의 열기로 차 안은 사우나 같은 환경이 되는데 땀을 뻘뻘 흘리며 게걸음으로 하나씩 배달하는 거다. 간혹 탈수증상을 막기 위해 물을 마셔가면서. 몸은 천근만근이고 정신은 오락가락하지만 그래도 배송은 하는 거다. 어쩔 수 없다. 지연으로 인한 페널티는 모두 기사 몫이니까. 돈을 벌기 위해서가 아니라 까지지 않기 위해, 아무튼 그날의 일은 해야 하는 거다. 모든 직장인이 그러하듯이. 일반 직장과 다른 게 있다면 월차고 연차고 절대 쓸 수 없다는 정도다.

아무튼, 비였다. 감탄사가 나왔다.

"이런 제길."

하지만 더 이상의 짜증은 내지 않았다. 그래봤자 일에는 하나도 도움이 되지 않으니까.

일진이 유독 사나운 날이 있다. 그날이 그랬다. 첫 배송은 옷가게였다. 중년 여성들을 상대로 옷을 파는 브랜드 대리점이었는데 항상 무표정한 얼굴로 카운터에 앉아 있는 사장이 있는 곳이었다. 손님에게는 어떻게 대하는지 모르겠지만 아무튼 택배 기사인 나에게는 입 한 번 연 적이 없다. 물건이 옷 박스라 대개 지고 가야 할 크기인데 문을 열고 들어가면 문 옆의 빈 공간을 향해 눈길만 한 번 쓰윽 주는 식이다. 그럼 거기다 내려놓고 가게 문을 나선다.

물론 기분이 좋을 리 없다. 내가 사장의 직원도 아니고, 대우는 머슴처럼 하니 아무리 천산산맥의 양 떼와 오스트레일리아에 있는 코알라의 수면 부족을 걱정하고 있는 나라도 욱, 하고 화가 치밀기 마련이다. 하지만 이 일에서 배운 게 있다면 버나드 쇼의 말이 맞다는 거다.

돼지와 뒹굴어서는 안 된다는 것. 함께 더러워질 뿐이고, 심지어 돼지가 그걸 좋아한다는 사실.

사장의 태도는 평소와 달랐다. 문을 열고 나가려고 하자 '잠깐', 하고 하이톤의 찢어질 듯한 목소리가 들려왔다. 고개를 돌려보니 어느새 내가 놓은 박스 앞에 와 있었다.

"이거 젖었네?"

어느 학교의 앞뒤가 꽉 막힌 사감의 차림을 한 사장은 만지면 안 되는 쓰레기라도 되는 양 박스를 가리키며 말했다.

"비가 오니까요."

당연한 얘기였다.

"그건 당신 사정이고."

말투가 귀에 거슬렸다.

'돼지와 뒹굴면 안 되는데.'

"그래서요?"

내가 물었다.

"그래서요? 뭐야, 그 말투는? 그래서요,라니? 내 말 못 들었어? 젖었다잖아?"

'아무래도 뒹굴 것 같은데.'

"그래서 박스가 있는 거죠. 안의 물건 상하지 말라고. 뜯어보시고 상품에 손상이 있으면 콜센터로 전화하시면 됩니다."

"뭐? 콜센터? 당신, 내 말 안 들려? 박스가 젖었다잖아."

"그 얘긴 들었고요, 문제가 있으면 콜센터로 전화하시면 된다고요."

"아니, 무슨 이딴 택배가 다 있어? 고객이 말을 하잖아? 갖다준 인간이 여기 있는데 내가 콜센터로 전화를 귀찮게 왜 해? 그리고 어디서 또박또박 말대답이야?"

'뒹굴어야 하나?'

"전 또박또박 말을 잘 못하는데 들으시는 쪽이 또박또박 잘 알아들으시는가 보죠."

"뭐야?"

여자의 눈꼬리가 올라갔다. 나로서는 꿈도 못 꿀 재능이었다. 어떻게 저런 게 가능하지? 하긴, 간혹 배송할 때 바늘로 찔러보고 싶기는 했다. 피가 나오나 싶어서.

"아니 무슨 택배가 태도가 이래? 너 이름 뭐야? 당장 콜센터로 전화해서 클레임 걸어야겠어. 너 같은 인간은 다른 고객들을 위해서라도 절대 택배하게 놔두면 안 돼. 이름이 뭐야?"

여자는 주먹을 쥔 채로 부들부들 떨고 있었다.

저런, 아직 젊은 나이인 것 같은데 중풍이라니.

"박스 송장에 제 이름 있어요. 콜센터 전화번호도 있고. 한글을 읽을 줄 아신다면 말이죠."

별일 아니어서 별일 아닌 것처럼 얘기했다.

"뭐? 한글을 읽을 줄 아신다면? 이 인간이 정말……."

"그리고 이 박스는 젖어서 못 받겠다는 거죠?"

"내가 이런 걸 왜 받아?"

여전히 악을 쓰고 있었다.

"알겠습니다. 이런 경우를 대비해 배송 시에는 항상 전화기를 녹음 상태로 두거든요. 수취 거부해놓고 나중에 그런 말 한 적 없다고 다른 말을 하시는 분들이 많아서. 수취 거부하셨으니 물건은 제가 가져가겠습니다. 나머지는 콜센터와 통화하십시오."

말을 마치기 무섭게 박스를 다시 들었다. 더럽게 무거웠다.

"야, 너 미쳤어?"

갑작스러운 상황에 여자의 표정에는 분노와 당황이 섞여 있었다. 그도 그럴 것이 오늘 배송된 상품 중에는 고객이 주문한 상품도 있을 거고, 팔아야 할 물건도 있을 테니까. 하지만 내 알 바는 아니다.

"다시 안 내려놔?"

여자가 나의 팔을 꽉 잡으며 말하자 내가 고개를 돌리며 대답했다.

"젖었다면서?"

거울을 보지는 않았지만 좀 전의 여자처럼 눈꼬리가 올라간 듯했다. 쓸데없는 건 빨리 배우는 쪽이다. 여자가 한 걸음 물러섰다. 가게 문을 나섰다. 젠장, 성질을 부린 탓에 모래나 글피쯤 다시 와서 두 번 일하게 생겼군. 하지만 어쩔 수 없었다. 참지 못하고 돼지와 뒹굴었다면 그 대가를 치러야 하니까.

점심쯤 빌딩 지하에 있는 다단계 사무실에 배송을 했다. 라면 상자 크기의 비누 박스가 12개. 한 곳에 들어가는 걸 몰짐이라고 하는데 크기나 무게를 떠나 배송시간을 줄일 수 있기에 편한 짐이기도 하고 선호하는 짐이기도 했다.

다단계 사무실에는 노인들이 침대에 누워 있었고 강사가 제품을 들고 얼마나 몸에 좋은지 강연을 하고 있었다. 그러거나 말거나. 입구에 비누 박스 12개를 놓고 가려는데 데스크의 여자가 말을 걸었다.

"저기요?"

고개를 돌리자 여자가 말을 이었다. 이전에는 못 보던 여자였다.

"그냥 입구에 두시면 어떻게 해요? 저기 안쪽 창고에 둬야 할 것 아니에요."

종종 있다. 아니 너무 많다. 택배기사를 자기 집 하인쯤으로 생각하는 사람이. 일일이 싸울 수 없으니 보통은 그냥 넘어가지만 오늘처럼 비가 오고 배송이 늦어지는 날은 사소한 일에도 전투태세가 된다. 사람인 이상 어쩔 수가 없다. 혹은 미성숙해서 그렇거나. 부탁이라면 좀 짜증이 나더라도 해주지만 명령조에는 경기를 일으키는 나는 이런 날에는 신경이 더 곤두선다.

"왜요?"

나의 말에 여자는 황당하다는 얼굴이었다.

"왜요,라뇨? 고객이 옮기라고 하잖아요?"

"택배는 운송업이지 서비스업이 아닙니다."

"뭐라고요?"

"운송업이지 서비스업이 아니라고요."

"아니, 서비스가 없는 일이 어딨어요? 그리고 고객에게 그 말투가 뭐예요?"

기도 안 찬다는 표정이었다.

"중국집에 음식 시키세요?"

"무슨 소리예요?"

"중국집에 음식 시키냐고요?"

"시켜요."

"그럼 배달 오면 식탁 위에 올리고 짜장면을 어디에 놓고 단무지는 어디에 놓으라고 말씀하세요?"

"……."

"택배도 마찬가지예요. 물건만 전달해주면 돼요. 창고에 넣건 찬장에 넣건 그건 본인들이 알아서 할 문제란 말입니다. 그게 싫으시면 이삿짐으로 시키셔야지요."

허,라는 게 여자의 대답이었다. 내 말이 무척이나 설득력이 있어서인지 대답할 가치가 없다고 생각해서인지는 분간이 되지 않았지만. 알 게 뭐람.

내가 생각하는 서비스업의 정의는 간단하다. 나는 고객에게 불친절하지 않을 의무가 있고(친절까지는 의무가 아니다) 고객은 나에게 불친절할 권리가 없다(내가 먼저 불친절하지 않는 이상). 그뿐이다. 물론 일반 직장이라면 직장에 다니는 것조차 위태롭겠지만 다행히 택배는 그렇지 않다. 욕설을 하지 않는 이상, 물건의 분실이나 파손이 아닌 이상 내가 손해 볼 것은 없다. 활용할 수 있는 부분은 최대한 활용하고 살아야 한다. 난 노동을 팔러 온 것이지 감정을 팔러 온 것이 아니니까. 굳이 팔라고 하면 못 팔 것도 없겠지만, 그럼 자본주의의 윤리에 맞게 대가를 주든가. 하지만 감정노동에 대한 대가 따위는 없다. 이런 걸 착취라 하고, 눈 뜨고 당하고 있는 걸 바보라고 한다. 가난하게는 살 순 있어도 바보로 사는 건 싫다.

일진이 나쁘다고 하는 건 계속해서 나쁜 일이 일어난다는
뜻이다. 그날이 그랬다. 비는 그칠 줄을 몰랐고 만나는 화주
(사실 나는 고객이 아니라 화주라고 부른다. 엄밀히 말해 내
고객은 물건을 배당해주는 회사지 화주들이 아니다. 회사 입
장에서야 고객이겠지만)마다 성질을 돋웠다. 비는 오고, 돼
지들과 뒹굴고, 나 역시 돼지가 되어가면서 겨우겨우 버티고
있는 하루였다. 화요일치고는 물량이 적다는 게 그나마 위로
라면 위로였다.

6시, 빌라 5층에 의자를 배송할 때였다. 대형이라 무척이
나 무거웠고 엘리베이터가 없었다. 게다가 복도 천정이 낮
아 올라가면서 계속 부딪혔다. 계속 목과 등으로 지고 가려
니 교수대에 목이 매달린 기분이었지만 무거운 짐은 내렸다
가 드는 게 더 힘들기 때문에 견딜 수 있다면 목적지까지 견
디며 간다.

초인종을 누르자 임신부가 나왔다.

"아니, 왜 이렇게 늦어요?"

다짜고짜 사납게 쏘아보며 말했다.

"예정 문자가 갔을 텐데요?"

택배는 전산화가 되어 있어 바코드를 찍으면 자동적으로

문자가 간다. 언제쯤 배송될지, 배송이 됐는지, 어디에 됐는지 같은. 기사가 송장의 바코드를 스캐너로 찍으면 설정에 맞게 문자가 발송된다. 내 경우는 항상 8시 이후 배송이다. 시간을 정해놓으면 그 시간에 오지 않는다고 전화가 빗발치기 때문이다. 그러니 이 여자의 경우도 저녁 8시 이후 도착으로 문자가 갔을 거고 지금은 6시였다.

"아니, 여덟 시 이후에 배송하는 택배가 어딨어요? 오전에는 갖다줘야지. 제가 택배 때문에 하루종일 기다려야 해요? 오늘 약속 다 취소했잖아요. 거기다 박스도 다 젖었잖아요. 안에는 괜찮은 거예요? 아 몰라, 됐고요. 저기 베란다에 갖다놔요."

여자가 눈을 흘기며 말했다. 자신의 짜증을 나에게 넉넉히 나눠주는 걸 보고 있자니 가뜩이나 좋은 기분이 황홀해 죽을 지경이었다.

"제가 마법사입니까?"

의외의 질문인지 여자가 동그란 눈으로 쳐다보며 '뭐라고요?'라며 되물었다.

"제가 마법사냐고요."

"뭔 소리예요? 미쳤어요?"

"그렇게 보는 건 고객님 자유고요. 일단 전 마법사가 아닙니다. 터미널에 물건이 도착하면 그걸 받아서 배송하는 거고요. 물건들 받아서 분류하고 나면 출발하는 시간이 벌써 11시나 12시예요. 오전에 갖다드리는 건 불가능하고요. 그리고 택배는 당일 배송이에요. 당일은 그날 밤 열두 시까지를 말하는 겁니다. 열두 시 안에만 갖다드리면 된다는 뜻이에요. 몇 시까지 갖다줘야 한다는 의무는 없다는 말입니다."

나의 말에 여자는 어이없다는 표정이었다.

"어머, 이 아저씨 봐. 택배나 하면서 꼬박꼬박 말대답이네."

보통 직업 같으면 상대의 기도 안 찬다는 표정을 볼 일이 별로 없지만, 이 직업은 안 볼 날이 별로 없다. 그러니 여자의 표정이 놀랍지도 않았다.

"됐고요, 저기 베란다로 갖다 놔요. 뭐라는 거야, 정말. 택배 새끼가 짜증 나게."

여자가 한쪽으로 비켜서며 말했다. 뒷말은 혼잣말인지 들으라는 말인지 분간이 잘 가지 않았다.

"현관문 입구 안에는 넣어드리죠. 베란다로 옮기는 건 본인이 알아서 하시고요."

나의 말에 여자의 입이 쩍, 하고 벌어졌다.

"아니, 무슨 택배가 서비스가 이래?"

"서비스가 어때서요?"

"그걸 몰라서 물어요?"

"모르겠는데요?"

"이 아저씨가 정말, 고객이 베란다까지 갖다 놓으라잖아요! 자본주의 사회에서는 고객이 왕인 거 몰라요?"

여자의 언성이 높아졌다.

"자본주의? 서비스? 정말 자본주의와 서비스를 따지고 싶으세요?"

"이 아저씨가 짜증 나게, 정말. 베란다에 갖다 놔요."

"아뇨. 자본주의와 서비스에 대해 제가 뭔가 잘못 알고 있는 것 같은데 고객님이 좀 알려주세요."

나는 여자가 대꾸하려 하자 손을 들어 제지하고는 말을 이었다.

"자본주의라고요? 고객님 자본주의 논리를 좋아하시는 것 같으니 자본주의 논리로 해보죠. 이 택배 배송비가 천백 원이에요. 아침에 분류 작업하는 노동비, 배송 노동비, 차량 유지비, 유류대, 보험료, 전화비, 클레임과 분실 비용, 제 이윤 등을 빼고 나면 여유분은 아예 없거나 많으면 일 원이나 이 원이 남을지 몰라요. 택배 하나당 말이죠. 그럼 설명 좀 해주세요. 도대체 일 원이나 이 원의 서비스가 어떤 것인지. 케인즈 관점의 거시경제학으로? 아님, 하이에크의 영향을 받은 신자유주의의 논리로? 설마 마르크스의 잉여노동으로 설명하실 겁니까? 혹은 애덤 스미스의 푸줏간 주인의 이기심? 어떤 논리로 저를 설득시키실 건가요?"

여자는 입만 쩍 벌린 채 아무 말도 없었다. 하고 싶지만 못하고 있는지도 모르고.

"하지만 그래도 굳이 베란다에 옮겨주길 원하신다면 여기 제가 십 원을 드릴 테니 본인이 직접 하시죠. 거스름돈은 안 받을 테니 말입니다."

임신부에게 이런 말을 하고 있자니 꺼림칙하긴 했다. 하지만 임신부라고 그 성질머리까지 참아줘야 하는 것은 아니다. 말을 마치고 돌아서서 계단을 내려가는데 여자가 말했다.

"난 임신부라고."

여자의 말투에는 여전히 짜증과 화가 묻어 있었다. 나 역시 이렇게 대답할 수밖에.

"그래서요? 제 애는 아니잖아요."

밖을 나오니 비는 그쳐 있었다.

조지 오웰은 《숨 쉬러 나가다》에서 이런 문장을 썼다.

'나는 프롤레타리아를 그리 딱하게 여기는 사람은 아니다. 잠자리에 누워 해고 걱정을 하는 막일꾼을 본 적이 있는가? 프롤레타리아는 몸은 고생해도 일하지 않는 동안에는 자유인이다. 그에 비해 치장 벽토를 바른 획일적이고 작은 교외의 중산층 주택에는 집집마다 '언제나' 자유롭지 못한 가장

이 있다.'

육체노동이나 정신노동이나 어느 것이 더 힘들다고 장담할 수 있는 사람은 없다. 본인에게 맞는 일이 덜 힘들뿐. 다만 육체노동의 장점이 있다면 적어도 퇴근 후에 집까지 일이 따라오지 않는다는 거다. 하지만 서비스란 개념이 도입되면서 이마저도 사라졌다. 감정노동이 추가된 것이다. 자본주의 국가면 자본주의 국가답게 돈이 지급되면 그런대로 견뎌볼 텐데 대가는 없고 기업이 공짜로 가져다 쓰니 착취가 이중으로 일어난다. 일반적인 노동 착취가 육체적 피로, 여가 시간 단축, 생활고의 악순환, 감정과 사고의 피폐라면 감정노동은 그나마 남아 있던 피폐해진 사람의 정신세계까지 완전히 파괴한다. 이렇게 피폐해진 사람들이 부모와 자식, 상사와 부하, 고객과 손님, 주인과 알바 등으로 만났을 때 서로를 할퀴지 못해 안달하게 되는 것이다.

때문에 종일 이런 진상들을 만난다고 해서 놀라운 일도 아니고 반면 그들의 행동을 머리로는 이해 못 할 것도 아니지만, 그 감정의 쓰레기통이 내가 될 이유도 없다. 피할 수 있다면 피하고 받아쳐야 한다면 받아쳐야 한다. 사회가 바뀌지 않는다면 나라도 살아남아야 하니까. 싸움닭이 되고 싶진 않지만 싸워야 할 때 싸우지 않으면 매일 같은 꼴을 당하고 살아야 한다. 그렇게 살고 싶지는 않다. 치장 벽토를 바른 집도 없는 주제에 '언제나' 자유롭지 못한 가장 역할까지 할 수는 없으니까. 설령 그런 집이 있다 해도 마찬가지일 테지만.

7시 첫 배송은 양옥 3층이었다. 물건은 의자였고. 낑낑거리며 올라가 벨을 누르니 임신부가 나왔다. '또?'라고 생각하는데 여자가 말했다.

"죄송한데, 제가 임신부고 남편이 집에 없어 그러는데 실례가 안 된다면 안쪽 다용도실에 좀 넣어주실 수 있을까요?"

웃는 얼굴이었고 말씨가 고왔다.

"당연히 그래 드려야죠."

나 역시 웃는 얼굴로 말했다. 누군가 건들지 않으면 싸워야 할 이유도 없는 법이다.

오늘도 파도는 높이 일렁인다

오후 1시경, 잠시 차를 세우고 담배를 피우는데 사이드미러에 한 노인이 걸어오는 모습이 보였다. 낯익은 얼굴이었다. 때때로 배송을 하면서 봤기 때문만은 아니었다. 어디선가 본 듯한데 어디서였는지 전혀 기억이 나지 않았다. 백발의 노인은 구부정한 허리로 지팡이에 몸을 의지한 채 천천히 걷고 있었다. 시간의 중첩은 사람에게서 중력에 대항할 힘을 서서히 뺏어 가는데 노인은 이미 그 한계점에 다다른 것 같았다. 발걸음을 옮기는 게 무척이나 힘겨워 보였다. 그런데도 마치 '해야 할 일이니 아무튼 해야 한다'는 듯 느리지만 꾸준히 발을 옮기고 있었다. 산책으로 보이진 않았고 더 이상 건강을 잃지 않기 위한 습관처럼 보였다.

어디서 봤더라?

그 모습을 보면서 생각을 더듬어봤지만 역시 떠오르진 않았다. 그때, 노인이 힘에 부치는지 잠시 휘청거렸다. 나는 재빨리 문을 열고 나가 노인을 부축했다. 노인의 몸은 160 정도의 작은 키를 고려하더라도 믿을 수 없을 만큼 가벼웠다.

"괜찮네. 괜찮아."

노인은 갑작스러운 나의 출현에 조금 놀라는 듯했지만 부축을 받아서인지 안심이 된다는 얼굴이었다.

"잠시 좀 앉았다 가면 괜찮을 거야."

노인은 작은 벤치를 가리키며 그렇게 말했다. 노인은 자리에 앉자 좀 살 것 같다는 듯 긴 한숨을 쉬었다.

"고맙네."

짧은 말이었지만 노인의 말에는 오랜 시간 단련했을 법한 태도와 교양이 묻어났다. 그제야 노인이 누구인지 생각났다. 오래전, 유명한 경제학자로 언론에 자주 기고를 하던 사람이었다. 그때 이미 나이가 일흔을 바라보고 있었으니 지금은 어림잡아도 아흔 전후일 것 같았다.

"담배를 태우나?"

내 몸에서 나는 담배 냄새를 맡았는지 담담한 어조로 노인이 물었다. 고개를 끄덕였다.

"가능하다면 조금씩 줄여보는 것도 괜찮을 게야."

잔소리로 들리진 않았다. 상대를 진심으로 걱정하는 기운이 느껴지는 탓이었다.

"택배를 하나?"

노인이 나의 차를 보며 말했다. 노인이 산책하는 동안 그 앞을 배송한다고 몇 번인가 어슬렁거렸으니 내 직업을 알 것 같기도 했다.

"예."

"육체노동으로 돈을 버는 건 정직한 일이기는 하지."

여러 가지 함의를 품은 듯한 말투로 노인이 말했다.

"정직한 만큼 고단한 일이기도 하죠."

나의 말에 노인이 내 얼굴을 가만히 쳐다보더니 뜬금없는 질문을 던졌다.

"배우는 거 좋아하나?"

"섹스보다는 아니고 노동보다는 낫고. 그 정도죠."

나의 말에 노인은 고개를 끄덕였다.

"좋아한다는 말이군."

도대체 내 말의 어디가?

"경제학을 좀 아나?"

"숫자라면 질색입니다. 보이지 않는 손, 만국의 노동자여 단결하라, 뭐 그 정도죠."

"좀 안다는 뜻인가?"

"전혀 관심 없다는 뜻입니다."

"그럼 경제철학 쪽이 어울리겠군. 내 전공은 아니지만."

"연세가 있으시니 귀가 잘 안 들리시는 건 이해됩니다만 관심 없다니까요."

"그래서 경제철학이라고 말하지 않았나."

일진이 사나운 날이었다. 시작부터 대기업의 재수 없는 부장 놈을 만나 겨우 더러운 기분을 떨쳐냈는데 이제는 동문서답을 학문처럼 하는 노인이라니.

"경제철학이고 뭐고 관심 없다니까요. 애초에 부축 한 번 해드렸을 뿐인데 초면에 이런 얘기를 나누는 것도 이상하고요."

"이상할 게 뭐 있나? 가르치고자 하는 사람이 있고 배우고자 하는 사람이 있으면 교육이 성립하는 것일세. 자네 일은 언제 끝나나?"

말을 말자 싶었다. 무슨 말을 하건 자기 좋을 대로 해석할 것 같았다. 이럴 때는 대충 장단이나 맞춰주고 자리를 뜨는 게 상책이다.

"그때그때 다르죠. 보통 여덟 시 전후로 끝나기는 합니다만."

"저기가 내 집일세."

노인이 손가락으로 한 집을 가리켰다. 가끔 택배를 배송하니 알고 있는 집이기도 했다. 고급스러운 외양의 2층 단독주택이었다. 내가 배송하는 동네에서 가장 고급스러운 집이 아닐까 싶기도 했고.

"금요일 여덟 시에 집으로 오게. 경제철학을 가르쳐주겠네."

노인이 조용히 말했다. 신사적이고 우호적인 말투였다. 노망이 든 것만 빼고는. 나는 고개를 끄덕였다. 어차피 찾아간다 한들 누가 문을 열어줄 것 같지도 않았다. 더 중요한 건 노인이 이번 주 금요일까지 이 일을 기억할 것 같지도 않았고. 나는 대충 장단을 맞춰주고는 자리에서 일어섰다. 그러자 노인이 말했다.

"차에 적혀 있는 저 번호가 자네 전화번호인가?"

노인이 내 차 앞유리창 안에 놓인 전화번호를 보며 말했다. 고개를 끄덕였다. 노인은 잠시 숫자를 보았다. 그러거나 말거나. 번호 역시 기억할 수 있을 것 같지 않았다. 노망이란 게 그런 거니까. 다시 일을 시작했다.

이 일은 무수히 많은 사람을 만나지만 결국 아무도 만나지 않는 일이라는 게 유일한 매력인데, 그럼에도 불구하고 어쩔 수 없이 쓸데없는 인간들과 엮이는 경우가 종종 생긴다. 사람 사는 세상이니 피할 수 없는 일이기도 하다.

30롤 1팩의 휴지가 손에서 미끄러진 것은 순전히 실수였다. 24층의 아파트 복도였고 어깨에 짊어진 휴지를 문 앞에 놓으려다가 잡을 새도 없이 미끄러져 쿵, 하는 소리와 함께 떨어졌다. 밀폐된 공간이었고 하필이면 가로 부분이 떨어져 소리가 믿을 수 없을 정도로 복도에 크게 울렸다. 흔한 일은 아니지만 간혹 있는 일이라 별생각 없이 문 앞에 두고 엘리베이터가 닫히기 전에 탔다. 엘리베이터는 내려가면서 23층에 섰다. 문이 열리자 50대로 보이는 한 남자가 나를 노려보며 서 있었다. 남자는 엘리베이터 안으로 들어와서도 여전히 나를 노려본 채로 말했다.

"어이, 택배."

고급 양복에 금테 안경을 낀 깡마른 남자는 노예를 부릴 때 쓰는 말투로 내게 말을 걸었다. 이 일을 하다보면 별의별 사람이 다 있기 때문에 되도록 진상은 피하는 게 상책이라는 걸 알게 된다. 시비가 붙어봐야 더 더러워진 기분 말고는 건질 게 없기 때문이다.

"왜 그러시죠?"

그런 이유로 일단은 웃는 얼굴로 친절하게 대답했다.

"왜 그러시죠? 야, 너 택배 맞지. 택배 조끼를 입은 거 보니. 근데 너 고객들 물건을 왜 던지고 지랄이야? 니꺼 아니라 이거야?"

화를 내고 싶은데 마침 너 잘 걸렸다는 투였다.

"던지다니요?"

"던지다니요? 허, 이 택배새끼가 터진 입이라고 함부로 놀리네. 내가 다 들었어, 인마. 복도에 쩌렁쩌렁 울리던데. 밑에 층에서 내가 얼마나 놀랐는지 알아? 고객 물건을 니가 뭔데 던져? 안 본다고 그래도 돼? 무슨 일을 그딴 식으로 해? 엉?"

세상의 평화와 자신도 모르는 타인의 택배까지 생각하는 훌륭한 남자였다. 말투가 귀에 거슬리긴 했지만 다른 사람의 택배까지 신경을 쓰는 섬세함에 허투루 대하는 것은 예의가 아닐 듯 싶었다.

"혹시 대기업 다니시나요? 고급스러운 스타일을 보니 차장이나 부장급쯤 되어 보이시는데. 아니면 이사시거나."

나의 뜬금없는 말에 남자는 잠시 당황하는 듯했지만 이내 기분이 좀 좋아진 듯 이름만 대면 알 만한 회사 이름을 말했다.

"이사까지는 아니고, 뭐 이제 부장 정도지."

조금 쑥스러운 듯 남자가 말했다.

"뵙는 순간 바로 알겠더라고요. 어느 대기업의 중견 간부쯤 아닐까 하고."

나의 말에 좀 전의 화내던 모습은 온데간데없고 어깨에 잔뜩 힘이 들어간 남자의 모습만 남았다.

"그런데 부장님."

나는 웃으며 남자에게 말했다.

"뭔데?"

남자는 뭘 물을지는 모르겠지만 기꺼이 대답해주겠다는 태도로 말했다.

"회사에서 당신 직위가 부장이라는 건 알겠는데 이 엘리베이터 안에서 당신 직위는 뭐요?"

예상치도 못한 질문이었는지 남자는 뜨악한 얼굴이었다.

"이 엘리베이터 안에서 당신 직위가 뭐냐고? 부장? 이사? 사장?"

갑작스러운 나의 공격에 남자는 대답할 말을 찾지 못한 채 우물쭈물하고 있었다.

"모르는가 본데 내가 알려줄까? 여기서 너의 직위는 남이야. 남이란 직위가 어떤 건지 몰라? 네 일이 아니면 신경끄는 직위야. 어디서 네가 다니던 회사에서 하던 짓을 회사 밖에서 하고 지랄이야? 너 뭔데? 내 월급 주는 사장이야? 그리고 초면에 왜 반말인데?"

화가 나면 나는 눈이 반쯤 돌아가는 인간이다. 남자는 살기를 느꼈는지 더듬거리며 말했다.

"아니, 나이도 내가 위인 것 같고……."

"당신이 당신 나이를 먹기 위해 한 일이 뭔데? 새해가 뜨면 먹는 게 나이 아닌가? 당신이 나이를 먹기 위해 뭘 했다고? 설령 당신이 나이를 먹기 위해 뭘 했다고 해도 그게 나와 무슨 상관이지? 나이 가지고 갑질하려면 네 회사에서나 해. 그 알량한 직위 가지고. 어디서 회사 밖에 나와서 이런 개수작을 하고 지랄이야? 가뜩이나 일하는 것도 피곤해 죽겠는데."

한참 눈을 부라리고 있는데 엘리베이터가 열렸다.

"젠장, 이 따위 인간들 안 보려고 택배를 하는데 잊을 만하면 한 놈씩 꼭 나타난다니까."

혀를 차며 나오자 한참 뒤에 말소리가 하나 따라왔다.

"야 이 새끼야."

분노에 찬 목소리였다. 하지만 흘려버렸다. 비겁한 자식. 그 말은 내가 엘리베이터 안에 있을 때 했어야지.

더러운 기분으로 일을 하니 전혀 속도가 나지 않았다. 그래도 꾸역꾸역했다. 쉬어봐야 퇴근 시간만 늦어질 뿐이니까. 지도를 보고 다음 집에 배송하고 다시 지도를 보고 배송을 하고. 기분도 엿 같았고 일도 엿 같았고 택배도 엿 같고 아무튼 모든 게 엿 같았지만 그래도 발을 움직였다. 엿 같은 상황에 잠겨 있어봐야 엿 같은 상황만 계속 맛볼 뿐이니까.

전화가 온 것은 금요일 정각 7시였다.

"저녁은 먹었는가?"

노인의 목소리였다. 예상과 달리 까맣게 잊고 있었던 건 오히려 내 쪽이었다. 잠시 동안 침묵이 흐른 후에야 겨우 기억을 더듬을 수 있었다.

"이제 일을 마쳐서요. 아직 씻지도 못했어요."

'다음에 기회 되면'이라는 말은 하지 않았다. 보통의 사람이라면 이 정도의 말로도 다음 말은 짐작을 하고도 남으니까.

"괜찮네. 내 집에 와서 샤워를 하도록 하게. 옷은 손자가 입던 옷을 입으면 될 테고. 체형이 자네와 비슷하니 잘 맞을 거야. 공부는 저녁을 먹은 후에 시작하도록 하지."

사람을 잘못 봤다는 생각이 들었다. 노망이 든 게 아니라 사이코였다. 도대체 처음 본 사람을 집으로 들이고 샤워를 시키고 손자가 입던 옷을 주고 거기다 경제철학을 가르쳐주겠다는 게 말이 되느냐 말이다. 내 주위의 이상한 사람은 우울증 여자만으로도 이미 충분하기도 했고. 하지만 어찌 된 일인지 누군가 계속 권하면 거절을 잘 못하는 게 나의 성격이다. 이상하고 희한하다고 생각했지만 대답은 내 생각과 전혀 다르게 나왔다.

"여덟 시까지 가지요."

대답하고 보니 이런 생각이 들었다. 나 역시 미친 게 아닐까?라는.

집 앞에 도착해 벨을 누르자 '누구세요'라는 말이 나왔다.

딱히 대답할 적당한 말이 없어 '오늘 공부하기로 한 학생입니다'라고 대답했다. 말하는 나조차도 기가 차서 웃음이 날 것 같았다. 하지만 인터폰에서는 '아' 하고 지극히 자연스러운 일상을 대할 때의 감탄사가 흘러나왔고 이내 문이 열렸다. 대문에 들어서자 잘 정돈된 정원이 보였다. 나무나 꽃, 풀에 대해서는 전혀 모르는 사람이라 그저 '잘 정돈된 정원이구나' 하고 생각할 뿐이었다. 정원 사이로 난 길에 놓여 있는 돌을 밟으며 현관 쪽으로 다가서니 고급스러운 철제 현관문이 열리면서 한 여자가 나왔다. 마리사 토메이가 한국인으로 태어나서 40년쯤 살면 하고 있을 외모였다. 귀가 드러나는 숏컷이었고, 검은 청바지에 흰색 셔츠 차림이었다.

"할아버지께서 기다리고 계세요."

정갈한 미소를 지으며 여자가 말했다. 고른 치열이 드러났다. 보고 있으려니 로렌스 더럴의 《알렉산드리아 사중주》의 첫 문장이 생각났다.

'세차게 몰아치는 바람에 오늘도 파도는 높이 일렁인다. 한겨울임에도 봄의 기운을 느낄 수 있다. 한낮임에도 잔뜩 흐린 진줏빛 하늘, 보금자리에서 우는 귀뚜라미들, 바람에 이리저리 흔들리는 거대한 플라타너스…….'

어쩐지 그런 이미지가 연상됐다. 여자의 뒤를 따라 들어가자 넓은 거실이 나왔다. 문과 창을 제외하면 사방이 책장이었고 책은 가지런하고 흐트러짐 없이 꽂혀 있었다. 거실은 단순하게 꾸며져 있었는데 정원을 볼 수 있는 통유리 앞에 넓은 책상이 정원을 바라볼 수 있게끔 놓여 있었고, 책상과 조금 떨어져 양쪽으로 소파가 있었다. 책장 오른쪽 벽의 중간쯤 노인이 50대였을 때 찍은 듯한 사진이 가로세로 80센티 정도의 액자에 들어 있었다. 교수 연구실 같은 곳에서 햇볕이 들어오는 책상에 앉아 책을 보며 연구하는 모습이었다. 흑백사진 속의 남자는 학문에 푹 빠진 얼굴로 양복이 구겨지는 것도 개의치 않고 열심히 뭔가를 연구하고 있었다. 사진과 책, 책상과 소파를 제외한다면 거실은 이보다 더 단순할 수 없다 할 정도로 단출했다. 15평 정도 되는 공간이었다. 노인은 책상에 앉아 뭔가를 골똘히 생각하듯 책을 보다가 여자가 다가가자 비로소 내 쪽으로 눈을 돌렸다. 그러고는 시계를 보았다.

"정각이군. 일단 시간은 잘 지키는 걸 보니 학문을 하기 위한 기본적인 자질은 가지고 있는 것 같군."

노인이 만족스러운 듯이 말했다. 언제까지 노인의 장단에 맞춰 춤을 춰야 하나 싶었지만 찬물을 끼얹을 타이밍을 발견하는 게 쉽지는 않았다.

"일단 씻게. 저녁을 먹으면서 얘기하지."

노인의 말에 여자가 나를 욕실로 안내했고 옷가지를 주었다. 고급스러운 욕실이라 땀에 젖은 내 몸을 샤워하는 것만으로도 오염이 될 것 같았지만 일단 씻었다. 씻고 나오니 여자가 말했다.

"어머, 오빠 옷이 잘 어울리네요."

따뜻한 말투였다. 여자는 거실을 지나 저녁 테이블이 있는 식당으로 안내했다. 열 명 정도 앉을 수 있는 긴 테이블로, 노인이 상석에 앉았고 여자와 내가 마주 보며 앉았다. 음식은 많지 않았지만 정갈했고 흔히 볼 수 있는 가정식임에도 담은 그릇 때문인지 무척이나 고급스럽게 느껴졌다.

"들게나."

노인은 나이 탓인지 천천히 그러나 꾸준히 음식을 들었고, 소식했다. 오랜만에 맛보는 가정식이긴 했지만 노동에 지칠 대로 지쳐 있던 터라 밥이 잘 넘어가지 않았다. 머리에 드는 생각이라고는 도대체 지금 내가 뭘 하고 있는 거지? 같은 물음뿐이었다. 저녁 식사를 마치고 노인과 나는 책상을 마주하고 책을 폈다.

"애덤 스미스의 국부론부터 시작하지. 어렵지 않으니까 입문서로 괜찮을 거야."

노인의 말을 시작으로 가르침이 시작됐다. 노인은 애덤 스미스의 생애부터 참고 문헌이 된 텍스트와 사회 배경에 대해 영어는 물론이고 독일어, 프랑스어, 심지어는 라틴어까지 자유자재로 구사하며 강의했고, 간간이 물었다.

"여기까지 이해가 가나?"

"한국말은요."

"외국어는 할 줄 아는 게 없나?"

"간혹 한국말이 외국어처럼 느껴질 때 빼고는. 영어와 프랑스어를 배웠지만 어학에는 전혀 재능이 없더군요."

"안다면 더 좋겠지만 모른다 해도 상관은 없네. 학위를 딸건 아니니까."

별일 아니라는 듯 노인이 말했다. '학위를 딸 것도 아닌데 도대체 이 짓거리를 하고 있는 이유는 뭐죠?'라는 말은 하지 않았다. 물어본다 해도 납득할 만한 대답을 해줄 것 같지 않아서. 두 시간쯤 지나자 노인이 말했다.

"오늘은 이쯤하고 다음 주 금요일에 계속하지."

의외였다. 다음 주라니. 관심도 없는 경제학을 알지도 못하는 노인에게서 온갖 외국어로 고문 당하는 일을 또 해야 한단 말인가? 말도 안 되는 소리였다. 장단을 맞춰주는 건 여기까지로 됐다고 생각했다. 여자의 배웅을 받기 전까지는 말이다. 강의가 끝나자 여자가 나를 대문 밖까지 바래다주며 살펴 가시라는 인사를 했다. 고맙다고 말하자 여자가 이 말을 해야 할지 말아야 할지 잠시 머뭇거리는 듯한 표정으로 나를 보았다.

"무슨 하실 말씀이라도?"

여자는 한동안 나의 얼굴만 바라보더니 작게 한숨을 내쉬며 말했다.

"할아버지가 노망이 드셨다고 생각하시죠?"

여자의 말에 어떻게 답을 해야 할지 난감했다. 정곡을 찔린 탓이었다.

"누구라도 그렇게 생각할 거예요. 하지만 그럴 만한 이유가 있으세요."

여자의 말에 고개를 끄덕였다.

"언젠간 설명해드릴 시간이 있을 거예요. 그리고 친절에 감사드려요. 보통 사람들 같으면 상대도 하지 않을 텐데 말이죠."

대답할 말을 찾지 못했다. 여자는 그런 내 마음을 알았는지 대답을 기다리지 않고 살며시 미소를 띤 후 대문을 닫았다.

난장판에 울리는
축배의 노래(1)

    화요일, 늦게까지 책을 읽으며 술을 마신 탓에 수요일 아침에는 머리가 깨질 듯이 아팠다. 술을 마신 게 아니라 술병에 머리를 얻어맞은 기분이었다. 간만에 배부르게 마셨더니 뇌가 좋아 죽는 모양이었다. 첫사랑 때도 이 정도는 아니었는데 말이다. 겨우 몸을 추스르고 터미널로 올라가 일할 준비를 마쳤다. 하지만 7시 30분이 넘도록 간선차가 오지 않았다. 사람들이 웅성거리기 시작했고 바나나 형님이 이리저리 전화를 했다.

    "오늘 작업 없어."

    전화를 끊은 형님이 사람들을 보고 외쳤다. 사람들이 이유를 물었다.

    "까데기들이 파업했대."

    터미널과 마찬가지로 물류센터에도 까데기가 있다. 구역

별로 물건을 분류해서 간선차에 실어 보내야 하니까. 얘기인즉 인력을 공급하는 회사들이 연대해서 파업했다는 거다. 물건이 분류되지 않고 간선차에 실을 인력이 없으니 당연히 터미널로 올 물건도 없었다. 일을 하고 싶어도 할 수 없다는 말이다. 아무튼 형님의 말에 모두 환호성을 질렀다. 쉰다고 해서 배송할 물량이 줄어드는 것도 아니고, 쉰 만큼 일만 늘어날 거고, 어차피 언젠가는 모두 배송을 해야겠지만 아무튼 오늘은 쉴 수 있으니까. 나 역시 머리가 지끈거리는 터라 잘됐다 싶어 바로 숙소로 내려가 이불 속으로 들어갔다. 만사가 귀찮았다. 하지만 들어가자마자 노크 소리가 들리더니 문이 열렸다.

"형!"

고개를 돌려보니 주창이었다.

"술 먹자."

죽여버리겠다는 말로 들렸다.

"어제 많이 먹었어."

"어제? 화요일에? 물량 많았는데? 술 먹을 시간이 있었어?"

"그러는 넌 나오지도 않았잖아?"

"오후 세 시에 나왔지. 밤 열두 시까지 다 치고. 이백 개."

그러고 보니 오늘 주창이의 자리에 쌓인 물건이 없기는

했다. 시간당 타수가 서른 개인 녀석이라(중소택배 회사에서 이 정도면 상위 1%의 배송 속도다) 물건을 정리하고 5시부터 배송했다 해도 7시간 배송. 대단한 놈이다 싶었다. 평균 스무 개인 나 같으면 10시간은 걸릴 일이다.

"훌륭하다. 참 잘했어요 도장은 내일 찍어줄게."

"아니 이 사람이, 동생이 술 먹자는데 자려고 하는 거야? 일어나. 다른 사람들도 왔으니까."

주창이가 들어오자 사람들이 하나둘 들어오기 시작했다. 조 따꺼, 낙성대, 아파트, 인헌동이었다. 까데기 동료들. 주창이를 제외하고 함께 술을 마신 적이 없는 사람들이었다.

"주인에게 허락을 먼저 받아야지?"

조 따꺼가 나를 보며 말했다.

"주인은 무슨. 사무실 컨테이너를 숙소로 쓰는 것뿐인데요. 내 것도 아니고."

"그래도 여기 살고 있으니 살고 있는 사람이 주인이지."

아파트 형님이 말했다. 50대 후반. 디스크가 있었고 항상 허리 아프다는 말을 달고 사는 사람이었다. 그래서 배송구역은 엘리베이터가 있는 아파트 단지였다.

"괜찮아요. 이미 다들 왔는데요, 뭐."

나는 노트북으로 듣고 있던 클래식을 끄려 하며 말했다.

"놔둬요. 좋은데요, 뭘."

보험회사를 오래 다녔다는 인헌동이 말했다. 손동작을 멈췄다.

"술은 내가 사 왔어. 맥주하고 소주. 형 원하는 대로 마셔."

소주 한 박스, 맥주 한 박스였다. 농약처럼 보였다.

"아니, 돈 없어? 왜 여기 살아?"

낙성대 형님이 자리에 앉으며 말했다. 시간당 타수가 서른다섯 개가 나오는 사람이었다. 전직 요리사 출신의 비쩍 마른 남자였다. 내가 칼 들기 싫어서 택배를 하는 사람이여,라는 게 십팔번이었다.

"돈이 없어요."

사실대로 말했다.

"그동안 뭐 했어?"

낙성대 형님이 물었다.

"모르겠어요. 알코올성 치매라."

대충 대답했다.

"하긴, 뭐 돈은 이제부터 모으면 되는 거여."

낙성대 형님이 말했다.

"아, 이 형님들이 진짜. 쉬는 날에 무슨 돈 얘기야? 그것밖에 할 얘기가 없어? 짜증 나는 얘기 말고 즐거운 얘기해."

주창이가 끼어들며 말했다.

"내가 고기 구울 테니까 일단 술부터 따라요. 내가 고기

하나는 기가 막히게 굽잖아. 우리 마누라도 내 고기 굽는 실력에 반해서 결혼했다는 거 아니야."

"정말?"

아파트 형님이 물었다.

"아니, 이 형님이. 농담하고 진담도 구분 못 해? 그러니까 맨날 허리가 아픈 거야. 할배 되려면 아직 멀었어. 벌써부터 아프면 어떻게 해? 형수하고 밤일은 잘하고 있어?"

"너보단 잘 해."

충청도 사람인 아파트 형님이 느긋한 목소리로 말했다.

"형이 내가 하는 거 봤어? 봤어? 왜 이래? 정력 하면 나야. 내가 그냥 애가 셋인 줄 알아?"

"그래 너 잘났다."

그러든지 말든지 네 말은 별로 들을 가치가 없다는 태도가 아파트 형님이 주창이를 대하는 태도였다.

그때 컨테이너 문이 열렸다. 바나나 형님이었다.

"또 술이야?"

짜증이 묻은 목소리였다.

"그럼 일 없는데 술 먹지 딸딸이 쳐요? 그러지 말고 형님도 이리 와."

주창이가 형님 쪽으로 가서 팔을 끌며 말했다.

"아, 됐어. 술들 좀 먹지 마. 특히 주창이 너는 어제도 술 먹고 안 나왔잖아."

그 말에 주창이가 정색을 했다.

"아니, 이 형님이. 술은 내가 먹었는데 주사는 왜 형이 부려? 내가 언제 안 나왔어. 늦게 나왔지. 그리고 내가 물건 안 돌렸어? 다 돌렸잖아. 내가 뭘 어쨌다고 그래?"

"너 때문에 행운동이 네 몫까지 까데기 쳤잖아."

"아니, 택배하다 보면 늦을 수도 있고 동료가 대신 쳐줄 수도 있는 거지 그게 욕먹을 일이야? 안 그래요, 형님? 형이 나 때문에 힘들었어? 힘들었으면 다음에 형이 결근할 때 내가 쳐줄게. 그러면 되잖아. 안 그래요?"

주창이가 나를 보며 말했다.

"그러지 말고 들어와서 한잔해요. 어차피 술판은 벌어졌는데."

바나나 형님을 보며 내가 말했다.

"먹으면 어떻게 할 건데? 내일도 일 다 째려고?"

바나나 형님이 주창이를 보며 말했다.

"아니 이 형님이. 간만에 모여서 술 좀 먹으려는데 왜 초를 치고 그래요? 빨리 들어와요, 얼른."

주창이가 바나나 형님을 끌다시피 해서 안으로 들였다. 술판이 시작됐다. 잡담이 오가고, 잡담이 오가고, 잡담이 오갔다.

"그런데 일은 그렇게 하면 안 되제."

조 따꺼가 주창이를 보며 말했다.

"뭘?"

"출근은 똑바로 해야지. 다른 사람에게 민폐잖아."

순간 싸한 공기가 흘렀다. 주창이가 조 따꺼를 노려봤다.
뭔가 사달이 날 것 같았다.

"근데 형 그거 알아?"

"뭘?"

"나 넷째 가졌어."

의외의 답변에 모두가 어떻게 반응해야 할지 몰랐다.

"넷째 가졌다니까. 축하 안 해줄 거야?"

"축하해."

내가 먼저 입을 열었다. 이어서 모두 축하한다고 말했다.

"집에서 고기 구웠나 보지?"

주창이를 보며 내가 말했다.

"당연하지. 섹시하고 요염하게. 마누라가 날 안 덮칠 수가
있나."

"그런데 요즘 세상에 애를 그렇게 많이 낳아서 어떻게 하
려고 그래?"

아파트 형님이 말했다.

"그럼 애가 생기면 뗴? 이 형 잔인한 얘길 하네."

"아니, 내 말은 피임을 좀 하지 그랬냐고."

"아니, 내가 피임을 하든 말든 그게 형님하고 무슨 상관이야. 그러니까 형이 허리가 안 좋은 거야."

"이게 내 허리하고 무슨 상관이야?"

"상관있지. 형이 허리가 안 좋으니까 내가 넷째를 가진 거 아냐."

"그게 뭔 소리야?"

"뭔 소리는 뭔 소리야. 말이 되는 소리지. 형처럼 허리 안 좋은 사람들이 애를 안 낳으니까 내가 형 몫까지 낳는 거 아냐."

"말이 되는 소리를 해라. 나도 애가 둘이거든."

"둘밖에 없네. 난 이제 넷이야."

"그래 그래, 너 잘났다. 아이고 훌륭하다."

"그거 이제 알았어? 나 훌륭해. 하늘이 알고 땅이 알아."

모두 악의는 없었다. 서로의 성격이나 말투를 잘 알고 있었고 이렇게 노는 것이 그들에게는 재미였다. 처음 보는 나로서는 희한한 광경이었지만.

"그나저나 행운동 형님은 할 만해?"

주창이가 나를 보며 물었다.

"대충."

"하여튼 이 형님은 말이 없어. 형님들 안 그래요? 이 형님

터미널에서 얘기하는 거 본 적 있어?"

"별로 없긴 허지."

낙성대 형님이었다.

"우리 무시하는 거 아냐?"

주창이가 말했다.

"우리가 아니라 너겠지."

인헌동이 말했다. 보험생활을 오래해서인지 말투가 조분 조분했다.

"뭔 소리야 형? 내가 행운동 형님을 얼마나 좋아하는데. 안 지는 얼마 안 됐지만 형님들보다 더 좋아. 형님도 날 좋아하고. 안 그래 형?"

주창이가 나를 보며 물었다.

"티 안 내려고 했는데 났는가 보네."

내가 웃으며 말했다.

"거 봐. 형님도 좋아한다잖아. 내가 이렇게 괜찮은 놈이 야."

"그게 괜찮은 거하고 무슨 상관이 있냐?"

아파트 형님이 말했다.

"형은 허리 간수나 잘 해. 맨날 허리 아프다고 골골대지 말고."

"내가 허리 아프다고 네가 약값을 줬어? 병원을 보내줬어? 왜 맨날 내 허리 타령이야?"

"형이 맨날 허리 타령하니까 나도 허리 타령하지. 안 그래?"

"뭐가 안 그래?"

"됐고, 이 얘기 재미없으니까 화제 돌려."

주창이의 모습에 모두 그러려니 하는 반응이었다. 주창이의 술자리 모습을 다 아는 듯했고 말해봐야 소용없다는 것도 알고 있는 듯했다. 그래도 모두 불쾌해하진 않았는데 그들 역시 나처럼 주창이를 악의 없는 친구로 보는 듯했다. 조따꺼만 제외하고.

"형님들한테 그렇게 싸가지 없이 말하는 건 아니제."

조 따꺼가 술 한 잔을 넘긴 후 말했다.

"내가 왜 싸가지가 없어요?"

주창이가 종이컵을 꽉 쥐며 말했다.

"그렇게 말하는 게 벌써 싸가지 없는 것이제."

조 따꺼의 인상이 굳어 있었다.

"아니 이 형님이, 지점에서 톱이라고 눈에 뵈는 게 없나. 뭐 싸가지?"

"싸가지제. 싸가지가 있으면 이러지는 않제."

"내가 뭘? 내가 뭘 어쨌는데?"

주창이의 언성이 올라갔다.

"됐어. 그만들 해. 이러자고 술 먹은 거야?"

바나나 형님이었다.

"하여튼 술만 먹으면 항상 이 꼬라지들이야. 싸움 못 해서 환장한 귀신이라도 쓰였어? 이래서 내가 술 먹지 말라는 거 잖아. 술 먹으면 싸우고 다음 날 안 나오고."

"형, 말은 똑바로 해요. 내가 언제 싸웠다고 그래? 말이 안 되는 얘길 하니까 그렇지. 그리고 내가 언제 결근했어. 늦게 나왔지. 그렇다고 내가 일을 안 했어? 난 내 일은 내가 알아 서 다 해. 내가 누구 손 빌린 적 있어? 누구 손 빌린 적 있냐 고."

"택배는 늦게 나오는 게 결근이나 마찬가지야. 그럼 그 피 해가 누구에게 가는데?"

"피해는 무슨 피해야? 동료끼리 그럴 수도 있지. 아니, 동 료끼리 서로 그 정도도 이해 못 해줘?"

"동료는 남에게 민폐를 안 끼치제."

조 따꺼였다.

"아니, 이 형님이 진짜 듣자 듣자 하니까. 형, 내가 만만 해? 그래. 나 늦었어. 그래서 형님이 뭘 했는데. 내 옆자리가 형님이야? 행운동 형님이야. 행운동 형님도 나한테 아무 말 안 하는데 왜 형님이 지랄이야?"

"지랄이라는 말도 싸가지가 있으면 안 쓰제."

"싸가지 같은 소리 하고 있네. 불만 있으면 까놓고 말해. 말 돌리지 말고."

조 따꺼는 대답이 없었다.

"형 나 때문에 어제 힘들었어?"

주창이의 화살이 갑자기 내게 향했다.

"어째 분위기가 힘들었어도 힘들었다고 말하면 안 될 분위기인데."

"말 돌리지 말고 힘들었는지 안 힘들었는지 그것만 얘기해."

주창이가 나를 노려보며 말했다. 주위가 조용해졌다.

"힘들긴 했지만 나쁘지는 않았어. 그렇게 조용하게 일해보긴 처음이었거든."

순간 사람들이 무슨 말인지 생각하는 듯하더니 이내 웃음소리가 터졌다. 심지어는 주창이조차도.

"내가 이래서 이 형님을 좋아한다니까. 돌부처야 돌부처."

주창이가 웃으며 말했다. 조 따꺼만이 웃지 않을 뿐이었다. 주창이가 웃다가 조 따꺼를 보았다.

"그만 좀 합시다. 좋은 술자리에."

주창이가 짜증을 내며 말했다.

"본인만 즐거우면 좋은 술자리라고 할 수 없제."

조 따꺼는 나름 각오를 하고 온 것 같았다. 쌓인 게 많아

보였다.

"이 형님이 정말 듣자 듣자 하니까."

그 말과 동시에 주창이가 조 따꺼의 멱살을 잡았다. 그러자 조 따꺼는 한 치의 망설임도 없이 오른손으로 주창이의 얼굴을 때렸다. 싸움판이 벌어졌다. 주먹이 오가자 바나나 형님이 말렸으나 튕겨 나갔다. 아파트 형님이 또 말렸으나 주창이가 밀치는 힘에 엉덩방아를 찧었다.

"아이고, 허리야."

넘어진 아파트 형님이 허리를 붙잡으며 말했다. 낙성대 형님도 말렸으나 바나나 형님처럼 튕겨 나왔다. 인헌동도 마찬가지였다. 욕설이 오가고 주먹이 왔다 갔다 했지만 내가 보기엔 개싸움이었다. 목소리만 큰. 노트북에서는 롤란드 비야손의 〈축배의 노래〉가 흘러나왔다. 볼륨을 키우고 한 곡 반복을 눌렀다.

인생이란 한없이 덧없는 것.
이 시간이 흐르면 아무 소용없는 것.
함께 노래해. 즐거운 이 순간 노래해.

노래는 흐르고 둘은 고함을 지르고 바나나 형님은 말리고, 아파트 형님은 허리를 붙잡고 있고 낙성대 형님과 인헌동은 말리는 걸 포기했는지 둘이서 술을 마시고 있었다. 나 역시 끼어들 일이 아니라 싶어 자작을 하며 소주를 홀짝였다. 마침내 싸움이 진정되고 바나나 형님이 겨우 화해를 시키자 이전의 술자리로 돌아왔다. 바나나 형님이 혼자 자작하는 나를 보며 말했다.

"이제 왜 주창이 술 먹이면 안 되는지 알겠지?"

짜증을 내게 푸는 것 같았다. 은근히 화가 났다. 내가 싸움을 한 것도 아니고 술판을 깽판으로 만든 것도 아니다. 나는 소인배라 남이 한 일을 뒤집어쓰는 건 질색이다. 그래서 말했다.

"그러게요. 축제를 볼 거라곤 기대도 안 했는데 말이죠."

술판은 깽판이 되고 깽판은 흐지부지판이 되어 그렇게 끝났다.

아담하고 조용하게
누가 죽어나가진 않고요

아침 8시경, 문자가 왔다.

'서울대입구역 4번 출구에서 8시.'

모르는 번호였다. 처음에는 오늘 택배를 받을 고객인가 싶었지만 문자 내용이 이상했다. 지하철 입구로 택배를 갖다달라는 고객도 없을뿐더러 갖다달라고 해도 갖다줄 수 없다. 택배라는 것이 정확한 시간에 배송을 해줄 수 있는 것도 아니고, 2분에 하나꼴로 배송해야 하는데 5분일지 30분일지 모를 시간을 기다려줄 수 있는 것도 아니며, 무엇보다 내 배송 구역이 아니었으니까. 그런 생각을 하는데 다시 문자가 왔다.

'얘기 좀 해요. 담배도 잊지 말고요.'

뜬금없는 문자였다. 하지만 그제야 누군지 알 것 같았다. 우울증의 그녀였다. 그러고 보니 한동안 본 적이 없긴 했다. 그러려니 했다. 담배 좀 나눠 폈다고 해서 서로의 인생을 참

견할 권리가 주어진다면 담배 따위는 예전에 끊었을 거다. 게다가 명령조. 문자를 잠시 응시한 후 핸드폰을 덮었다. 알 바 없다고 생각하면서.

배송을 마치니 7시 50분이었다. 다시 문자가 왔다.

'오고 있어요?'

아침에 온 문자와 같은 번호였다. 전화를 걸었다.

"십 분 남았어요."

여자가 말했다.

"간다고 한 적 없는데요?"

"그렇다면 일찍 문자를 보냈어야죠."

"비즈니스 관계라면 그랬겠죠. 친구 사이라면 더더욱 그랬을 테고. 하지만 우린 담배 좀 나눠 핀 사이지 않습니까? 약속을 잡고 만나서 얘기할 정도는 아닌 것 같은데요. 게다가 당신의 명령을 들어야 할 입장은 더더욱 아니고."

전화기 너머 여자의 한숨 소리가 들렸다.

"그럼 커피 한잔 어때요?"

"커피만? 아님 커피도?"

"커피도?"

이번에는 내가 한숨을 쉬었다.

"도대체 내게 이러는 이유가 뭡니까?"

"당신에게 관심이 있어요."

말 같지도 않은 대답이었다.

"저는 흔한 중년 남자가 아니에요."

"무슨 뜻이죠?"

"키 작고 배불뚝이에 머리가 벗겨져도 여자들에게 인기 있을 거라고 생각하는 바보들과 다르다는 뜻입니다."

"이성적인 관심을 말하는 게 아니에요. 인간적인 관심이지."

역시, 말 같지도 않은 대답이었다.

"보통은 제게 인간적인 관심마저 끊는데 당신은 좀 이상하군요. 소수 중에서도 마이너 취향인가 봅니다. 관심을 가져준다니 고맙긴 합니다만 전 타인의 관심을 바라지 않아요. 그러니 커피를 드시든 홍커우 공원에 가서 수류탄을 던지시든 혼자 하시죠. 저는 빼고 말이죠."

한동안 대꾸가 없어 끊으려 하니 대답이 들려왔다.

"대가는 지불할 생각이에요. 한 번 만날 때마다 백만 원. 결정은 제 얘기를 듣고 해도 늦지 않을 거예요."

구미가 당겼다. 돈은 날로 먹을수록 좋으니까. 돈의 가치는 그 정도가 적당하다고 생각한다. 피땀을 흘려서 번다? 피땀이 아깝다. 노동의 가치? 그런 건 브런치나 먹으며 생계를 위한 노동을 하지 않는 인간들이나 함부로 쓸 수 있는 말이다. 되도록 날로 먹고 싶은데, 방법을 찾지 못했기 때문에 일을 해서 돈을 버는 것뿐이다. 안타깝게도 흙을 파먹고 사는 재주도 없고.

"그러니까 당신 얘기는, 커피나 마시면서 얘기나 들어주면 백만 원을 주겠다는 뜻입니까? 듣다가 심심하면 당신 모자나 들어주고?"

"모자는 들어줄 필요는 없지만, 맞아요."

여자의 말을 듣고 있자니, 이제 길거리에 돈을 뿌리는 건 심심해서 나한테 뿌리겠다는 말로 들렸다. 이런 걸 횡재라 한다. 그러니 당장 대답할 수밖에.

"거절하겠습니다."

"왜죠?"

"공짜는 믿지 않을 만큼 나이를 먹은 탓이겠죠."

"얘기를 들어주는 대가라고 했잖아요?"

"정신과 의사나 상담사라면 그래도 되겠죠. 하지만 전 택배기사입니다. 전화번호와 주소만 가지고 누군가와 상담할 재능은 없어요."

"전 얘기라고 했지 상담이라고 한 적 없어요."

"제겐 똑같은 일입니다. 소문자 트리플 a형이에요. 타인의 얘기를 듣게 되면 감정이입이 너무 되는 타입이죠. 피곤한 일이에요."

감정이입은 무슨. 타인의 문제는 알고 싶지 않을 뿐이다.

"대가는 지불한다고 했을 텐데요?"

"그러게요. 아마 내일쯤 되면, 내가 왜 그런 복을 발로 차는 미친 짓을 했을까? 하고 머리를 쥐어뜯으면서 소주나 마실 게 분명하지만 아무튼 거절하겠습니다."

얼마쯤의 시간이 침묵 속에 쌓이자 여자의 대답이 들려왔다.

"전에 제가 했던 말을 기억해요?"

여자의 말에 기억을 더듬었다. 별 내용은 없었던 것 같다. 마지막 말만 빼고는. '전 당신을 죽이려고 했어요.'

"기억합니다."

"얘기를 나눴으면 해요."

여자의 대답에 잠시 생각했다. 나는 인간의 생명을 소중하게 생각하는 사람이다. 그중에서도 내 목숨. 타인은 몰라도 나 자신이라면 일곱 번씩 일흔 번이라도 흔쾌히 용서하고 사는 사람이고.

"4번 출구로 가지요."

그러니 안 갈 수가 없었다.

여자는 전과 같은 차림이었다. 야구 모자, 흰 티, 청바지. 달라진 게 있다면 가죽점퍼를 입고 있다는 것 정도였다. 여자는 나를 발견하고는 내 쪽으로 다가와 말했다.

116

"커피부터 한잔하죠."

우리는 바로 옆의 커피숍으로 들어갔다. 체인점이었고 매장이 넓었다.

"뭘 드실래요?"

자리에 앉으며 여자가 물었다.

"에스프레소 더블."

"전 아메리카노."

여자는 그렇게 말하고는 움직이지 않았다.

"주문을 해야 하는 것 아닙니까?"

내가 물었다.

"말했잖아요? 아메리카노라고."

"저한테 뭘 마실 거냐고 물었잖아요?"

"그래서요?"

"보통 묻는 사람이 주문을 하고 오지 않나요?"

"그래요? 잘 모르겠네요. 아무튼 전 아메리카노예요."

젠장. 자리에서 일어서자 여자가 5만 원을 눈앞에 내밀었다.

"제가 살게요."

산다고 하는데 기분은 이루 말할 수 없이 더러웠다. 낚아채듯 받아서 주문을 하고 다시 커피를 가져올 때까지 아무 말도 하지 않았다. 잔돈은 돌려주지 않았다.

"본론부터 얘기하죠. 한 주에 한 번, 하루를 내게 내주면 백만 원을 주겠어요. 저와 함께하고 얘기를 들어주면 돼요. 조건은 그뿐이에요."

우울만이 아니라 돈도 넘쳐나는 사람이었다.

"그런 일이라면 저 말고도 널렸을 텐데요? 요즘 청년실업 도 심각하다던데 그쪽에서 한 명 고용해 사회노동구조의 긍 정적 변화에 일조하시는 게 훨씬 나을 것 같군요."

여자는 대꾸 없이 나의 얼굴을 바라보며 오른쪽 검지로 테이블 위를 톡톡 치기만 했다.

"원래 말투가 그래요? 터프한 척 폼 잡으면서 사람 말을 비꼬는 거?"

"터프가 뭡니까? 비겁이라면 좀 알지만. 게다가 말 좀 들 어준다고 백만 원씩이나 준다면 보통 믿을 리가 없죠. 날 놀 리나 싶을 겁니다. 하지만 비꼬는 것처럼 들렸다면 사과하 죠."

"인생에는 어떤 일이든 일어날 수 있어요."

여자는 여전히 오른쪽 검지로 테이블을 톡톡 치며 말했다.

'누가 그걸 모르나?'

"빨간 머리 앤이 이런 말을 했죠. 엘리자가 그랬어요, 세 상은 생각대로 되지 않는다고. 하지만 생각대로 되지 않는 다는 건 정말 멋지지 않아요? 생각지도 못했던 일이 일어나는 거니까."

"무슨 뜻이에요?"

"아무 뜻도."

"또 비꼬는 거예요?"

빙고.

"설마요. 빨간 머리 앤이 그 말을 들었다면 섭섭해할 겁니다."

여자는 여전히 무표정이었다.

"당신 말투는 사람의 신경을 묘하게 거슬러요."

"생긴 대로 사는 거니까요."

"생긴 건 평범해요."

젠장.

"비꼬면서 정작 진짜 속내는 드러내지 않는다고 할까. 일관되게 해석하기 어려울 때가 있어요"

"무슨 말인지 일관되게 해석이 안 되는군요."

"지금 그 말투 말이에요."

여자가 한숨을 쉬며 말했다.

"그러니까 비유나 농담 같은 것 말입니까?"

"정확하진 않지만 그래요. 왜 그런 식으로 말을 하죠?"

"불만은 있지만 부딪치는 건 싫고 가만있기에는 열 받고. 노예근성 같은 거죠. 다자이 오사무의 말을 빌리자면 노예조

차 노예다운 보복을 하는 거고."

"다른 사람의 이름을 빌리고 그 말을 인용하면 자신이 근사해 보이나요?"

"설마요. 그 사람이 그 말을 했을 때 음, 이런 심정이었겠군, 하고 유추하면서 즐거워하는 정도죠. 바보이긴 하지만 다른 사람의 이름과 말을 빌린다고 해서 자기가 똑똑해 보일 거라고 생각할 정도는 아니고요. 애당초 누군가에게 그렇게 보여야 할 이유도 없고."

나의 말에 여자는 다시 테이블에 오른손 검지를 톡, 톡, 거렸다. 생각에 잠길 때의 습관인 것 같았다.

"이름이 어떻게 돼요?"

여자가 톡, 톡, 거리는 손짓을 멈추며 화제를 돌렸다.

"알 필요가 있습니까?"

"몰라야 할 이유라도 있나요?"

그렇긴 했다.

"행운이라고 부르세요. 다들 행운동이라고 부르니까."

"이름을 숨기고 싶은 건가요?"

"굳이 숨겨야 할 비밀도 아니지만 굳이 알려줘야 할 정보도 아니라서요."

여자는 또 한 번 한숨을 쉬었다.

"당신 이름은?"

예의상 물어봤다.

"춘자예요."

여자의 말에 순간 마시던 커피를 뿜을 뻔했다. 이름 가지고 사람을 놀리고 싶지는 않다. 하지만 어쩔 수 없이 각인된 이름의 이미지라는 게 있다. 도무지 어울리지 않는 이름이었다. 하지만 실례를 범하고 싶지 않아 억지로 참았다.

"진짜 제 이름이에요."

마치 나는 당신과 다르다는 듯이 '진짜'라는 단어에 힘을 주었다.

"아무튼 관심도 없는데 여기까지 온 이유는 뭐죠?"

"농담합니까? 당신이 한 말 때문이지 않습니까? 절 죽일 생각이었다면서요?"

"아!"

"터프가이 흉냅니까? '아!'라는 감탄사로 끝낼 내용은 아닌 것 같은데요?"

"정말 죽인다는 의미는 아니었어요. 그런 마음이 한순간 들었다는 뜻이었죠. 아무튼 당신은 다른 말에 포커스를 맞췄나 보네요. 제가 하고 싶었던 얘기는 다시 돌아가지 않기 위해 벤치에 있는 거라는 말이었어요. 그 일에 당신이 도움이 될 것 같았고."

사람을 들었다 놨다 하는 재주가 있는 여자였다. 선천적인 재능인지 갈고닦은 노력인지는 알 수 없었지만.

"수수께끼를 낼 게 아니라 그냥 말을 해주지 그랬습니까? 단번에 알아들었을 텐데."

"알아들을 줄 알았죠."

"묘하게 신경을 거슬리는 말투는 내가 아니라 그쪽인 것 같습니다."

여자는 나의 말을 무시한 채 커피만 한 모금 마셨다.

"왜 도움이 될 거라고 생각했는지는 모르겠습니다만 아무튼 이것 하나는 분명합니다. 당신의 착각이라는 거죠. 전 누구에게 도움이 될 만한 사람이 아니에요. 제가 할 말은 다 한 것 같군요. 먼저 일어서도 되겠습니까?"

자리에서 일어서며 말했다.

"그러니까 대답은?"

"이미 말했지 않습니까. 하지 않는다고."

"쉽게 수락할 줄 알았는데 의외네요. 그 정도 돈이면 당분간 택배를 하지 않아도 될 텐데 말이죠."

"'땀 흘리는 노동의 가치를 소중하게 생각하자'가 제 신조라서요."

가치는 무슨. 되는 대로 대답했다.

"술 한잔 어때요? 제가 사죠."

여자가 물었다.

"방금 제가 한 말 못 들었습니까?"

"술 못 마셔요?"

"마십니다. 좋아하기도 하고. 하지만 그게 논점이 아니잖습니까?"

"괜찮은 곳이 있어요. 다양한 종류의 위스키가 있어요. 제가 사죠."

조금 혹했다. 여자마저 눈치챈 것 같았다.

"좀 걸어가야 하긴 하지만 아담하고 조용한 곳이에요."

여자가 일어서며 말했다.

"아담하고 조용하게 누가 죽어나가진 않고요?"

나의 말에 여자가 물끄러미 나를 봤다.

"당신 말투는 정말이지 묘하게 신경을 거슬러요."

여자가 여전히 무표정한 얼굴로 말했다.

번화가 뒤편에 자리 잡은 주택가 골목에 있는 가게였다. NEST. 간판이 없다면 찾기 어려울 것 같았다. 가게는 여자의 말처럼 아담하고 조용한 곳이었다. 테이블이 다섯 개, 적소에 배치된 간접 조명이 어둠 속을 아늑하게 비추고 있었다. 쳇 베이커의 〈look for the silver lining〉이 흘러나왔다. 제임스 개빈이 쳇 베이커의 평전 제목을 이렇게 붙였지. '악마가 부른 천사의 노래'라고. 맞는 말이라고 생각하며 자리에 앉자 여자가 물었다.

"하이네켄. 당신은?"

"조니 워커 블랙. 750으로."

"혼자서 그걸 다 마실 생각이에요?"

"정규직이 될지도 모르지 않습니까? 주급이 백만 원인. 땅
콩이나 씹으며 앉아 있을 수는 없죠."

잠시 침묵이 흘렀다. 아무도 움직이지는 않았다. 그제야
뭔가 잊었다는 사실을 깨달았다. 바텐더를 부르고 주문을 했
다. 여자가 주문을 할 것 같진 않아서. 술이 나오자 춘자가
입을 열었다.

"정규직이라는 단어를 쓰는 걸 보니 생각이 있는가 보
죠?"

"술 마시는 핑계였죠. 도움이 될 것 같다는 뜬구름 잡는
얘기는 판단할 근거로 너무 빈약해요."

나의 말에 춘자가 대답 없이 맥주를 한 모금 마셨다. 눈은
내 얼굴을 응시한 채로. 관찰당하는 느낌이었다. 처음 만났
을 때도 어렴풋이는 느꼈지만 지금은 확실하게 알 수 있었
다. 그러거나 말거나. 스트레이트 잔을 비웠다.

"얼음도 없이 마셔요?"

"귀찮아서요."

"알코올 중독자 같네요."

"맞아요. 기분 좋은 알코올 중독자죠. 심각한 알코올 중독자까지는 아니고."

"무슨 차이가 있죠?"

"종이 한 장 정도? 잠시 삶을 잊으려고 마시느냐 잃어버리려고 마시느냐 차이겠죠. 보통 잊으려다 잃어버리게 되지만."

"아직까진 아니다?"

"항상 조심하고 있죠. 그렇게 안 보이겠지만."

"전혀 그렇게 안 보여요."

그러거나 말거나. 대답하지 않았다.

"남편은 삼 년 전에 죽었어요."

뜬금없는 화법으로 화제를 돌리는 것이 특기인 것 같았다. 전에도 이런 식이더니.

"안 됐군요."

"살면서 유일하게 사랑했던 사람이었어요."

"안 됐군요."

"당신은 죽은 남편과 닮았어요."

마시려고 들던 잔을 멈췄다. 하마터면 '정말 안 됐군요'라고 말할 뻔했다. 내 얼굴이 인생에 도움이 될 만한 얼굴은 아니다. 살아봐서 안다. 하지만 그제야 낯선 남자에게 말을 걸지 않는 보통 여자들과 다르게 그녀가 왜 내게 왜 말을 걸고, 자신의 얘기를 했는지, 또 만나자고 했는지 조금 이해가 됐다.

"그러니까 부탁이에요. 제 얘기를 받아들여줬으면 좋겠어요."

이런 젠장. 내 약점을 정확히 찔러왔다. 부탁에는 언제나 약하다. 명령조에서 갑자기 부탁조로 바뀐 저의가 의심스럽긴 했지만, 사람의 약점이 한순간에 바뀌는 것은 아니다. 어지간해서 바뀌지 않기 때문에 약점인 거고.

"닮았다는 사실이 무슨 도움이 된다는 건지 모르겠군요. 오히려 과거만 떠올라 자신을 더 괴롭힐 뿐인 것 같은데."

"그럴지도 모르죠. 하지만 모든 문제 해결의 출발점은 문제를 직시하는 거예요. 거기서부터 출발하는 거죠. 당신이라면 도움이 될 거라고 생각해요."

어쩌다보니 선행을 베풀게 생겼다. 그것도 얼굴로. 한참을 생각했다.

"좋습니다. 하지만 돈은 필요 없어요."

성격이다. 하고 나서 후회할 말을 꼭 한다.

"거절하지 말아요. 지불하지 않으면 신세를 지는 거고 전 신세 지는 건 질색이에요. 돈으로 해결할 수 있는 건 돈으로 해결하는 게 깔끔해요."

듣고 있자니 여자의 성격에 급호감이 생겼다.

"사람을 만나는 데 돈을 받지는 않아요."

또다시 후회할 말.

"오해하지 말아요. 데이트가 아니라 당신의 시간과 얼굴이 필요한 것뿐이니까. 마트에서 물건을 사는 것과 다를 바없어요. 그러니 비용은 당연히 지불하는 거고."

마트? 물건? 비용? 그래, 그래. 사람 성격 어디 가는 거 아니지. 호감은 무슨.

"알겠습니다. 일요일 하루라면 받아들이죠."

'딱히 일요일이라고 할 일이 있는 것도 아니니까'라는 말은 생략했다.

"좋아요. 그리고 이건 선금이에요."

여자는 핸드백에서 봉투를 꺼내더니 내게 건넸다. 얇은걸 보니 5만 원권 같았다. 슬쩍 보고는 주머니에 넣었다.

"세어보지 않나요?"

"숙소에 가서 세어보죠."

"여기서 세면 안 될 이유라도?"

"쪽팔리니까."

"왜요?"

"덜 자란 남자의 덜 자란 태도라고 해두죠."

"그게 돈을 세는 것과 무슨 상관이죠? 저는 백만 원을 주겠다고 했고 당신은 그걸 확인해야 하는 것 아닌가요?"

"내 주머니에 들어왔으니 앞에서 세건 관에 누워 심심할 때 세건 제 마음이죠."

"그게 좋다면 그렇게 해요. 그럼 저는 이만 일어날게요. 다음 주 일요일에 연락하죠."

대답 대신 고개를 끄덕였다.

"그런데 정말 그 술은 다 마실 생각이에요?"

자리에서 일어서는 여자의 얼굴에 처음으로 감정이란 게 떠올랐다. 걱정스러운 표정이었다.

"안 될 게 뭐 있습니까? 정규직이 됐는데. 일요일 하루 출근에 주급은 백만 원이나 되는. 축하주를 해야죠."

그렇게 말하고는 술잔을 입에 털었다. 여자가 가고 난 후 술이 비자 한 병 더 시켰다. 그래도 될 것 같았다. 어쩌다가 하늘에서 돈이 떨어진 덕분에.

나비를 잡으러 다녔나요

코카인은 대로변에서 한 골목 안에 위치한 허름한 5층 건물 중 4층에 있는 조그만 바였다. 엘리베이터가 있었고 짐은 항상 한 손으로 들 수 있을 정도 크기의 직사각형 박스라 배송하기 편한 곳에 속했다. 단지 특이한 점이 있다면 택배 발송 문자를 보내면 반드시 이런 문자가 온다는 것이었다.

'저녁 8시에 부탁해요. 팁은 챙겨드릴게요.'

택배는 화요일을 정점으로 조금씩 줄어 토요일에는 평일보다 두세 시간 일찍 끝나는데 보통 6시에 마치는 나로서는 두 시간의 공백이 생기는 셈이었다. 들어줄 필요도 없었고 화주들의 문자는 무시하고 문이 잠겨 있더라도 문 앞에 던져두고 가버리는 나였지만 팁이라는 단어에는 조금 끌렸다. 공돈이 생긴다면 마다할 형편이 아니었으니까. 배송을 마친 후 근처에 주차를 하고 책을 좀 읽다가 시간에 맞춰 상자를 들고 가게로 갔다. 가게 앞에 붙은 푯말에 영업시간은 오후 9시부터 오전 4시까지로 되어 있었다. '택뱁니다' 하고 문을 열자 여성 두 명이 청소를 하다 말고 나를 바라보았다. 바에 있던 여성이 내게로 다가왔다.

"어머, 시간 맞춰 오셨네요. 잠깐 앉으세요."

여자는 나를 바의 의자로 안내하더니 양주 세팅을 시작했다.

"잠깐만요. 전 주문을 하지 않았는데요."

여자의 행동을 제지하려 하자 여자가 나의 손을 잡더니 말했다.

"서비스예요. 문자 받으셨을 텐데요? 팁을 드리겠다고."

손을 놓은 후 여자는 내가 바 위에 올려놓은 택배를 별것 아니란 듯이 바 안쪽으로 살짝 던지고는 물었다.

"술은 어떤 걸로? 술 마셔도 되죠? 그 전에 하시던 분도 이 시간쯤이면 마치는 시간이라 괜찮다고 하시던데."

"글쎄요. 뭘로 마셔야 할지."

"12년산까지는 괜찮아요. 저희도 장사니까 그 이상은 무리이고."

"그럼 조니 블랙 500으로."

나의 말에 여자는 조니 워커 블랙을 가져왔고 잔에 따랐다.

"제니예요. 이 친구는 하니. 오빠는?"

홀에서 청소하던 여자가 어느새 제니라는 친구 옆에 서 있었다.

"행운이라고 불러요. 다들 그렇게 부르니까."

"어머, 오빠도 가명 써요? 재밌는 분이시네? 말 못 할 과거라도 있나 봐."

여자의 말에 교태가 흘렀다.

"사십 대 같은데? 이십 대에는 뭐하고 살았어요?"

하니라는 친구가 물었다.

"기억 안 나는군요. 술에 절어 있었거든요."

내 말에 둘이 웃었다. 장사에 능해 보였고, 두 사람 다 길거리에 나가면 남자들의 시선을 끌 만한 외모였다. 옷이나 화장이 세련됐고 머리도 미용실에서 공들인 흔적이 역력했다. 삼십 대 초반으로 보였다.

"신경 쓰지 말고 드세요. 서비스로 드리는 거니까."

제니라는 친구가 말했다.

"설마 택배가 올 때마다 이럽니까?"

"일종의 가게 징크스 같은 거예요. 예전에 기분 삼아 택배 기사님에게 이렇게 대접한 적이 있었거든요? 그때 가게가 대박 났죠. 그 뒤로 계속하는데 아무리 못해도 매상이 중박은 쳐요. 그러니 손해 볼 건 없죠."

"그래서 시간을 정한 건가요?"

"오픈 전 여덟 시. 그 시간이 가장 효과가 좋더라고요. 그래서 부탁드린 거고."

제니의 말에 고개를 끄덕였다. 징크스라는 게 그렇다. 전혀 합리적이지 않지만 어기면 어쩐지 꺼림직하다. 아무튼 9시까지만 마시고 나가라는 것 같았다. 정확히 8시 45분에 자리에서 일어섰다. 술은 반이 남아 있었다.

그렇게 해서 토요일은 코카인에서 시간을 보내게 됐다. 나쁘지 않았다. 양주였고 내 주머니 사정으로는 비싼 술이었으니까. 하지만 세 번이 되니 아무리 서비스라고 해도 부담스럽기는 했다. 네 번째에, 월급날도 얼마 지나지 않았고 해서 한 병을 더 시켰다. 내 형편으로는 만만치 않은 금액이기는 했지만 얼굴에 철판을 깔지 못하니 어쩔 수 없었다.

"어머, 오빠? 괜찮겠어요?"

처음에는 계산이 부담되지 않겠냐는 뜻인 줄 알았다.

"괜찮죠, 그럼."

웃으며 말하자 제니와 하니의 얼굴이 어두워졌다.

"아니 그게 아니라 정말 괜찮겠어요?"

무척이나 걱정되는 얼굴이었다.

"괜찮다니까요."

"애들 올 텐데?"

"애들이요?"

"일하는 애들."

"가게에 일하는 직원들이 출근하는 게 뭐가 이상하죠?"

두 사람은 나의 말에 한숨을 쉬었다.

"하긴 언젠가는 알 거니까. 지금까지 모르는 오빠도 어지 간하지만."

그러면서 언제 심각한 얼굴이었냐는 듯이 서로 보며 까르 르 웃었다.

직원들이 출근하자 제니와 하니가 무슨 말을 하려 했는지 알 것 같았다. 출근한 직원이 세 명. 여자 복장이긴 했지만 분명 남자인 것 같은 친구가 보였다. 그 친구를 한동안 바라 보자 제니가 물었다.

"이제 알겠어요? 왜 괜찮냐고 물어봤는지?"

제니의 말에 고개를 끄덕였다.

"우리 보고도 몰랐어요?"

"몰랐어요. 워낙 여자 같아서."

"오빠 좀 눈썰미가 없는 거 같아요."

"맞아요. 없습니다. 가게의 어두운 조명도 한몫한 것 같지 만."

"그냥 나가도 돼요. 술은 다음에도 줄게요. 오빠만 싫지 않다면."

"왜 나가야 하죠?"

"게이 안 싫어해요?"

"싫어하고 말고가 어디 있습니까? 당신이 내 술에 농약이
라도 탄다면 얘기가 달라지겠지만."

풋, 하고 제니가 웃었다.

"그 정색하는 표정이 귀여운 거 알아요?"

"모르죠. 제 표정을 제가 볼 일이 별로 없어서."

제니가 바에 올려진 나의 손등에 손을 포개며 물었다.

"혹시 제가 오빠보고 사귀자고 하면 어쩌려고요?"

"거절해야겠죠."

"왜?"

"전 여자가 좋으니까요."

"한 번 사겨볼 수도 있잖아요. 색다를 수도 있고. 여자보
다 더 멋진 게이들도 많아요. 나처럼."

제니가 여전히 손을 쓰다듬으며 말했다. 여자 손보다 부
드러웠다.

"혹시 이런 동남아의 우화를 알아요?"

"어떤?"

"옛날에 원숭이가 살았는데 하루는 물속의 물고기를 보고
이런 생각을 했답니다. 물고기들은 물에 살면서 숨을 어떻게

쉬지? 질식해 죽는 게 아닐까? 그래서 원숭이가 물고기들을 잡아다가 땅 위에 올려 뒀죠. 그랬더니 물고기가 모두 죽어 버렸다는?"

"그게 게이랑 사귀는 것과 무슨 상관이에요?"

"없어요. 때로는 사랑이라는 이름으로 행하는 행동이 타인에게는 민폐나 치명적인 피해가 될 수도 있다는 얘기니까."

"그런데 왜 하는 거예요?"

"아무튼 저는 물고기고 제가 선택해서 물고기가 된 건 아니라는 거죠."

내 말에 제니가 물끄러미 바라보았다.

"저 역시 원해서 원숭이가 된 건 아니에요."

"그러니까. 누구 잘못도 아니에요. 당신은 원숭이의 삶을 살고 저는 물고기의 삶을 살면 되는 거죠."

"물에서 건지지 마라?"

"그런 거죠."

"오빠 그거 알아요?"

"뭘 말입니까?"

"보통 게이라고 하면 경멸하거나 동정하거나 둘 중 하나거든요? 오빠는 그 어느 쪽도 아니에요. 그냥 친절할 뿐이에요."

"친절은 아니고 그냥 무관심이죠. 저는 타인에게 무관심합니다. 게이라고 예외일 수는 없고. 게다가 당신은 팁으로 술을 주고 저는 그 술을 마십니다. 설령 당신이 히틀러라고 해도 절대 면전에서 침 뱉는 일은 없을 겁니다."

나의 말에 제니가 웃었다.

"그런데 트랜스젠더라고 해야 하는 거 아닌가요?"

"정확하게 말하면 그렇죠. 그런데 일일이 설명하는 게 더 귀찮아서요. 그리고 사귀자는 건 농담인 거 아시죠?"

제니가 손을 떼며 말했다.

"전 그 말만 진담인 줄 알았는데요?"

제니가 살짝 눈을 흘겼다.

어느 토요일이었다. 새벽 4시였고 사람들이 모두 떠나간 바에 손님은 나 혼자뿐이었다. 자리에서 일어서려는데 제니가 손을 잡았다.

"있어. 아직 가지 마."

눈이 꽤 풀려 있었다. 다른 직원들도 마찬가지였다.

"이제부터 본격적으로 마셔야지."

그렇게 말하고는 가게 문을 닫고 모두 테이블에 둘러앉았다.

"오빠, 내가 내 얘기 한 적 있어요?"

"몇 번. 띄엄띄엄. 별 얘기는 아니었죠."

"무슨 얘기 했는데?"

"부모와 담쌓고 지낸다는 거. 형제도 친구도 안 만난다는 거. 뭐 그런 얘기들."

나의 말에 모두 인상이 굳어졌다. 남 얘기가 아닌 듯했다.

"있잖아? 나 가족한테 모다바리 당한 거 알아요?"

제니가 혀 꼬인 소리로 말했다.

"아뇨."

"모다바리를 당했어, 내가. 모다바리를 당했다고."

낮고 쓸쓸한 목소리였다.

"오늘 내가 당할 차례는 아니죠?"

웃으며 말하자 제니가 나를 보더니 뺨을 쓰다듬으며 말했다.

"난 오빠의 그 재미없는 농담이 좋아. 재미는 하나도 없는데, 그런데 좋아. 이상하게."

재미없는데 뭐가 좋다는 건지 전혀 이해되지 않았지만 아무튼 모다바리를 당할 것 같진 않아서 내 잔을 비웠다.

"난 열네 살에 알았거든. 내가 게이라는 거. 스무 살 때까지 숨기고 살았는데 어쩌다가 엄마 아빠가 알게 됐어. 어떻게 됐는지 알아요?"

"방금 얘기한 것 같은데요?"

"모다바리를 당한 거야. 가족한테. 신나게 얻어터진 거 있지. 고등학교 다니는 동생한테도 맞았어. 갈비뼈 두 개 하고 왼팔이 부러졌어."

뭐라고 대답해야 할지 감도 잡히지 않았다.

"얘들도 다 비슷한 사연들을 가지고 있을걸."

제니가 손가락으로 한 사람 한 사람 가리키며 말했다.

"집을 나온 건 그렇게 두 번이나 더 당하고 난 뒤야. 스물둘에. 나와서 내가 뭐했게?"

제니가 반쯤 풀린 눈으로 나를 보며 말했다.

"모르겠는데요?"

"상상을 해봐요, 상상을. 여자가 묻는데 성의 없게."

제니가 비운 잔을 흔들며 말했다. 몸도 흔들리고 있었다.

"나비를 잡으러 다녔나요?"

레이먼드 챈들러가 《안녕, 내 사랑》에서 이런 대사를 썼지.

"칫, 재미없어."

거기까지였다. 제니는 테이블에 쿵, 하고 이마를 찧더니 그대로 잠이 들어버렸다. 나는 자리에서 일어났다.

"오빠, 가려고?"

하니가 말했다.

"가야죠. 시간도 늦었고."

"이해해요. 힘든 일이 많았던 사람이니까. 언니뿐 아니라

다들 그렇지만. 그래도 언니가 뺀은 게 다행이에요. 아님 언
니의 파란만장한 역사를 들어야 했을 거예요."

"그랬다면 제가 먼저 뺀었겠죠. 일부러라도."

하니에게 웃으며 손을 흔들고 가게 문을 나섰다.

한동안 토요일이면 제니의 가게에 들렀다. 몇 개월 후, 어
느 날 갑자기 가게가 문을 닫을 때까지. 공짜 술의 대가를
톡톡히 치른 건 그 얼마 후였다. 나는 망치와 심각한 사랑에
빠지게 된다.

울음이 타는 강가에서

일요일, 열병이라도 난 듯 몸이 뜨거웠다. 움직일 기력도 생각할 힘도 없었다. 몸살이 들어도 단단히 든 것 같았다. 계속 울리는 전화 벨소리가 아니었다면 잠에서 깨지도 못했을 거다.

"여보세요?"

전화를 받아 겨우 입을 열었다. 다 죽어가는 목소리로.

"아침부터 전화했는데, 벌써 오후 한 시가 넘었어요. 약속은 지키는 사람인 줄 알았어요."

춘자의 목소리였다.

"대개는 그러려고 하죠. 몸이 안 따라줄 때를 제외하곤."

"많이 아파요?"

내 목소리로 상태를 판단해보는 것 같았다.

"전화를 못 받았을 정도로는 아픈 것 같군요."

"실망이에요."

"제가 남들에게 자주 하는 일이죠. 새삼스러운 일도 아니지만."

"주소가 어떻게 돼요?"

"무슨 주소요?"

"당신이 지금 있는 주소."

"그건 뭐하러 묻습니까?"

"아프다면서요?"

"그래서요?"

"병문안이라도 가야죠. 챙겨줄 사람 있어요?"

"없긴 하지만……."

"주소를 불러봐요."

미처 나의 말이 끝나기도 전에 여자가 말했다. 엉겁결에 불렀다.

"한 시간 안에 갈게요."

여자는 대답을 듣지 않고 전화를 끊었다.

노크 소리가 났고, 들어오라고 했다. 여자는 예의 가죽점퍼 차림으로 오른손에는 뭔가 가득 담긴 커다란 비닐봉지를 들고 있었다.

"됐어요. 일어나지 마요. 아플 때는 몸을 따뜻하게 하고 잠을 많이 자는 게 좋아요. 보아하니 과로로 인한 몸살 같으니까. 그나저나 밥은 먹었어요?"

여자의 말에 고개를 저었다.

"즉석식품들이라 그렇긴 하지만 요즘은 잘 나오니까. 일단 죽부터 좀 만들어줄게요."

그녀는 방을 한번 둘러보더니 전자레인지를 찾아서 음식을 데우고 커피포트에 커피를 내렸다.

"먹은 후에는 약을 줄게요. 한숨 푹 자고 나면 조금 괜찮아질 거예요."

죽을 먹고 약을 먹은 후 잠에 빠졌다. 깨고 나니 밤이었다.

"몇 시죠?"

"새벽 세 시."

여자의 말에 한숨이 나왔다.

"챙겨준 건 고맙지만 외간 남자의 방에 이 시간까지 있는 건 별로 좋은 선택은 아닌 것 같군요."

"신사라도 되는가 보죠?"

"내 평생 그런 건 해본 적도 없어요."

"그럼 신경 쓰지 마요. 자리에서 일어날 힘도 없는 사람을 겁낼 필요는 없으니까."

그렇긴 했다.

"이러는 이유가 뭡니까?"

"뭘 말이에요?"

"이렇게 챙겨주는 이유가 뭐냐고요. 설마 내가 귀여워서 그랬다는 대답은 말고."

"당신이 필요하다고 말했잖아요."

정말이지 당연하다는 표정으로 여자가 말했다. 그러고는 핸드백에서 봉투를 하나 꺼내 나의 머리맡에 놓았다.

"뭡니까?"

"오늘 일당이에요."

자리에서 겨우 일어나 봉투를 만졌다.

"무노동 무임금 아닙니까?"

"한 번이라도 그 입 좀 닥치고 있을 수 없어요?"

여자가 짜증을 겨우 참으며 말했다. 뭔가 대답을 하려다 관두기로 했다.

"쉬어요. 다음 주 일요일에 봐요. 그때까지 몸 관리 좀 하고."

여자는 그렇게 말하고는 자리에서 일어섰다. 문이 열리고 차의 시동 소리가 들리고 멀어지는 소리가 들렸다.

다음 날 아침, 담배 맛이 느껴지는 걸 보니 몸이 어느 정도 회복된 것 같았다. 조금 일찍 나가 탑차의 짐칸을 청소하고 있으려니 주창이가 다가왔다.

"형, 요즘 추수철인 거 알지?"

"추수철? 하긴 이맘때가 추수철이긴 하지. 하지만 농부도 아니고 그게 나랑 무슨 상관이지?"

"아니, 이 형이 택배 하루 이틀 하나? 추수철이 왜 우리와 상관없어? 농사지으면 농부가 직접 배달해? 농부가 할 일이 없어? 농부가 바보야? 농사짓기도 바빠. 택배로 보낼 거 아냐, 택배로."

그러고 보니 요즘 쌀을 비롯해 각종 농산물이 늘기는 했다.

"그래서 요즘 농산물이 는 건가?"

"그걸 가지고 뭘 늘었다고 그래? 아직 시작도 안 했구먼. 이제 쌀하고 농산물이 콸콸 쏟아지기 시작할 거야. 지옥이 시작되는 거지. 까딱하면 허리 나간다고. 좀 무거워야 말이지. 쌀로 끝나기나 하나? 좀 있으면 김장한다고 절인 배추 오지. 이제 1월까지는 죽었다고 봐야해. 모르는 거 보니 중소택배는 처음이구나? 형, 중소택배는 메이저와 달라. 걔들이 취급하지 않는 무겁고 더러운 것만 온다고. 단가야 좀 낫긴 하지만."

그렇단다. 적당히 대꾸할 말도 없고 해서 고개만 끄덕인 후 하던 청소를 마저 하려 빗자루를 들었다.

"그런데 형, 그거 알아?"

"뭘?"

"행운동에 내려오는 추수철의 전설. 아주 유명한 전설이 있지."

"그건 또 무슨 소리야?"

"가르쳐줘?"

필요 없다고 해도 기어이 가르쳐줄 기세였다.

"뭔데?"

체념의 한숨을 쉬며 물었다. 주창이가 재빨리 짐칸으로 다가와 앉으며 기쁜 표정으로 입을 열었다.

"1683번지 대에 5층 같은 1층이 있거든."

"그게 무슨 소리야? 5층이면 5층이고 1층이면 1층이지."

"지금은 이해 못 할 거야. 아무튼 그런 집이 있어. 처음에 배달 가면 정말 성질나거든. 하지만 형, 절대 성질내면 안 돼. 아무튼 참고 배달하면 아, 내가 참길 잘했구나 싶을 거야. 내 말 명심해. 절대 성질내면 안 돼."

다짐이라도 받듯 주창이가 말했다. 뭐라도 말하지 않으면 절대 물러가지 않을 것 같아서 알겠다고 대답했다. 그러자 묘한 웃음기를 띠고 자기 차로 갔다. 주창이가 가고 5분쯤 후 바나나 형님이 내게로 왔다.

"오늘 시간 되지?"

한국에서 이런 말로 시작하면 항상 꺼림칙한 부탁이 따라오기 마련이다.

"안 되는데요?"

선수를 쳤다.

"월요일이잖아. 오전이면 끝날 텐데 시간이 왜 안 돼?"

그거야 내 사정이고.

"오늘은 천산산맥의 야크 방목과 오스트레일리아의 양 떼 방목 사이의 유사점과 지구온난화에 따른 대비책 및 생산성 증대에 대한 고찰을 해야 해서요."

"뭔 소리야, 그게?"

바나나 형님이 짜증스러운 얼굴로 물었다.

"개인적으로 바쁘다는 뜻이죠."

"말 같지도 않은 소리 말고, 새로 온 친구야. 하루만 데리고 다녀."

형님의 말에 옆을 보니 서른 중반으로 보이는 친구 하나가 서 있었다. 허리가 15도 정도 굽어 있었다. 짐을 꽤 져본 것 같긴 했지만 앞으로도 지기에는 충분해 보이지 않았다. 하지만 내 문제가 아니니 그러려니 했다.

"그런 일이라면 다른 베테랑들 많잖아요. 저 같은 아마추어 말고."

"본인도 잘 하잖아. 타수도 잘 나오고."

사람 똥구멍을 부끄러움도 없이 자연스레 간질이는 재주가 있었다. 자주 보긴 하지만 볼 때마다 놀라곤 한다.

"오늘부터 컨테이너에 같이 지낼 거니까 행운동이 가르쳐주는 게 딱이지. 조선족 출신이니까 잘 좀 대해주고."

이 사람이 말은 부탁하듯 하지만 한번 말하면 어지간해서는 물러나지 않는 구석이 있다. 이럴 때는 반항해봐야 씨도 먹히지 않는다. 하지만 나라는 인간은 눈앞에 닥치지 않고는 믿지 못하는 성격이니 한 마디를 더 할 수밖에.

"그러니까 천산산맥의 야크방목과……."

"아 자꾸 무슨 소리야? 까데기 시작해야 하니까 바빠. 오늘 하루 잘 좀 데리고 다녀."

데리고 온 사람을 내팽개치듯 나에게 밀고는 본인 자리로 획, 하니 돌아가버렸다.

"잘 부탁드립니다. 서청림이라고 합니다. 형님."

밝은 얼굴로 남자가 미소를 지으며 인사했다. 한국생활을 잘할 것 같았다. 벌써부터 형님 호칭을 하며 가족관계를 만드는 따스한 한국 전통문화부터 배운 걸 보니.

"택배 해본 적은 있고요?"

내 입으로 한 말이지만 어쩐지 기시감이 드는 말이었다.

"처음입니다. 형님."

말끝만 올리는 독특한 억양이었다. 서울말도 아니고 조선족 말투도 아닌. 나 역시 서울 사람이 아니니 그러려니 했다.

"오늘은 물량이 적으니까 물어볼 게 있으면 얼마든지 물어봐요. 아는 건 다 대답해줄 테니."

"고맙습니다. 형님."

형님이란 말을 들을 때마다, 정말이지 택배를 시작한 건지 새로운 가족을 만든 건지 나조차도 헷갈린다.

짐 정리가 끝나고 행운동에 내려 배송을 할 때마다 하나씩 설명했다. 그냥 있기에 미안했는지 내 짐을 들려 하기에 놔두라고 했다.

"그럴 필요 없어요. 짐을 들어준다고 배송비가 그쪽으로 가는 것도 아니고 다 나한테 떨어지니까. 남의 돈을 공으로 먹고 싶은 생각은 없어요."

거짓말이었다. 마음은 굴뚝같았지만 양심에 찔려서였다. 쓸모없는 것 같으니.

"그래도 일을 가르쳐주시잖아요. 교습비라 생각하시면 되죠."

태도가 예쁘기도 했지만 해맑은 얼굴로 나를 보며 말하는 모습을 보고 있자니 조금 호감이 생겼다.

"괜찮아요. 내일부터는 혼자 할 테니 배울 수 있을 만큼 배워두면 돼요."

겸손하고 친절한 척해봤다. 이런 나도 간혹 될 때가 있는 것이다.

"말씀 낮추세요, 형님. 제가 연배도 어리고."

"초면이잖아요. 나이 먹은 게 대수도 아니고."

"제가 불편해서요."

난감하다는 표정으로 청림이가 말했다. 그렇게 말하니 나역시 난감했다. 상대에게 쓸데없는 불편 따위는 주고 싶지 않았다.

"정 그렇다면."

말을 놓은 후 다시 일을 설명해줬다. 빌라의 비번을 찾는법, 짐을 짜는 법, 배송 루트를 설정하는 법, 고객과 대화하는 법, 오배송과 분실물 찾는 법 등등. 대단한 말이라도 되는양 청림이가 핸드폰을 꺼내 열심히 기록하고 있었다.

"그런데 이 일이 많이 힘들죠? 형님."

쓰다가 말고 문득 청림이가 물었다.

"글쎄. 순간 강도는 덜 하지만 지속 강도가 세긴 하지."

"무슨 뜻인지 잘 모르겠습니다, 형님."

"그러니까 막노동이나 운동선수처럼 힘을 쓰는 순간 강도가 세진 않아. 다만 지속 강도가 꽤 되지. 권투선수로 치자면잽을 계속 맞는 일이라고 할까? 속담으로 보자면 가랑비에옷 젖는다, 정도? 처음에는 까데기 다섯 시간을 빼도 배송만열두 시간 정도일 거야. 심하면 새벽 두세 시가 돼도 다 못돌리는 경우도 있고. 물론 무거운 짐을 나르는 것도 힘들지만 그보다는 차에 오르내리고 짐칸을 들락거리고 운전을 하고 계단을 오르는 게 훨씬 더 힘들어."

"빨리 해야겠네요?"

"처음에는 다들 그렇게들 생각하지. 특히 성격 급한 친구들은. 이 일이 단거리 육상이라면 그래도 돼. 전력질주해서 끝내버리면 되지. 하지만 열 시간 넘게 그렇게 한다고? 아마 쉬어줘야 하는 시간이 더 많을 거야. 제풀에 먼저 뻗어버리지."

"그럼 어떻게 하면 됩니까? 형님."

"평소보다 약간 빠른 걸음이면 돼. 다만 쉬면 안 돼. 담배를 피우고 있건 잡생각을 하고 있건 아무튼 다리는 움직이고 있어야 해. 나머지는 시간이 해결해주지. 이 일은 열심히 한다고 되는 일이 아니야. 꾸준히 멈추지 않고 해야 하는 일이지. 그리고 해보면 알겠지만 그게 무척 힘들어. 아프거나 힘들어도 그렇게 해야 하고 기분이 좋아도 체력적으로 오버하면 안 돼. 매일 같은 보폭과 같은 속도로 움직여야지. 말은 쉽게 들리겠지만 거기까지 가는 게 무척 힘들어. 얘기를 나눌 상대도 일상의 변화도 없어. 매일 똑같은 택배와 고독만 있지. 뭐, 성격에만 맞는다면야 구도 행위로 볼 수도 있겠지만."

나의 말에 청림이가 곰곰이 생각하는 표정을 지었다.

"지금은 내가 무슨 말을 하는지 잘 이해가 안 될 거야. 하면서 하나씩 깨닫겠지. 어, 그때 이런 뜻으로 말한 거였구나, 하고. 빨리 깨달을수록 편해질 거야. 그러니 머리에 새겨 두는 게 좋아. 무슨 일이든 처음 할 때는 먼저 한 사람 말이 도움이 돼. 이해가 안 돼도 무작정 따라 하는 게 빨리 배우는 지름길이야."

"그런 다음에는요?"

궁금한 얼굴로 청림이가 물었다.

"비로소 네 방식을 찾기 시작하겠지."

"솔직히 무슨 말인지 감이 잡히는 것도 같고 아닌 것도 같고."

"잡히면 천재게? 하면서 물어. 물으면 빨리 배워. 조급해할 것 없어."

청림이가 고개를 끄덕였다.

"형님도 처음 할 때 힘들었습니까?"

대답하지 않고 잠시 멈춘 후 담배를 물었다.

"내 경우에는 바닥을 두 번 느꼈어. '이러다가 죽겠다'가 바닥인 줄 알았는데 하나 더 있더라고. '차라리 죽는 게 낫겠다'. 너도 다 큰 어른이니까 눈물 따위는 흘리지는 않을 거야. 내가 그랬듯이. 하지만 몸이 울어. 정말이지 몸이 울어. 하지만 다행인 게 하나 있다면 저 놈의 택배를 돌려야 한다는 생각에 그걸 느낄 사이가 없다는 거야. 시간이 꽤 지나서 일에 익숙해지면 아, 그때 내 몸이 울고 있었구나 싶지. 그러니까 별로 걱정할 건 없어."

듣고 있던 청림이가 오른손 검지를 세우며 고개를 약간 숙였다. 담배를 하나 건넸다. 한 모금 피우더니 쓸쓸한 미소를 지으며 말했다.

"어쩐지 인생 같네요."

청림이의 말에 담배를 비벼 끄며 내가 말했다.

"누구에게도 그렇게 간단한 인생은 없지 않을까?"

운전석에 올랐고 다시 일을 시작했다.

다음 날 청림이는 새벽 세 시에 들어왔다. 나의 잠을 깨우지 않으려는 듯 살금살금 이불 속으로 들어갔다. 일주일이 지나자 한 시쯤으로 줄더니 2주가 다 돼 가자 11시로 줄었다. 속도를 보니 1, 2주 뒤면 10시나 9시대로 줄 것 같았다. 평균치고도 빠른 속도였으니 몸 상태까지 고려하면 무척 빠르다 할 수 있었다. 대단한 과거는 아닐지 몰라도 꽤 거친 과거에 단련된 몸이라는 걸 어렴풋이 짐작할 수 있었다. 그러려니 했다. 아무튼 남의 과거사이니. 잠은 같이 잤지만 딱히 말을 나누지는 않았다.

그날은 쌀가마가 쏟아지기 시작했다. 추수철이니 쏟아진다고 이상한 일은 아니다. 다들 열에서 스무 가마 정도는 매일 싣는다. 하지만 한 집에 서른 가마면 이상한 일이다. 보통 서너 가마. 대가족이라 해도 서른 가마를 시키는 집은 없다. 의아해하는데 주창이가 다가와 송장을 흘깃 보더니 말했다.

"일 층이네. 탑차 뒷문 열고 슬쩍 던지면 문 앞에 떨어질 텐데 뭘 걱정이야?"

표정은 웃고 있는데 어째 뉘앙스가 좀 이상했다. 하지만 장단은 맞춰줬다.

"안 그래도 새끼손가락으로 살짝 밀어서 배송하려고. 기껏해야 20킬로짜리 쌀가마 삼십 개잖아. 이 정도는 엄지도 과분하지."

"그렇지. 좋아, 그 자세. 형이야말로 진짜 택배기사야."

주창이가 오른손 엄지손가락을 치켜세우며 말했다. 순간, 잘라달라는 뜻으로 오해할 뻔했다. 까대기를 마치고 출발하려는데 주창이가 창문을 내리며 말했다.

"중형차 탄 기분이지? 쌀가마가 쫙 깔려서 무게 중심을 잡아주니까?"

창문을 올리면서 주창이가 다시 엄지를 들어 올렸다. 역시, 잘라달라는 뜻으로 오해할 뻔했다.

배송을 시작하고 세 시간쯤 지나자 드디어 쌀을 배송할 집에 도착했다. 비번을 따고 복도를 올라 101호의 초인종을 눌렀다. 아무 대답이 없어 다시 몇 번을 눌렀으나 대답이 없어 잘 됐다 싶어 내려가려 했다. 이런 경우는 아예 사람이 없는 게 좋다. 있다면 이 방에 놔달라 저 방에 놔달라 말이 많고 다 들어줬다간 배송이 너무 지체되기 때문이다. 문 앞에다 던져두고 가는 게 상책이다. 게다가 1층이면 아무리 쌀가마라고 해도 10분 정도면 충분하다. 힘은 좀 들어도 10분에 30개라면 시간당 타수도 나쁘지 않게 나온다. 다 던지고 난 후에 담배나 한 대 피우고 물을 좀 마시면 다시 배송을 하는 데 큰 지장은 없을 것 같았다. 두 계단을 내려서니 대답이 들렸다.

"누구요?"

젠장. 할아버지의 목소리였다. 젊은 사람이라면 좀 도와달라고 할 수도 있다. 보통은 마지못해 도와준다. 하지만 할아버지? 도와준다고 해도 사절이다. 다치기라도 하면 곤란한 건 내 쪽이다. 그렇다고 해도 1층이니 뭐, 하고 생각했다.

"택뱁니다."

말이 떨어지기 무섭게 천천히 문이 열렸다. 팔순은 넘어 보이는 할아버지가 등장했다.

"안 그래도 기다리고 있었습니다."

첫마디에 하대를 하지 않는 걸 보니 까탈스러운 고객 같지는 않아 보였다.

"문 앞에 놓아드릴까요?"

도대체 서른 가마를 문 앞 작은 복도에 어떻게 놓을까 싶었지만 알아서 하겠지 싶어 내심 '네'라는 대답을 기다렸다.

"몇 호로 온 겁니까?"

어라? 본인이 사는 호수는 본인이 잘 알 텐데 왜 묻지? 뭔가 일이 꼬일 것 같은 기분이 들었다.

"101호요."

"저는 401호 삽니다."

뭐라고? 서른 가마를 4층에? 발악을 좀 해야 할 것 같았다.

"송장에는 101호라고 나와 있는데요?"

젠장, '그러니 101호 앞에다 놓고 갈게요'라는 뜻이었다.

"여긴 아들 집이고 난 401호 살아요. 보내는 사람이 호수를 고치라고 해도 매년 이렇게 보낸다오."

속에서 뭔가 치밀어 올랐다. 이런 빌어먹을 영감탱이야. 보낼 때부터 401호라고 써. 그럼 물건 받을 때부터 각오라도 하지. 아무리 택배라지만 서른 가마를 4층에 혼자 올리라니? 상식은 아예 안 키우냐? 막 퍼붓고 싶었지만 팔순 할배를 상대로 그럴 만한 배짱이 내겐 없었다. 휴, 하고 한숨을 쉰 후 터벅터벅 차로 가 두 가마를 등짐 졌다. 다 올리면 체력이 바닥 날 테고 쉬는 시간까지 고려하면 한 시간은 족히 걸리겠다 생각하니 올라가는 걸음마다 짜증이 몰려왔다. 아무튼 401호 앞에 내려놓으니 다시 영감이 말했다.

"5층에 공간이 있으니 그 앞에 놓아줘요. 문 앞에 두면 사람이 다닐 수가 없으니."

영감이 당연하다는 듯한 얼굴로 말했다. 나 역시 당연하다는 듯한 태도로 30대만 때려주고 싶었다. 하지만 역시, 나에게는 팔순 영감탱이를 상대로 그럴 배짱이 없었다.

"알겠습니다."

뭐, 이렇게 대답할 수밖에.

속도는 계속 느려졌다. 스무 가마를 넘어가면서부터는 한 가마씩 지고 올랐다. 다리가 후들거렸고 허리가 끊어질 것 같았다. 이걸 마친다 해도 아직 다섯 시간의 배송이 더 남아 있었다. 이 체력으로 가능할까 싶었다. 아무튼 이를 악물고 서른 번째 가마를 내려놓은 후 휘청거리는 다리를 끌고 겨우 내려와 탑차의 운전석을 열어 물부터 찾았다. 몸에서 땀으로 장마가 내렸다. 죽을 맛이었다. 1.8리터 생수를 반이나 들이킨 후 담배를 찾아 물었다. 담배를 물기까지 줄곧 오른손이 떨렸고 불을 붙이는 것조차 힘들었다. 겨우 한 모금을 빨고 있자니 뒤에서 소리가 들렸다.

"기사님."

젠장, 영감의 목소리라는 건 돌아보지 않고도 알 수 있었다. 하지만 나에겐 팔순 영감탱이의 말을 씹을 배짱이 없었다. 할 수 없이 돌아봤다.

"고생하셨습니다."

정중히 인사를 하며 나에게 흰 봉투 하나를 건넸다.

"약소하지만 성의라 생각해주세요."

영감은 봉투를 건네더니 빌라로 들어갔다. 뒷모습이 사라지자 봉투를 열었다. 10만 원이 들어 있었다. 나에게는 팔순 신사분의 호의를 거절할 배짱이 없다. 다소곳이 주머니에 넣었다. 그제야 주창이의 말이 생각났다.

"형, 행운동에 전설이 있는데 거기에는 5층 같은 1층이 있어. 절대 성질내면 안 돼."

무슨 뜻이었는지 알 것 같았다.

금요일, 일을 마치니 12시였다. 물량이 늘어나서 아무리 용을 써도 더 빨리 마칠 수가 없었다. 일하는 도중 교수의 전화가 와서 상황을 설명했다. 당분간 찾아가기 힘들 거라는 얘기도. 교수는 한마디만 했다.

"학문보다 급한 일이 있다니 나로서는 이해하기 힘들군."

나로서도 교수를 이해하기 힘들기는 마찬가지였다. 서로 통하는 데가 있었다.

숙소에 도착해 샤워를 하고 도스토옙스키의 《가난한 사람들》을 폈다. 배송하다 문 앞에 버리려고 내놓은 듯한 책더미 속에서 주운 것이었다. 책 한 권 주워 간다고 도둑으로 몰릴 것 같지는 않았다. 세로 판형에 낡을 대로 낡았지만 아무튼 글자는 보였고, 아무튼 공짜였다. 마다할 이유가 없었다. 세 페이지쯤 읽고 있으니 전화가 왔다. 청림이었다.

"형님, 혹시 마쳤습니까?"

택배기사가 다른 기사에게 마쳤냐고 물어보는 건 두 가지 경우밖에 없다. 술을 마시자거나 일을 도와 달라거나. 청림이가 술을 마시는 걸 본 적은 없다. 후자일 테지. 안 마쳤다고 하고 싶었다.

"마쳤어. 숙소야."

제길, 말이 헛나왔다. 입을 꿰매고 싶었다.

"일이 좀 생겼어요."

난감한 말투로 청림이가 말했다. 역시나 싶었다.

"무슨 일인데?"

"다리를 다쳤어요."

잠시 침묵이 흘렀다. '어쩌다가?'라고 물어봐야 뭐하겠는가? 이미 일은 벌어졌는데.

"번지 문자로 보내. 지금 출발하지."

전화를 끊고 옷을 입었다.

40분쯤 후에 알려준 번지에 도착하니 청림이가 탑차의 짐 칸에 걸터앉아 있었다. 왼쪽 바지를 무릎까지 걷어 올린 상태웠는데 가로등 불빛에도 심하게 부은 게 보였다. 나를 보자 일어서려는 걸 손을 들어 말렸다. 다가가 자세히 보니 정강이 가운데가 혹처럼 부풀어 올라 피멍이 들어 있었다.

"언제 이렇게 된 거야?"

"첫 배송할 때요. 짐칸에서 미끄러지며 발판에 찍혔어요."

흔히 있는 일이다. 서두르다 보면 발판을 밟고 내린다는 것이 헛디뎌서 그대로 넘어지거나 발판에 무릎이나 정강이를 부딪치는 일. 계단에서 넘어지거나 구를 때도 있다. 재수가 없으면 비탈길에서 차가 전복되기도 하고. 이 일은 위험이 상시 따른다.

"이 몸으로 이 시간까지 배송한 거야?"

이 정도 상처면 배송도 배송이지만 클러치를 밟는 것조차 힘들었을 거다. 책임감인가? 성실한 인간들은 간혹 일에 목숨을 거는 경향이 있다. 쓸데없이 말이다. 청림이는 내 말에 대답 없이 빙그레 웃기만 했다.

"이럴 때는 빨리 배송을 접고 치료부터 해야 해. 무리할수록 일할 수 없는 날만 길어지지. 빨리 도움을 청하고 방법을 강구하는 게 그나마 손해를 덜 봐."

청림이의 상처를 보며 말했다. 다행히 찢어진 곳은 없었다.

"제 일이니까요. 마땅히 도움을 청할 사람도 없고."

할 수 있는 데까지 했는데 더 이상은 어쩔 수 없어 전화를 했다는 표정이었다. 대답은 않고 짐칸을 봤다. 서른 개 정도 남아 있었다.

"일단 응급실부터 데려다줄게. 그 후에 남은 물건은 내가 돌리지."

"병원은 괜찮습니다. 형님."

난감한 얼굴로 극구 사양하며 청림이가 말했다. 조선족이라 병원비 때문인 것 같았다.

"병원비 정도는 내게 있어. 심하진 않은 것 같으니 치료받는 데 오래 걸리진 않을 거야. 받고 있으면 일 끝내고 나서 내가 정산할 테니 가자고."

내 말에 청림이가 망설였다.

"네가 있어봐야 일에 방해만 될 뿐이야. 물량을 보니 넉넉잡아 한 시간 반이야. 일단 내 차에 타."

마지못한 표정으로 청림이가 차에 올랐다. 응급실에 데려다 놓고 수속을 밟은 후 다시 청림이의 구역으로 와 짐을 옮겨 실은 후 배송을 시작했다. 정확히 55분이 걸렸고 병원으로 가 청림이를 데리고 숙소로 오니 3시 40분이었다. 샤워를 하고 나니 몸은 피곤한데 잠이 오지 않았다. 육체가 너무 고단하면 몸이 아프기만 하고 잠은 오지 않는 경우가 종종 있다. 자리에 누웠다가 잠을 포기하고 얼마 전에 새로 산 스탠드를 켰다. 술이나 마시며 책이라도 읽을 심산이었다. 불을 켜니 청림이가 깊은 생각에 잠긴 표정으로 창문을 하염없이 바라보고 있었다.

"안 자고 뭐해? 아파서 그래?"

나의 말에 비로소 청림이가 고개를 돌렸다.

"아뇨. 그냥 잠이 안 와서요."

"자두는 게 좋아. 내일은 마침 공휴일이니 종일 자고. 그래야 빨리 나아. 피로도 풀리고."

하나 마나한 소리였다. 누군들 그걸 모르겠는가? 나름 이유가 있으니 잠 못 드는 거겠지.

"형님은 안 주무세요?"

청림이가 말머리를 돌렸다.

"잠이 안 와. 한잔 마시며 책이나 읽으려고."

책상 대신 쓰는 작은 밥상을 펴고 소주와 책을 올렸다.

"안주는 안 드세요?"

"술 따르는 것도 귀찮아. 마시다 보면 안주를 집는 것도 귀찮고."

머그컵에 소주를 가득 따르며 말했다. 한 모금 홀짝이고 책을 폈다.

"도스토옙스키를 좋아하세요?"

청림이가 책을 보며 물었다.

"좋아한다고 생각해. 《카라마조프의 형제들》이 가장 좋고."

"하지만 그건 가난한 사람들인데요?"

책을 주운 내력을 말해줬다.

"저라도 손이 갔을 거예요."

청림이가 그 마음 안다는 듯 흐뭇한 미소를 지으며 말했다. 독서가 취미인 사람들만이 아는 감정.

"전 가난한 사람들도 좋다고 생각해요."

청림이의 말에 잔을 들며 얼굴을 보았다. 사연이 있어 보였다. 하지만 묻지 않았다. 남의 과거 따위를 알아서 무엇하겠는가. 잔이나 비웠다.

"전 작가의 말년 초상화가 인상적이더라고요. 작가 하면 어쩐지 그 초상화가 떠올라요."

청림이가 말했다.

"그런가?"

"형님은 어떻게 보셨는데요?"

"내겐 그저, 낡은 외투에 반쯤 벗어진 머리, 퀭한 눈과 짙은 주름, 아무렇게나 기른 것 같은 수염을 보고 있자면 목욕을 시킨 노숙자 같던데. 하지만 어딘가 분위기는 좀 있어 보이긴 해. 말을 걸면 딱 이렇게 말할 것 같아. '이보게, 원한다면 얘기를 좀 들려줄 수 있네. 인간의 비열함이나 비천함, 천박함과 나약함이라면 내가 좀 안다네. 비참함과 가난이라면 내가 좀 겪었거든.' 그런 다음 잠시 말을 끊었다가 조금 쑥스러운 듯이 이렇게 말할 것 같아. '그런데 자네 돈 좀 있나? 몇 푼쯤 쥐여주면 좀 더 편하게 얘기를 해줄 수 있을 듯하군.' 뭐 딱 그런 이미지가 떠올라. 물론 그 돈을 받으면 얘기고 뭐고 냉큼 도박장으로 달려갔을 테지만."

"도박중독자이긴 했죠. 하지만 도스토옙스키가 들으면 화날 것 같은데요?"

청림이가 웃으며 말했다.

"괜찮아. 아직 무덤에서 일어나는 재주를 가진 인간은 없으니까."

"아무튼 독특한 시선이네요."

한동안 서로 말이 없었다. 청림이는 창을 응시하고 나는 술을 홀짝거리며 책을 읽었다.

"이천만 원을 모을 생각이에요."

새벽이 밝아올 무렵 청림이가 먼저 입을 열었다. 뜬금없는 얘기였다. 하지만 묻지 않았다. 개인적인 얘기가 나올 것 같아서.

"고향에 사랑하는 사람이 있어요."

젠장, 이렇다니까. 들었다는 뜻으로 할 수 없이 고개만 끄덕였다.

"중국에서는 결혼하려면 돈이 필요해요."

"대개의 나라가 그렇지. 지참금의 이름만 다를 뿐. 여기서는 주로 학벌, 외모, 능력이란 이름으로 거래가 되지. 중국은 대놓고 돈으로 교환하는가 보군. 솔직해서 좋긴 한데 마르크스가 들었다면 무덤에서 일어나고 싶을 거야."

"괜찮지 않을까요? 아직 그런 재주를 가진 인간은 없으니까요."

딱 내 스타일의 농담으로 수준을 낮춰 청림이가 말했다. 이 친구가 마음에 들기 시작했다.

"일 년 정도겠군. 그 돈을 모으려면 말이야. 물론 아껴 써야겠지만."

"밥값 말고 돈 쓸 일은 거의 없어요. 일 년이란 시간이 길게 느껴져서 문제죠."

"어지간히 사랑하는가 보네?"

나의 말에 청림이가 말없이 웃기만 했다. 짝사랑이거나 더 사랑하는 쪽이지 싶었다. 서로 사랑하는 사람의 표정은 햇살이 깃들어 있다. 떨어져 있다 해도 생각만으로도 행복한 것이다. 하지만 쓸쓸함이나 두려움이 묻어 있다면 전자일 확률이 높다. 무엇보다 지참금이라는 단어를 쓰지 않겠지.

"형님은 사랑을 믿으세요?"

청림이의 말에 소주잔만 바라보다 입을 열었다. 신파 같은 건 닭살이 돋아서 별로 좋아하지 않지만 이놈의 술은 때

때로 감정을 부풀려 놓아서 쓸데없는 입을 놀리게 한다. 그 감정에 밀려서 대답했다.

"난 감정 같은 불확실한 것을 믿을 만큼 강하지 않아."

"강한 사람이네요, 형님은."

청림이가 나의 말에 고개를 끄덕이며 대답했다. 술은 내가 마시고 있는데 취하긴 청림이가 취한 것 같았다. 사람을 못 알아보는 지경이었다.

"그래서 사람들이 사랑만으로는 살 수 없다고 하는 걸까요? 사랑이 변해서?"

"사랑이 왜 변해? 사람이 변하지. 사랑만으로 살 만큼 자신이 강하지 못한 탓이지. 사랑이 무슨 죄가 있다고."

대답은 했지만 도대체 야밤에 잠 못 들고 앉아서 새벽까지 이게 뭐하는 짓인가 싶었다. 남은 술이나 비우고 자야겠다고 생각했다. 막잔을 비우자 청림이가 자신의 얘기를 하기 시작했다.

젠장, 눈치가 좀 있는 녀석인 줄 알았는데……. 하지만 별 수 없었다.

사람이 쓸쓸한 얼굴로 얘기할 때는 들어야 한다. 아무리 아프고 서러운 얘기라도 세상사에서는 흔한 얘기일 테지만, 그 사람에게는 유일한 얘기일 거니까. 그게 예의다. 그런 장점 한두 개 정도는 가지고 살아야 하고. 그렇지 않으면 나처럼 단점만 185,403개를 가지고 있는 인간은 가끔이나마 사람 구실을 할 수 없다. 그래서 할 수 없이 들었다.

어디서 어떻게 태어났는지, 어떤 병을 앓아 허리가 굽었는지, 그 허리로 산 세월이 얼마나 고달팠는지, 친구에게 어떻게 사기를 당했는지, 가난에서 벗어나보려고 어떤 일들을 했는지, 그리고 어떻게 그녀를 만나고 사랑을 품게 되었는지, 귀가 안 들리고 말을 못 해도 왜 사랑하게 되었는지.

듣고 있자니 박재삼의 시 〈울음이 타는 가을 강〉이 생각났다.

마음도 한자리 못 앉아 있는 마음일 때,
친구의 서러운 사랑 이야기를
가을 햇볕으로나 동무 삼아 따라가면,
어느새 등성이에 이르러 눈물 나고나.

얘기는 길어져 정오까지 이어졌다. 빈 병이 자꾸만 늘었고 담배꽁초가 쌓여갔다. 마침내 청림이의 이야기가 끝나자 나는 자리에 누웠다. 남의 사랑 얘기 따위 자고 나면 잊어버리길 바랐다. '도대체 남의 인생 얘기 따위를 왜 듣고 앉아 있었던 걸까?'라고 후회하며. 하지만 좀처럼 잊힐 것 같진 않았다.

젠장, 인간관계 따위 맺고 싶지 않은데 쓸데없이 너무 많이 들어버렸다. 술을 줄여야겠다고 생각하며 잠에 빠졌다.

I might be crying

왜 그날 말 걸 생각을 했는지 모르겠다. 쓸데없는 오지랖이었겠지. 아니면 주제넘은 동정심이었거나. 그녀의 이름은 알지 못했다. 160 정도의 키에 귀밑까지만 기른 단발이었고 잠시 마스크를 벗을 때 얼핏 보니 서른 초반쯤 되어 보였다. 대개 흰색 마스크를 쓰고 있어 '마스크'라고 혼자 이름 붙였다. 폐지를 줍는 사람이었고 내가 배송을 하는 동안 수없이 동네를 돌아다녔다. 오전부터 하는지는 알 수 없었고 일을 마친 후에도 돌아다니는 걸 여러 번 본 적 있으니 노동시간이 꽤 긴 것은 분명했다. 늘 마주치면서도 인사를 나누지는 않았다.

전화를 엿들을 생각은 없었다. 나는 벤치에 앉아 양갱을 먹으며 잠시 쉬고 있었고 마스크는 내 옆에서 폐지를 줍다 하필 전화를 받았을 뿐이었다. 아무 말 없이 듣고 있던 마스크가 갑자가 고함을 질렀다.

"내가 이렇게 된 게 누구 때문인데? 다 아빠 때문이잖아. 그러고도 지금 돈 얘기가 나와? 차라리 어디 가서 죽어버려. 더 이상 날 괴롭히지 말고."

마스크는 그렇게 말하고는 전화를 끊어버렸다. 눈물이 맺혔는지 눈가를 훔치다가 나와 눈이 마주쳤다. 젠장, 그쪽은 창피한 상황이었고 나는 뻘쭘한 상황이었다. 뭔가 이 상황을 타개할 말이 필요했다.

"양갱 드실래요?"

먹는 걸 멈추고 마스크를 보며 말했다. 말한 나조차도 어디서 하필 이 따위 문장을 들고 왔을까 싶었다. 뭔 소리인지 마스크가 생각하는 표정을 짓더니 대답했다.

"당신이나 많이 처드세요."

단어 선택이 적절했고 문장이 명확했다. 양갱 따위 좋아하지 않는다는 걸 정확하게 전달하고 있었다. 바보인 나도 알아들을 수 있을 정도로.

"체력이 고갈됐을 때는 당분이 가장 좋다더군요. 바로 에너지로 전환된다고."

마스크의 대답에 그냥 입 닥치고 있기 뻘쭘해서 한마디 더 했다. 하고 나니 입장이 바뀌었다. 나는 창피해지고 상대는 뻘쭘해지는. 마스크는 나의 말을 무시한 채 폐지를 줍기 시작했다. 그럴 만도 했다.

　다음에 말을 섞은 건 건물 경비와 마스크가 싸울 때였다.
흔한 광경이었다. 갑도 을도 아닌, 병이 정에게 갑질을 하는.
건물 안으로 배송을 하러 들어가려는데 환갑이 넘어 보이는
경비가 마스크를 보며 흥분하고 있었다.

　"여기 폐지 가져가지 말랬잖아. 갖고 가는 사람 있다고.
젊은 년이 귀가 먹었어? 몇 번을 말해야 알아들어?"

　마스크가 억울한 듯 뭐라고 대꾸를 하려 했지만 경비가
말을 막으며 다시 윽박지르기 시작했다. 장년의 남자인 내게
도 평소에 명령조로 얘기하는 영감이니 폐지를 줍는, 그것
도 여성에 대한 태도야 말해 무엇하랴. 남의 일이다 싶어 흘
낏 보고는 그냥 지나쳤다. 배송을 마치고 나오니 상황은 더
나빠져 있었다. 경비가 마스크의 멱살을 잡고 고래고래 고함
을 치고 있었고, 마스크는 울며 바동거리고 있었으며 지나던
행인들 몇이 그 광경을 지켜보고 있었다. 표정들을 보니 말
릴 생각은 없어 보였다. 할 수 없이 경비 옆으로 다가가 한
손으로 멱살을 움켜잡았다. 순간 컥, 하는 소리와 함께 경비
의 손이 마스크의 목에서 떨어졌다. 손아귀에 좀 더 힘을 줘
허공으로 들어 올렸다. 얼굴이 충혈되고 호흡이 가빠지자 경
비가 놓아달라는 손짓으로 내 팔을 탁탁 쳤다. 힘을 좀 풀고

170

발이 땅에 닿도록 내려놓았다.

"이 새끼, 너 뭐야?"

경비가 켁켁 거리며 말했다. 바로 전의 애걸하던 몸짓은 이미 흔적도 없었다.

"택배."

물어서 대답해줬다.

"그걸 누가 몰라, 이 새끼야? 어른한테 이게 뭐하는 짓이냐고!"

벌겋게 충혈된 눈으로 나를 노려보며 말했다.

"어른은 나이 드신 분을 일컫는 단어고, 당신은 그냥 처먹은 거 같은데."

"아니, 이 새끼가 애비 애미도 없나? 눈에 뵈는 게 없어?"

말이 떨어지기가 무섭게 주먹이 날아와서 살짝 피하고 다시 멱살을 잡았다. 허공에 띄우니 경비가 또다시 내 손을 탁탁 쳤다. 그러거나 말거나. 이번에는 좀 더 있었다. 얼굴이 하얗게 질릴 때까지. 내려놓으니 경비가 발에 힘이 풀리는지 털썩 주저앉았다. 뭐라고 입은 벙긋거리는데 말할 힘은 없는지 소리가 들리지 않았다. 무시하고 마스크를 보았다. 늘 끌고 다니는 작은 수레에 흩어진 폐지를 주워 담고 있었다.

"괜찮아요?"

나의 말에 마스크는 얼굴도 들지 않은 채 폐지를 담더니 중얼거리듯 한마디 했다.

"꼴에 남자라고."

함축적인 의미를 지닌 강렬하고 간결한 문장이었다. 남자를 보는 인식이 어떤지 명확히 느껴지는. 마스크는 그 말만 내뱉은 채 왼쪽 골목으로 빠른 걸음으로 걸어갔다. 그러려니 했다.

한 시간쯤 지나 탑차 짐칸에서 짐을 정리하려는데 목소리가 들렸다.

"서울대 동문 명부 있어요?"

소리가 나는 쪽으로 고개를 돌려 보니 50대 초반의 남자가 나를 보고 있었다. 대머리였고 파란 운동복 차림이었다. 간혹 짐 정리를 하고 있으면 이렇게 다가와 자기 택배를 찾는 이들이 있다.

"물건 내용은 모르겠고 주소가 어떻게 되시는데요?"

"행운동이요. 오늘 서울대 동문 명부가 온다고 문자 왔던데요?"

"그러니까 행운동 몇 번지냐고요?"

"여기요."

남자가 바로 밑의 땅을 검지로 가리키며 말했다. 슬슬 진상의 냄새가 나기 시작했다.

"예. 대지주이신 건 알겠는데 택배는 번지와 호수가 있어야 찾을 수 있어요. 몇 번지 몇 호세요?"

"저 건물에 살아요. 서울대 동문 명부는 있는 거죠?"

그제야 남자가 자신 왼쪽의 빌라를 가리키며 말했다. 모교를 무척이나 사랑한다는 건 알 수 있었지만 남의 애교심으로 택배를 찾는 재주가 안타깝게도 내겐 없었다. 그놈의 빌어먹을 번지와 호수가 필요했다.

"1688-○○번지요? 몇 호이신데요?"

"제가 건물주예요. 서울대 동문 명부는요?"

대머리 운동복이 말똥한 눈으로 물었다. '휴……' 오로지 학문만 판 사람인가 보다 했다. 기본적인 대화 방법을 배울 시간까지 희생해가며.

"불행하게도 제가 댁의 건물 세입자가 되는 영광을 가지지 못해서 건물주가 몇 호에 사는지 알 기회가 없었네요. 그러니 제발 부탁이니 이제 좀 알려주세요. 몇 호인지?"

"501호."

대머리 운동복의 말에 물건을 찾기 시작했다. 찾고 보니 전화번호부 두께의 포장 박스였다.

"김○○님 맞으세요?"

"네. 그거 서울대 동문 명부 맞죠?"

역시 말똥한 눈으로 대머리 운동복이 물었다. 젠장, 서울대에 들어가지 못할 건 알았지만 먼 훗날 서울대란 단어에 맞아 죽을 거라고는 생각하지 못했는데……. 단어에 맞아 죽기 전에 대화를 끝내야 했다.

"글쎄요. 박스 포장이 돼 있고 내용물 표기가 없으니 잘 모르겠네요. 하지만 서울대 출신이신 것 같으니 집에 가서 뜯어보시면 확인하실 수 있지 않을까요? 보통 사람들에겐 어려운 일이지만."

택배를 건네며 내가 말했다.

"서울대 동문 명부 맞을 거예요. 동문회에서도 오늘 도착할 거라고 연락 왔거든요."

뉴턴이 만유인력을 설명할 때 지을 법했을 표정이었다.

"서울대 동문회에서 전화를 했다니 맞겠죠. 전화는 정확히 하는 동문회로 유명한 것 같더라고요."

대충 대답하고는 다시 짐 정리를 시작했다. 모르긴 몰라도 5분 이상 까먹었을 거란 생각이 들었다. 퇴근 시간이 늦어진 것이다. 짜증이 나서 담배를 물었다.

"어이, 아저씨?"

등 뒤에서 소리가 들려 이번에는 또 뭔가 싶어서 고개를 돌려 보니 등산복 차림의 50대 후반의 남자가 서 있었다.

"당신이 범인이구먼."

뭔 소리야? 싶었다.

"내 건물 앞에 항상 담배꽁초야. 당신이 피고 버리는 거지? 청소할 때마다 얼마나 짜증나는 줄 알아? 하여튼 택배기사들 말이야, 담배 피우고 아무 데나 버리고, 도대체 양심이 없어 양심이. 그러니 택배나 하고 앉아 있지."

눈에 쌍심지를 켜고 있었다. 성질부리며 대꾸해봐야 퇴근 시간만 늘어나니 무시했다.

"내 말 안 들려? 빨리 내려서 청소하고 가."

꽁초야 운전석에 마련해둔 쓰레기통에 버리지만, 다시 무시했다.

"내 말 안 들려?"

요즘은 건물주가 되면 국가에서 양반첩이라도 발행해주는지 타인만 보면 종놈 취급을 하는 인간이 왜 이리 늘었는지 모르겠다. 슬슬 짜증이 올라와 한마디 했다.

"번지가 어떻게 됩니까?"

"그건 왜?"

"알아야 청소를 해드릴 거 아닙니까?"

"1688-○○번지."

남자가 오른쪽 건물을 손가락으로 가리키며 말했다.

"아, 그 건물이요. 불법으로 가득 찬."

"불법이라니? 뭔 소리야 그게?"

"옥상을 불법으로 증축했더만. 그것도 옥탑을 두 채나. 증축 신청은 했어요? 했을 리가 없지. 건축 법규상 허가가 나지 않을 테니. 게다가 인도를 건물 진입로 용도로 낮췄던데 그거 점용허가는 받은 거요? 또 건물 앞에 주차금지라고 쓴 라바콘은 뭐요? 거기 공용도로 아뇨? 불법인 거 알고 있어요? 구청에 아직 신고 안 들어갔나 보죠? 택배 때문에 바쁘긴 하지만 도시미관에 관심을 가지는 당신의 열정에 감복해서 내가 대신해드리리다."

남자의 얼굴에 당황하는 빛이 어렸다.

"신고할 테면 해봐. 내가 무서워할 줄 알고?"

"그럴 리가 있나? 택배기사 불러 세워 초면에 자기 건물 청소를 시키는 사람인데. 무서울 리가 없겠지. 그러니 거기 서서 좀 기다려봐요. 내가 구청에 전화 한 통 할 동안."

남자는 내 말이 채 끝나기도 전에 뒤로 돌아 가버렸다. 뒤통수에 대고 한마디 했다.

"그냥 가면 어떡해? 청소하는 거 감시하고 검사도 해야지. 참 잘했어요, 도장도 찍어주고."

말도 마치기 전에 남자는 건물 안으로 사라졌다. 젠장, 대꾸한다고 몇 모금 피지도 못한 담배를 그냥 버려야 했다. 그 남자의 건물 앞에 버렸다.

마스크를 다시 만난 건 빠진 택배를 주러 1688번지대로 돌아왔을 때였다. 건물을 나올 때 앞에서 폐지를 줍고 있던 그녀와 눈이 마주쳤다. 내가 먼저 피하곤 차로 향했다. 등 뒤에서 소리가 들렸다.

"낮엔 고마웠어요."

망설이다 건네는 듯한 말투였다. 그래서 돌아봤다. 마스크가 마스크를 벗더니 고개를 약간 숙이며 인사를 건넸다. 갑작스러운 태도 변화에 조금 놀랐다. 얼떨결에 나도 고개를 숙였다.

"일부러 그런 건 아니에요. 워낙 이상한 사람들이 많다보니 색안경을 끼게 돼요. 호의를 순수하게 받아들일 수도 없고. 낮에는 당황하기도 했고요."

무슨 뜻인지 대략 알 것 같았다. 딱히 대답할 말은 생각나지 않았다. 하지만 뭐라도 대꾸는 해야 할 분위기였다.

"양갱 드실래요?"

그래, 내가 대화에 쓰는 문장이란 게 항상 이 따위지. 한심한 인간 같으니. 의외로 마스크가 작게 웃었다.

"기사님 드세요. 힘든 일 하시는데."

억양이 부드러웠다.

"양갱 싫어하세요?"

"아뇨, 좋아해요."

"그럼 사양하지 않으셔도 괜찮아요. 인터넷으로 주문했는

177

데 거의 한 박스 양을 주더라고요. 만 원에 말이죠. 그러니까 한 개쯤은 드릴 수 있어요. 두세 개라면 고민하겠지만."

마스크의 대답은 듣지 않고 차로 가 양갱을 하나 가지고 와서 건넸다. 조금 머뭇거리더니 못 이기는 척 받았다. 우리는 길가의 경계석을 의자 삼아 앉아 양갱을 먹기 시작했다. 멀리 황혼이 지고 있었고 자취를 감춰가는 햇살의 부스러기들만이 발밑을 맴돌았다. 대화는 없었다. 5분 후 우리는 누가 먼저랄 것도 없이 자리에서 일어났다.

때때로 마스크를 만났다. 양갱을 주거나, 지나가며 눈인사를 하거나, 경계석에 걸터앉아 잠깐 얘기를 나누곤 했다. 날씨 같은, 아무래도 좋을 얘기들이었다. 조금씩 마스크의 특징이 눈에 들어왔다. 160이 되지 않을 것 같은 키, 무척이나 마른 몸, 거기에 단발머리를 하고 있으니 열다섯쯤에서 바로 어른으로 건너온 사람 같은 느낌이었다. 무엇보다 목소리가 여중생 같았고, 한 단어 한 단어 사전을 찾은 뒤에 말하는 것처럼 말투가 느릿했다. 미간을 항상 찌푸리고 있었는데 화가 났다기보단 뭔가를 골똘히 생각하는 표정이었다. 그렇게 한 달쯤 지난 후의 일이다. 나는 막 배송을 마친 참이었고 마스크는 폐지를 주고 왔는지 수레가 비어 있었다. 우리는 가로등 불빛 아래 경계석에 걸터앉아 양갱을 먹었다.

"늦게까지 일하시죠?"

어색한 분위기를 깨려는 듯 마스크가 먼저 입을 열었다.

"그쪽은 더 늦게까지 일하시는 것 같던데요?"

나는 고개를 끄덕인 후 대답했다.

"아시겠지만 돈은 되지 않아요. 가난과 빈곤 사이죠."

담담한 말투, 쉬운 단어, 함축적인 문장. 지적인 여성이었다.

"그런데 그때 왜 절 도와주신 거예요? 다른 사람들처럼 구경이나 하지 않고? 혹시 불의를 보면 못 참는 용기 있는 성격이세요?"

마스크가 농담처럼 물었다.

"없어요, 그런 거. 불의를 보면 눈을 질끈 감고 외면하는 용기는 있지만. 대개 그러고 살고. 그날은 양갱을 먹고 잠깐 머리가 돌았나 봐요. 어쩌다보니 그리 된 거죠."

나의 말에 마스크는 대답 없이 빙그레 미소만 지으며 양손을 깍지 끼며 가슴 쪽으로 가져갔다.

"어쩌면 한 사람이라도 기사님처럼 친절한 사람을 만났다면 좀 더 용기를 내서 버텼을지도 몰라요."

쓸쓸한 얼굴로 마스크가 말했다.

"남자들은 이해 못 하겠지만 이 나라에서 여자로 사는 건 지뢰밭을 건너는 거예요. 남자들이 아무렇지도 않게 걷거나 뛸 때 말이에요. 아무리 조심을 해도 몇 번씩 지뢰가 터지고 나아가 목숨까지 왔다 갔다 하는 경험을 하게 되면 친절한 남자라도 쉽게 믿을 수가 없게 돼요."

마스크의 말에 고개를 끄덕였다.

"이해가 된다는 뜻이에요?"

"들었다는 뜻입니다. 이해될 리가 없죠. 밤길을 두려움 없이 걸어가고, 뒷사람의 발자국 소리를 무서워하지 않고, 택시를 타도 기사들을 신경 쓰지 않고, 헤어진 남자친구의 성난 전화도 무서워해본 적 없고, 직장 동료나 모르는 남자의 성희롱을 견딘 적도 없고, 남자들은 당연히 주어지는 기회를 힘들여 쟁취한 적도, 사소한 것 하나까지 관습과 싸워 얻어야 하는 그런 인생을 살지 않은 사람이니까. 그 인생을 살아보지 않은 사람이 살아온 이의 공포나 괴로움을 이해한다는 건 어불성설이죠. 전 누군가를 짐작으로 이해하거나 공감할 만큼 머리가 좋지 않아요."

말을 하면서 나는 담배를 물었다. 아차 싶어 '실례가 안 된다면?' 하고 묻자 마스크가 고개를 끄덕였다.

"그런 걸 어떻게 아세요?"

마스크가 물었다. '남자인 당신이?'는 생략된 것 같았고.

"예전 여자 친구가 그런 얘기를 하더군요. 아주 오래전 일이지만. 듣고 보니 남자인 저는 한 번도 생각해본 적이 없는 것들이었죠."

"여자 친구가 있었군요."

마스크가 정면의 어둠에 시선을 둔 채로 말했다.

"그때는 마음이 좀 가벼웠죠."

"지금은요?"

"나이라도 날로 먹고 싶은데 그마저도 꼭 비싼 비용을 치르는 것 같아요. 그렇게 해서 손에 쥔 건 어쩐지 싸구려 같고. 시간에 사기당한 기분이죠. 어떡하겠어요? 그게 멍청함의 대가인 것을. 하지만 누굴 탓할 일은 아니죠. 누구도 그리 살라고 등을 떠민 건 아니니까."

나 역시 어둠에 시선을 떼지 않은 채로 말했다.

"기사님은 친절하신 분 같아요. 젠체하지도 않고."

마스크가 빙긋이 미소 지으며 말했다.

"오햅니다. 양갱을 잘못 먹은 탓이에요. 그저, 그뿐이죠."

한동안 서로 말이 없었다.

"사람과 이런 식으로 대화하는 게 몇 년 만인 거 같아요."

마스크가 그리운 추억을 보는 듯한 얼굴로 말했다.

"묵언 수행 중이었나 보죠?"

말해놓고 아차 싶었다. 젠장, 때에 맞지 않는 어설픈 농담이라니. 예전에 한 지인이 이런 말을 했다. 넌 말 한마디로 천 냥 빚을 지는 놈이라고. 마음에 들지 않는 녀석이었지만 틀린 말은 아니었다.

"아뇨. 사회에서 낙오된 거예요."

마스크가 농담에 개의치 않은 듯 말했다. 사연이 많은 듯한 말. 하지만 마스크는 더 이상 입을 열지 않았다. 나 역시 묻지 않았다. 우리는 한동안 어둠만 바라보다 누가 먼저랄 것도 없이 자리에서 일어나 각자 갈 길을 갔다.

마스크를 마지막으로 본 것은 이틀 후였다. 1692번지대의 편의점 앞에서였고, 시간은 저녁 9시경으로 마스크는 가게 앞의 파라솔이 꽂힌 테이블에 앉아 맥주를 마시고 있었는데, 사무직의 투피스 정장 차림이어서 인사는 얼떨결에 받았지만 누군지 알아채는 데는 꽤 시간이 걸렸다.

"다른 사람인 줄 알았어요."

빠진 택배 하나를 전달하고 막 배송을 마친 나는 마스크가 부르는 손짓에 의자에 앉으며 말했다.

"오늘 취직 면접을 봤어요."

밝은 표정이었다. 잘 된 것 같았다. 그렇지 않다면 사적인 얘기를 잘 알지도 못하는 타인에게 대화의 첫 단추로 쓰지는 않을 테니. 기쁨은 대개 감정을 필요 이상으로 부풀리기 마련이다.

"축하드립니다. 실례가 안 된다면 축하의 의미로 맥주는 제가 사도 될까요?"

"축하받을 일은 없지만, 기사님이 사주신다면……."

"합격한 거 아닌가요?"

내 말에 마스크가 고개를 흔들었다.

"워낙 표정이 밝으셔서……. 죄송합니다. 제가 오해해서 곤란하게 한 건 아닌지……."

"아뇨. 괜찮아요. 기쁜 건 사실인걸요."

앞뒤가 안 맞는 말이었다. 그러니 사연이 있다는 뜻이기도 했고. 혀가 아주 약간 꼬여 있었고 테이블에는 찌그러진 맥주 한 캔이 놓여 있을 뿐이었다.

"주량이 약해요. 맥주 한 캔."

내 시선을 느꼈는지 마스크가 말했다.

"그럼 술은 그만 드시는 게 좋겠군요."

"아뇨. 괜찮아요. 오늘은 좀 더 마실 수 있을 것 같아요. 같이 한잔하죠."

소심한 사람이 타인에게 이 정도까지 말할 때는 용기를 쥐어짠 경우거나 삶에 치일 대로 치였을 때다. 지푸라기라도 잡고 싶을 때. 할 수 없이 편의점으로 가 맥주를 두 캔 사 왔다. 우리 사이가 항상 그렇듯 한동안 서로 말이 없었다. 마스크가 맥주 두 모금, 내가 다섯 모금을 마신 후 마스크가 먼저 입을 열었다.

"처음 다닌 회사는 △△였어요."

1, 2위를 다투는 대기업이었다. 이제부터 긴 얘기가 시작될 거라는 징조였고, 아무래도 퇴근 시간이 한도 끝도 없이 늘어날 것 같았다. 젠장. 이게 다 빌어먹을 양갱 때문이라는 생각이 들었다. 하지만 자리를 뜰 수는 없었다. 되도록 사람과 연은 맺지 않지만 어떤 식으로든 연이 맺어지면 어떤 식으로든 매듭을 지어야 편해지는 성격이다. 이상한 데 결벽증이 있고 역시 다른 성격처럼 인생에 도움이 되지 않는다.

　"나쁘지 않았어요. 일도 마음에 들었고. 한 일 년 정도 다녔던 것 같아요."

　"관뒀나요?"

　"권고사직."

　"일이 마음에 들었다면서요."

　"일 때문에 그렇게 된 건 아니에요."

　말을 듣고 나니 마스크의 통화 내용이 떠올랐다.

　"아빠 때문인가요?"

　내 말에 처음에는 어떻게 아느냐는 눈빛이다가 전화를 받던 상황이 기억났는지 '아'라는 감탄사를 뱉었다.

　"남보다 못한 가족도 있으니까."

　역시나 함축적인 문장. 알아서 새겨듣기로 했다.

　"대기업에 다녔다 해도 일 년이면 경력도 아니죠. 여러 군데 떨어져서 포기하고 중소기업을 들어갔어요. 거기서는 육

184

개월."

이유는 묻지 않았다. 짐작만 했다.

"사회란 게 그런 것 같아요. 올라갈 때는 계단으로 가야
하는데 내려올 때는 떨어지면서 내려오거든요."

"그렇긴 하죠. 낙하산도 주지 않고 엉덩이를 걷어차버리
니까."

나의 말에 마스크가 빤히 나의 얼굴을 바라보았다.

"기사님은 남의 말을 경청하시는 것 같아요. 친절해요."

도대체 나의 어디가? 자기 말처럼 술이 약한가 보다 했다.
사람이 너무 외롭다보면 한 줌 대화에도 햇살을 느끼게 되
는지도 모르고.

"그다음은 어떻게 됐습니까?"

어색해서 화제를 돌렸다.

"직업을 전전했죠. 밑으로, 밑으로."

"힘들었겠군요."

"일보다 사람이 힘들었죠. 마지막으로 콜센터에서 일할
때는 정신이 완전히 피폐해져 있었어요. 이 년이나 일한 건
생계 때문이었고. 병이 생기고부터는 그마저도 힘들었어요."

대인공포증? 공황장애? 조울증? 어쩌면 다였는지도 모르
겠다고 생각했다.

"가난과 빈곤의 차이를 아세요?"

"끼니를 걱정해야 하면 빈곤, 끼니는 해결되면 가난이겠죠."

"경험이 있으신가 봐요?"

"심하게 돈에 두들겨 맞아보면 알고 싶지 않아도 알게 되죠."

"가난은 그런대로 견딜 수 있어요. 하지만 빈곤이 되면 죽음이라는 공포와 싸워야 해요."

도스토엡스키가 《죄와 벌》에서 그랬지. 가난까지는 품위를 유지할 수 있다고. 하지만 땡전 한 푼 없는 빈털터리가 되면 사회로부터 몽둥이찜질을 당하고 빗자루로 쓸림을 당한다고. 마스크 말에 고개를 끄덕였다.

"여긴 죽으러 온 건지도 모르겠어요. 아니, 죽어도 상관없다고 생각하고 왔는지도."

마스크는 이어서 자신이 사는 주소를 말해줬다.

"거긴 철거된다는 소문이 있는 빌라인데요? 가끔 배송은 합니다만 아마 지금은 두 집 정도만 사는 것 같던데."

"거기 방 한 칸 있는 반지하에 살아요. 월세가 이십만 원."

서울에 와보니 쥐덫에도 사람을 넣고 월세를 받는 도시였다. 도대체 그런 집에 월세라니 가당치도 않다고 생각했지만 로마에서는 로마법을 따라야 한다. 더러워도 별수 없으니까.

"지하가 있는 줄은 몰랐어요. 폐지가 워낙 쌓여 있어서."

"전에 할머니 한 분이 살았나 봐요. 동네 사람들이 도와주려고 폐지를 갖다 놓았다고 해요. 할머니가 돌아가신 후에 이사를 왔는데 사람들은 여전히 갖다 놓고요."

"그럼 폐지를 줍지 않아도 되지 않나요?"

"그 정도로는 끼니를 해결하기 힘들어요. 처음에는 주울 생각도 없었고."

당연한 얘기였다. 어쩔 수 없는 이유가 있지 않고서야 젊은 여성이 폐지를 주울 리가 없다.

"일 층에 사시는 아주머니가 친절하신 분이세요. 참견이 심하다고 할 수도 있는데……."

마스크가 말을 하다 말고 살짝 웃었다. 듣고 있자니 탤런트 전원주를 닮은 아주머니가 기억났다. 간혹 그 빌라에 택배를 배송하다 마주치면 이런저런 말을 거는 분이었다.

"처음에는 그분 따라 했어요. 운동이라고 생각하라시면서. 거의 끌려다니다시피 했어요. 하지만 시간이 지날수록 의외로 할 만했어요. 왜 그런지 아세요?"

고개를 저었다.

"누구도 저에게 말을 걸지 않았기 때문이에요."

그 기분이 대충 짐작이 됐다. 대답 없이 맥주를 한 모금 마셨다.

"그리고 소리들이 너무 좋았어요. 바람 소리, 계절이 지나가는 소리, 햇볕이 내리는 소리. 예전에는 결코 온전히 느끼지 못했던 것들 말이에요. 하지만 조금 익숙해지자 이번에는 집적대는 남자들이 생기더군요. 술 취한 노인한테서 험한 일을 당할 뻔하기도 했고. 그래서 목욕을 하지 않기 시작했죠. 조그만 과도도 하나 들고 다니고."

마스크는 웃으며 말했지만 진짜 웃음은 아니었다. 혀는 처음 만났을 때보다 조금 더 꼬인 것 같았다.

"오늘 슈퍼에 캐셔 면접을 보러 갔어요. 목욕도 하고 말이죠."

서글퍼지는 농담이었다.

"첫마디가 뭐였는지 아세요?"

고개를 저었다.

"한참을 보더니 이러더군요. 아가씨, 어디서 많이 본 것 같은데? 아, 동네에서 폐지 줍는 사람 아닌가? 이야, 옷을 그리 입으니 몰라보겠네. 아니 이렇게 멀쩡한 아가씨가 그동안 왜 폐지나 줍고 다녔어, 그래?"

마스크는 잠시 말을 끊고는 먼 허공을 응시했다.

"그러고는 제 몸을 눈으로 훑었어요. 입맛까지 다시면서."

마스크는 맥주를 한 모금 마셨다.

"내일부터 출근하라더군요."

듣고 있자니 출근할 리가 없을 것 같았다. 떨어졌다고 말

한 이유도 이해가 됐고. 마스크로서는 없는 용기를 쥐어짜서
사회 복귀를 할 생각이었을 테지만.

"그런데 이 기분을 이해하실 수 있을까요? 희망을 완전히
접으니 오히려 홀가분해지는 그런 기분?"

마스크가 내 얼굴을 똑바로 바라보며 물었다.

"사회는 집념, 포기하지 않는 노력, 뭐 그런 걸 강요하지
만 글쎄요, 제 생각엔 희망이란 게 사람에게 힘을 주기도 하
지만 대부분은 자신을 괴롭히기만 할 뿐인 것 같아요. 그럴
땐 포기하면 편하죠. 정말 그래야 할 일은 살면서 한두 가지
정도인 것 같아요. 대개의 일은 피할 수 있으면 피하고 도망
갈 수 있다면 도망가는 게 낫다고 생각합니다. 그런 마음이
드는 건 자신에게 맞지 않는 일이라는 뜻이니까."

"보통은 좀 더 노력해보라고 하는데 기사님은 다르게 말
씀하시네요."

"나태하고 게으른 인간이라서 그렇겠죠."

내 말에 마스크가 작게 웃었다. 웃음의 의미는 알 수 없
었다.

"시간 내줘서 고마워요."

자리를 뜰 모양이었다.

"별말씀을."

자리에서 일어나 주머니에 손을 넣으며 대답했다. 뭔가가

만져졌다.

"양갱이 하나 남았네요. 심심할 때 드세요."

마스크가 한참을 양갱만 바라보다 받았다. 그 얼굴이 너무 마음에 걸렸다.

"죄송하지만 실례가 안 된다면 한마디만 해도 될까요?"

마스크가 고개를 끄덕였다.

"살아요. 죽지 말고. 부탁이에요."

나의 말에 마스크는 양갱을 바라볼 때처럼 나의 얼굴만 한동안 바라보았다. 왜 그런 말이 나왔는지는 나도 알 수 없었다.

"고마워요."

'무슨 말씀이세요?'도 아니고, '예?'라는 뜬금없는 말을 들었을 때의 대답도 아닌 '고마워요'라니? 이상하다 싶긴 했지만 마스크는 고개를 숙이고 인사를 한 후 이미 자리를 뜬 상태였다. 그 말이 내가 마스크에게 들은 마지막 말이었다.

그 후 두 번인가 마스크가 사는 빌라에 배송이 있었다. 첫 번째 갔을 때는 전보다 더 많은 폐지가 쌓여 있었다. 다른 직업을 구했나 보다 했다. 3주 후에 두 번째 갔을 때, 마당의 폐지가 깨끗이 치워져 있었다. 마스크가 이사 갔나 보다 했다. 101호 문 앞에 택배를 놓고 노크를 하며 '택뱁니다'라고 말한 후 가려고 하니 문이 열렸다. 탤런트 전원주를 닮은 아주머니였다. 가끔 배송하다 마주쳤으니 면식은 있는데, 심성은 선한 것 같으나 사람을 붙잡고 사설을 길게 하는 게 흠이었다.

"고마워요."

"예, 감사합니다."

"택배 기사님들 바쁘다던데 밥은 먹고 다녀요?"

그래, 말없이 그냥 넘어가는 경우가 없지 싶었다.

"마당이 깨끗해졌네요."

개인적인 식사 상황까지 말하고 싶지 않아서 화제를 돌렸다.

"어머, 아저씨 몰랐어요?"

'마침 잘 물어봤어요. 중요한 얘기를 해줄 테니 들어봐요' 같은 말투로 아주머니가 말했다.

"뭘 말입니까?"

"저번 주에 아래층 아가씨가 이사 갔잖아. 아저씨도 여기서 택배 하니까 본 적이 있을 거야. 왜 마스크 쓰고 폐지 줍던 아가씨 말이야."

아주머니의 말에 고개를 끄덕였다.

"에휴, 착한 아가씨였는데 부모를 잘못 만나가지고. 그 아빠가 약쟁이였다고 하더라고. 사업 망하고 약을 시작했다는

데 딸내미 직장을 옮길 때마다 따라다니며 돈을 뜯어 갔다 데. 그러니 회사를 온전히 다닐 수가 있었겠어. 나중에는 어 디서 신체포기각서까지 써갖고 와서 들이밀더라던데 부모 가 아니라 웬수지, 웬수. 웬수도 그렇게까지 안 할 거야. 안 그래요?"

역시 말없이 고개만 끄덕였다.

"그래도 좋은 친구를 둬서 다행이야. 친구가 회사를 하는 데 거기서 일하게 됐답디다. 다행이지 뭐예요."

그때 집 안에서 주전자 끓는 소리가 들렸다.

"에고, 내 정신 좀 봐. 물 올려놓은 걸 깜박했네."

아주머니는 부리나케 집으로 들어갔다. 잠시 마스크가 살 던 집을 바라보다 발을 옮겼다. 배송을 시작했다. 늘 하던 것 처럼 음악을 켰다. 타니타 티카람의 〈I might be crying〉이 흘렀다. 한 곡 반복을 눌렀다. 하늘이 종일 흐렸다.

3주 후, 우연히 마스크를 보았다. 서울대 지하철역 근처였 고 퇴근 인파들이 횡단보도를 건너고 있었다. 대로의 가게 한 곳에 배송을 마치고 나오던 나는 5미터 남짓 앞에서 걸 어오는 마스크를 보았다. 마스크 역시 나를 보았는지 순간 멈칫하는 눈빛을 띠었다. 하지만 이내 시선을 돌리고는 나를 지나쳤다.

다행이라고 생각했다. 괴로운 과거라면 잊는 게 좋다. 잊는 시작은 애써 지우는 것부터고. 마스크가 조금 부러워졌다. 나와 달리 그렇게라도 한 발을 뗄 수 있다는 사실이.

숙소로 돌아와 이언 플레밍의 단편 〈Quantum of solace〉를 다시 읽었다. 한 줌의 위로, 먼지만 한 한 줌의 위로만을 원했던 한 남자에 대한 이야기. 어둠이 내린 숲에서 간혹 고양이의 울음소리가 들렸다. 밤의 소리였다.

진리와 진실은 다르다

춘자와 몇 번 만나기는 했지만 딱히 대단한 일이 있었던 건 아니다. 주로 거리를 걷고 식사를 하고 술을 마셨을 뿐이다. 아마 남편과 갔던 곳일 테지. 무슨 생각을 하는지 어떤 기분을 느끼는지는 알 수 없었다. 말이 없는 사람이기도 했고 내 알 바도 아니라서. 줄에 묶인 강아지마냥 끌고 다니는 곳으로 끌려다녔을 뿐이다. 때문에 일요일 아침, 인사동으로 오라는 전화를 받았을 때도 그러려니 했다. 로알드 달의 단편집 〈달리는 폭슬리〉를 읽는 중이었다. 책을 덮고 대충 준비를 한 후, 인사동으로 출발했다. 도착하니 오전 10시 반. 약속 시간까지 아직 30분 정도 남아 있었다. 딱히 들어가고 싶은 곳도 없었고 무엇보다 사람이 넘쳐나서 길을 벗어났다. 탑골공원이라는 표지판이 보였다. 인사동 골목만큼은 아니었지만 역시 사람들이 꽤 있었다. 노숙자와 노인들. 한 골목을 지나치려는데 뭔가 휙 지나가더니 쨍그랑거리는 소리가 났다. 소리가 난 곳을 보니 소주병이 깨져 있었다. 반대편을 보니 중년의 노숙자 한 명이 술 취한 눈으로 병이 깨진 곳을 바라보고 있었다. 소주를 한 병 더 시킬 요량인 것 같았다. 노숙자에게 가서 만 원 한 장을 쥐여주었다. '뭐야, 이 자식은?' 같은 표정을 지었다. 그러거나 말거나. 중독자들끼리 돕고 살아야지.

다시 약속 장소로 돌아왔다. 어느 갤러리 앞. 춘자가 와 있었다. 나를 보더니 기다리지 않고 안으로 들어갔다. 약속 장소일 뿐 다른 곳으로 갈 줄 알았는데 갤러리로 가리라곤 생각 못 했다. 고급스러워 보이는 곳이라 들어갈 때 잠시 멈칫했다. '너만 들어오지 마'라는 표지판이 입구 어딘가에 있을 것 같아서. 다행히 없었다. 들어가니 명품처럼 보이는 정장 차림의 여성 직원 두 명이 있었다. 나를 흘깃 봤다. '네가 왜 여기에?'라는 표정이었다. 난들 알겠는가? 무시하기로 했다.

춘자는 입구쪽의 그림을 감상하고 있었다. 천천히, 오랫동안. 그동안 그녀가 준 역할을 나름대로 열심히 수행했다. 졸 졸졸 따라 다녔다. 일당이 백만 원인 강아지이니 성질은 부리지 않기로 했다. 춘자는 엘로이 모랄레스의 그림 앞에서 한참을 서 있었다. 다른 하이퍼리얼리즘 그림들 속에서도 유독 눈에 띄었다.

"남편이 좋아했던 작가예요."

얼핏 그리운 눈빛이 춘자의 얼굴 위로 지나갔다.

"하이퍼리얼리즘 좋아해요?"

"좋아한다고 생각합니다."

"사진을 찍으면 될 텐데 왜 사서 고생인지 모르겠어요."

"사진과는 또 다르죠. 개인적인 생각입니다만 노동을 예술로 승화시킨 장르예요. 그것만으로도 충분히 감상할 가치가 있다고 생각합니다. 모랄레스는 대상 자체에 색감을 더해 이미지를 더 창조한 거고요. 그림에는 문외한이라 좁은 소견이겠지만."

내 말에 춘자가 조금 놀랍다는 듯이 나의 얼굴을 보았다.

"남편과 비슷한 얘기를 하네요."

나처럼 식견이 좁았다는 뜻 같았다.

"남편은 미술과 영화를 사랑했어요."

"많은 사람들이 그렇죠."

"실제 하기도 했고."

"그중에 일부가 그렇죠."

"재능은 없었어요."

"안목만 가진 사람들의 비극이죠."

"전 예술에 관심이 없어요. 에너지 낭비일 뿐이에요."

"그렇게 생각하는 사람들도 많죠."

"예술을 사랑하는가 보죠?"

"좋아는 한다고 생각합니다. 주로 소설이지만. 타 분야는 어쩌다 아는 만큼이죠."

"쓸데없는 에너지 낭비예요"

"좀 전에 말했습니다."

"남편은 자신에게 재능이 없다는 걸 괴로워했어요. 생계로 회사 생활을 했지만 적응하지 못했죠. 퇴근하면 그림을 그리거나 시나리오를 썼어요."

"팔았습니까?"

"전혀. 재능이 없었던 거죠."

"모파상이 플로베르에게 배울 때 플로베르가 그랬죠. '자네에게 재능이 있는지 모르겠네. 하지만 잊지 말게. 재능이란 오래 참고 견디는 힘일 뿐이지'라고. 어느 누구도 재능이 있고 없고를 판단할 수는 없어요. 그 사람이 끝을 내기 전까지는."

"남편은 죽었어요."

"그 얘기는 예전에 했고요."

"삶에도 재능이 없었던 거죠."

춘자가 그림을 노려보며 말했다. 그림 때문에 화가 난 것 같지는 않았다.

"신사였어요. 부드럽고 친절하고 섬세했죠. 언제나 낮은

목소리로 웃으며 얘기해줬어요. 언성 한번 높인 적이 없었
죠. 그런 사람은 인생에서 처음이었어요."

어릴 때 동화책 속에서 얼핏 그런 등장인물을 본 것 같긴
하다.

"제 가족들은 짐승이에요. 돈밖에 몰라요. 배려심이나 친
절 같은 건 나면서부터 없는 사람들이에요."

왜 남편을 사랑했는지 이해가 됐다. 생에 첫 애착 관계이
지 싶었다. 사랑으로 착각할 만도 하지.

"스무 살에 독립했어요. 가족과는 피치 못할 때만 만나
요."

"대단하군요. 스무 살에 독립이라. 보통은 대학을 다닐 나
이인데."

"모아 둔 용돈으로 주식을 시작했죠. 이제 이십 년 가까이
돼가네요."

용돈을 풍족하게 주는 집안이려니 했다.

"꽤 버셨나 보네요. 일당을 백만 원씩이나 주시는 걸 보니."

"돈이라면 있을 만큼은 있어요. 주식에 대해 좀 알아요?"

"국가가 만든 합법적 도박판 아닙니까?"

"도박과 비슷한 면은 있죠. 하지만 한 가지가 달라요. 도
박은 잃으면 끝이지만 주식은 팔지 않는 이상 기회가 항상
있어요."

"오늘 약속이 워런 버핏과의 점심인 줄은 몰랐는데요? 햄버거라도 준비해올걸 그랬습니다."

"투자는 전쟁이에요. 전쟁사를 좀 알아요?"

나의 말을 무시하기로 작정한 것 같았다. 하긴, 언제는 안 그랬나? 그러려니 했다. 강아지 알바를 하는 날 아닌가.

"역사서라면 간혹 읽습니다."

"주식은 전쟁하고 똑같아요. 전략, 전술, 전투부대, 예비대, 보급, 적에 대한 정보와 분석. 돈이 총이고 대포죠. 패전은 파산이고 승리의 전리품은 더 많은 돈이에요."

"저에게 말씀하셔도 쇠귀에 경 읽기입니다."

"가족이 싫으면 어떻게 독립하는지 알아요?"

아무래도 가풍인 것 같았다. 남의 말은 무시하는 것 말이다.

"죽었다 깨어나도 모를 것 같으니 마침 현자인 당신이 좀 가르쳐주시겠습니까?"

"돈을 벌면 돼요."

수업만 잘 들으면 서울대를 간다는 말 같았다. 춘자가 갤러리를 나섰다. 내가 해야 할 일을 했다. 졸졸졸.

따라 나오자 춘자가 물었다.

"곱창 좋아해요?"

"안 먹습니다."

"남편이 좋아했어요. 가요, 사당에 잘 가던 곱창집이 있어요."

곱창집에 끌려갔다. 곱창이 나왔지만 아무도 손대지는 않았다.

"안 먹습니까?"

내가 물었다.

"싫어해요."

"마찬가지입니다."

"남편은 잘 먹었어요."

어쩌라고? 아무튼 제삿상이란 뜻 같았다. 소주를 첨잔해야 할 분위기였다. 입에다 첨잔했다. 세 잔을 연거푸 마셨다.

"그렇게 마시다간 간이 남아나질 않겠어요."

"간은 명품이라서요. 루이비간 정도는 될 겁니다. 그래도 내년에는 안식년을 줄 생각입니다. 잔업에 야간에 당직에, 꽤 고생한 친구니까."

뭐, 계획은 그랬다. 어디까지나 계획은.

"당신은 그냥 알겠다거나 고맙다는 말로 끝내는 법이 없네요."

춘자가 작게 고개를 저으며 말했다.

"알겠습니다."

"성의도 없고."

"고맙습니다."

"정말 대책 없는 사람이네요."

춘자가 포기한 듯 소주를 한잔 마셨다.

"아무리 사소한 얘기라도 내 얘기에는 귀를 기울여 들어줬어요. 가족에 대해 모든 걸 얘기한 건 남편이 처음이에요. 당신은 모를 거예요. 다른 사람이 자신의 문제인 것처럼 아파하고 걱정해주는 마음을 느낄 때의 행복을 말이에요."

"모릅니다."

모를 거라고 생각하니 그 생각에 맞춰줬다. 때론 상대에 맞춰주는 배려를 할 때도 있다.

"사랑해본 적 없어요?"

"오래전 일이라 기억이 잘 안 나는군요."

"그런 감정은 잊어버릴 수 없는 거예요. 잊었다면 사랑이 아니었겠죠."

"알려줘서 고맙군요. 사실 저도 긴가민가했었는데."

"정말 당신은 남편과 닮은 데라곤 얼굴밖에 없군요."

"짝퉁과 유사품의 한계죠. 하지만 그게 제 잘못은 아니지 않습니까? 누군가의 대타로 태어난 인생은 아니니까."

"당신을 보고 있으면 화가 나요."

"그럼 이런 짓은 관두면 되지 않습니까? 당신은 돈을 아낄 수 있을 테고 전 그저 일당을 잃을 뿐인데."

"화가 나기 때문에 만나는 거예요."

"보통은 화낼 일은 피해가며 살지 않나요?"

"당신은 예외예요. 정나미가 떨어지려고 만나는 거예요."

"아직도 안 떨어졌습니까? 보통 서너 번이면 충분한 것 같던데. 처음부터 그런 사람이 대부분이고."

"당신은 자존심이고 뭐고 없는 사람이군요."

"뭡니까, 그게?"

"술이나 마셔요."

깨갱. 시키는 대로 했다. 돈값은 해야 하니까. 한동안 둘 다 말없이 술만 마셨다.

"연애는 삼 개월, 결혼 생활은 일 년이었어요. 남편의 원룸에서 살았죠."

"돈은 충분하다면서요?"

"남편이 제 도움을 원하지 않았어요."

쓸데없이 자존심 센 사람이었나 보다.

"상관없었어요. 함께 있는 것만으로도 좋았으니까."

소주나 마셨다. 남의 사랑 얘기는 지겹다.

"왜 그랬을까요?"

춘자가 갑자기 물음을 던졌다.

"뭘 말입니까?"

"죽기 전 남편은 제게 문자를 한 통 남겼어요. 딱 한 문장."

"무슨 내용이었습니까?"

"저는 한 번도 당신을 사랑한 적이 없습니다."

그 말에 소주잔을 들다 말았다.

"왜 그랬을까요?"

춘자가 다시 물었다. 젠장, 난들 알겠는가?

"저는 남편을 용서할 수가 없어요. 사랑하지 않았다면 왜 저와 함께했던 거죠? 처음으로 마음을 준 사람이었는데. 어떻게 저를 배신할 수가 있는 거죠?"

소주잔을 잡은 춘자의 손이 떨리고 있었다. 무슨 말이라도 해야 할 것 같았다.

"뒤 문장을 생략한 것 아닐까요?"

"무슨 말이에요?"

"예를 들자면 당신만큼이란 문장이."

내 말에 춘자가 말없이 나를 보다가 픽, 하며 웃었다.

"위로하는 거예요?"

"그 방면에는 재주가 없습니다. 다만 어떤 문장이든 행간이 있는 거니 경우의 수를 생각해봤을 뿐입니다."

말을 하곤 소주를 한 잔 마셨다. 곱창에 담근 술 같았다. 공짜 술이라 억지로 삼켰다.

"남편은 자살했어요."

춘자가 자주 쓰는 말투였다. 카푸치노 한잔이요. 이유는 묻지 않았다. 물어서 뭐하겠는가? 사람이란 한계치에 다다르면 나뭇잎 한 장이 얹혀도 극단적인 선택을 하는 법이다. 한계치는 사람마다 다르며 죽는 것 보다 사는 게 힘들기 때문에 선택하는 것이다. 타인이 그 무게를 어찌 알겠는가? 설령 부부라고 해도 말이다.

"한 번도 슬퍼하거나 불행한 얼굴을 본 적이 없어요. 항상 행복한 얼굴이었단 말이에요? 그런데 왜 그런 선택을 한 거죠?"

춘자가 다그치듯 물었다. '내가 한 게 아니잖습니까?'라고 말하려다 관뒀다. 남의 일을 뒤집어쓰는 건 질색이지만 졸졸졸이 오늘의 임무 아닌가. 입 닥치고 술이나 마셨다.

"전 모든 걸 그 사람에게 맞췄어요. 그 사람이 좋아하는 음식을 먹고 그 사람이 좋아하는 전시회를 가고 그 사람이 좋아하는 영화를 봤다고요. 심지어 그 좁은 방에 함께 살았단 말이에요. 좋아했으니까, 사랑했으니까. 그것만으로도 좋았으니까. 그런데 어떻게 나에게 이럴 수가 있냐고요. 상의 한마디 없이, 이유도 없이 어떻게 그런 선택을 할 수 있느냔 말이에요. 날 사랑하기나 한 거예요?"

춘자가 나를 보며 화를 내고 있었다. 정확히는 남편에게. 닮았다니 그럴 수도 있겠지. 춘자의 빈 잔에 술이나 따랐다.

"말을 좀 해봐요. 왜 그랬는지."

슬슬 진도가 너무 나가고 있었다.

"진리와 진실은 달라요. 진리는 사는 데 도움이 되죠. 하지만 진실은 꼭 그렇지 않아요. 모를 때는 알고 싶지만 알고 나면 차라리 몰랐으면 좋았을걸 하는 일이 대부분입니다. 상처만 배부르게 먹는 거죠. 일어난 일은 일어난 대로 흘려버리는 것도 괜찮은 방법입니다. 살면서 모든 일의 이유를 알아야 할 필요는 없지 않겠습니까?"

"남의 일이니 당신은 쉽게 말하겠죠."

같잖지도 않다는 듯 춘자가 말했다. 그래, 내 주제에 위로는 무슨. 술김에 잠깐 돌았나 보다. 술이나 다시 마시기로 했다. 다시 한동안 침묵. 어색해서 내가 먼저 입을 열었다.

"그나저나 한동안 벤치에서 못 본 것 같은데 무슨 일 있었습니까?"

"당신이 알 바 아니에요."

빙고. 말하는 싸가지 하고는. 하지만 일요일 하루 졸졸졸을 선택한 인생이 입 밖으로 낼 말은 아니었다. 한 병을 더 시켰다. 세 병째. 김치를 하나 집어 먹었다. 먹을 거라곤 그것밖에 없었다. 빌어먹을 곱창 같으니. 아무리 알코올 중독자라지만 깡소주를 마시는 것도 한계가 있지. 마치면 어디가서 삼겹살이라도 구워 먹어야겠다고 생각했다. 세 병째를 따서 따르는데 흐느끼는 소리가 들렸다. 귀 기울이지 않으면 안 들릴 만큼 작은 소리였다. 고개를 드니 춘자가 울고 있었다. 굵은 눈물이 딱, 한 방울 떨어졌다. 젠장, 우는 사람을 앞에 두고 술 마시는 일보단 지구의 평화를 구하는 게 더 쉬운데……. 쓰지 않은 물티슈를 건넸다. 춘자가 눈가를 닦았다.

"혹시, 〈이어 오브 드래곤〉이라는 영화를 봤습니까?"

내가 물었다.

"모르는 영화예요."

"거기에서 미키 루크가 이런 대사를 하죠. '난 상처받은 영혼이야'. 그걸 듣고 제가 무슨 생각을 했는지 아십니까?"

"몰라요."

"젠장, 안 그런 영혼도 있나?"

"무슨 뜻으로 하는 말이에요?"

"아무 뜻도 없습니다."

"무슨 대화 방법이 그래요?"

"그러게요. 아주 예전에 본 미국 카툰이 생각나는군요. 사형 직전의 순간을 묘사한 건데 교도관 두 명이 죄수를 전기의자에 앉히려는데 죄수가 앉기 전에 의자의 가시를 발견하고는 이런 말을 하죠. 하마터면 찔릴 뻔했잖아?"

"그건 또 무슨 뜻으로 하는 말이에요?"

"아무 뜻도 없습니다."

"도대체 뭐하자는 거예요?"

춘자가 짜증을 냈다.

"주식은 전쟁이라면서요? 그렇다면 손자병법은 읽었겠군요. 성동격서. 한 가지 생각에 너무 함몰되면 다른 곳으로 시선을 돌리는 것도 한 방법입니다."

춘자가 가는 눈으로 나를 봤다.

"당신 방식의 위로라는 말인가요?"

대답하지 않았다. 춘자가 테이블을 손가락을 톡, 톡, 톡 두드렸다. 생각에 잠길 때의 습관.

"남편이 당신의 뻔뻔스러움을 백 분의 일만 가졌다면 지금 내 옆에 있을지 몰라요."

칭찬인지 욕인지.

"오늘 일당이에요."

춘자가 봉투를 내밀었다. 일과가 끝났다는 뜻이었다. 받아서 주머니에 넣자 춘자가 물었다.

"그 돈으로 뭐해요?"

알아서 뭐하게?

"주식을 좀 사고 연금을 넣고 보험을 내고 그래도 남는 돈은 국채를 조금 사죠."

"원하면 몇 가지 종목을 추천해줄 수 있어요."

톡, 톡, 톡. 춘자의 손가락이 움직였다. 농담 좀 하고 살자 싶었다.

"하마터면 가시에 찔릴 뻔했습니다."

자리에서 일어서며 말했다.

"무슨 뜻이에요?"

"아무 뜻도 없습니다."

대답을 듣지 않고 가게를 나왔다. 삼겹살을 먹고 들어갈 생각이었다. 빌어먹을 곱창 같으니.

우리 사이에는
은혜도 빚도 없다

그 남자는 항상 헬스를 하고 있었다. 까데기를 하는 틈틈이 레일을 잡고 팔굽혀 펴기를 한다든지 차에 마련해둔 아령을 들곤 했다. 술잔을 들 때 말고는 되도록 힘을 쓰지 않으려는 나와는 삶의 신조 자체가 다른 것 같았다. 아무튼 몸이 좋긴 했다. 이두박근인지 삼두박근인지 팔근육이 울퉁불퉁하고 가슴은 갑옷을 두른 모양새였다. 175 정도의 키에 짧은 곱슬머리로, 사각형이 잃어버린 형제 아니냐며 반가워할 만큼 사각진 얼굴을 하고 있었고 역시 사각형의 검은 뿔테 안경을 끼고 있었다. 동료들과 전혀 말을 나누지 않았는데 나보다 더 말이 없는 사람은 그 남자가 유일했다. 배송구역은 남현동이었다.

월요일 아침, 짐 정리를 하고 있는데 바나나 형님이 다가왔다.

"잠깐 얘기 좀 할 수 있어?"

비쩍 마른 몸만큼이나 가는 목소리로 바나나 형님이 말했다. 얘기는 무슨. 부탁할 일이 있는 거겠지. 이 사람은 뭔가 부탁할 일이 있을 때 말고는 내게 말을 걸지 않는다.

"바빠요."

그러니 이렇게 대답할 수밖에.

"아직 얘기도 안 꺼냈어."

"보나 마나 제 시간을 달라는 얘기겠죠. 다른 사람한테 말씀하시죠."

얼굴은 보지 않은 채 짐 정리를 계속했다.

"그래도 날 도와주는 사람이 행운동밖에 더 있어? 다른 애들이 내 말 들어? 안 듣는 거 알잖아."

왜 안 나오나 싶었다. 부끄러움도 없이 남의 똥구멍을 간질이는 이 형님의 필살기. 게다가 이번에는 읍소 전략까지 더해서 쓰고 있었다. 우는 목소리였다.

"뭔데요?"

한숨을 쉬며 물었다. 이상하게도 이 사람에게는 항상 당한다. 이유를 모르겠다.

"오늘 남현동 좀 쳐줘."

그럼 그렇지.

"거기가 어딘데요?"

"인헌동 옆에."

"인헌동은 어딘데요?"

"행운동 맞은편."

"행운동에서 동서남북으로 어디 맞은편요?"

"아, 지도 봐. 보면 있어. 까데기 치면서 다른 동 물건도 빼주곤 하잖아? 여태 어디 있는지도 몰라?"

바나나 형님이 역정을 냈다.

"동 이름만 알죠. 어딘지는 모르고. 제 구역만 알면 되니까."

"아무튼 남현동 좀 쳐줘. 월요일이니까 물량도 안 많잖아. 두 시간 정도 더 하면 될 거야."

두 시간이 애 이름이냐?

"저번에 청림이도 저한테 부탁했잖아요. 다른 사람 없어요?"

"애들이 다 바쁘대."

"저도 바빠요."

"맨날 컨테이너에 있는데 뭐가 바빠?"

그건 내 문제고.

"컨테이너에서 제가 노는 줄 알아요? 저번에도 말했잖아요. 천산산맥의 야크 방목과 오스트레일리아의 양 떼 몰이에 대한 철학적 고찰을 해야 한다고."

"아니, 맨날 뭔 헛소리야?"

빙고.

"있잖아, 남현동 아버지가 병원에 있어. 중환자인가 봐. 앞으로 월요일은 간병인이 못 온다니까 행운동이 좀 해줘."

듣고 있자니 '앞으로'란 단어에 방점이 찍혔다.

"앞으로요?"

"당분간이란 뜻이야."

사전편찬위에서 '앞으로'의 뜻을 내가 모르는 사이 바꿨나 보다.

"그러니까 얼마 동안이라는 얘기에요?"

"모르지. 하지만 빨리 새로 구한다고 했으니 얼마 안 되겠지."

아니, 이걸 대답이라고. 하지만 아버지가 중환자라니 매몰차게 거절하기는 뭐했다.

"오늘은 해줄게요."

"오늘만? 알았어. 일단 오늘만이라도 부탁해."

그렇게 해서 월요일은 남현동까지 하게 됐다. 한 달 동안. 다음 주에 또 해달래서 다른 사람 시키라고 하니 대답이 가관이었다.

"시작한 사람이 끝을 내야지. 누가 다른 사람이 하던 걸 설거지하려고 해? 택배 기사들이 제일 싫어하는 게 설거지라는 거 알잖아?"

당연하다는 듯한 말투였다. 말을 말자 싶었다. 당한 내가 명청한 것이니 누굴 탓하겠는가.

한 달 동안 남현동을 끝낸 후 금요일, 출발하려는데 남현동이 다가와 물었다.

"내일 토요일, 마치고 시간 되세요?"

굵은 저음의 바리톤 음성이었다.

"지금으로서는 별다른 약속이 없습니다."

'앞으로도 없을 것 같고요'는 생략했다.

"괜찮으시다면 술 한잔 사드리고 싶습니다."

"월요일 배송 때문이라면 괜찮습니다. 돈을 안 받고 한 것도 아니니까."

"그래도 신세는 신세죠. 토요일 괜찮을까요?"

할 일은 없었지만 잘 알지도 못하는 타인과 마시고 싶지는 않았다. 거절을 하려는데 남현동이 먼저 입을 열었다.

"간혹 가는 바(bar)가 있는데 위스키를 키핑해 둔 게 있습니다. 그러니 부담 갖지 않으셔도 됩니다."

남현동이 대답을 기다리며 나를 보았다. 젠장, 위스키란 단어에 조금 황홀해졌다. 나의 뇌가 뼈다귀를 앞에 둔 개마냥 혀를 내밀고 할딱이고 있을 것 같았다.

"정 그러시다면."

그래, 알코올 중독자의 습성이 어디 가겠나 싶었다.

　토요일 오전 첫 배송을 하려는데 폐지를 줍는 노인이 손수레로 길을 막고 있었다. 차를 보면 비키겠지 싶어 경적은 울리지 않았다. 한참을 기다려도 움직일 생각이 없어 보여 경적을 울리려는데 노인이 내 쪽을 바라보았다.

　"야, 이 미친 새끼야."

　나 들으라고 하는 말 같았다. 눈이 벌겋게 충혈되어 있었고 차창 열린 틈으로 술 냄새가 밀려들어왔다. 오늘 수거량이 별로 안 돼서 기분이 나쁜가 보다 했다. 할 수 없이 골목 바깥쪽으로 바짝 붙어 지나갔다. 통과하니 노인이 또 소리를 질렀다.

　"야, 이 개새끼야!"

　역시 나 들으라는 소리 같았다. 노인조차도 내 정체를 아는 것 같았다.

　오후에 100번지대를 치며 빌라 한 곳을 내려오니 노숙자로 보이는 사람이 수레를 끌고 내 앞을 횡하니 지나갔다. 내가 가지고 다니는 수레와 무척이나 닮아 보였다. 과일 상자 서너 개를 쌓을 수 있는 수레로, 택배에 쓰기에는 알맞지만 폐지를 줍기에는 작을 텐데 싶었다. 알아서 하겠지 싶어 걸으며 생각하니 남자의 모든 게 마음에 걸렸다. 폐지를 저렇게 부리나케 주우러 다니는 사람은 없다. 게다가 눈빛이 좀 이상했다. 폐지를 줍는 사람들의 눈빛은 대개 지쳐 있다. 노동에 치여 사는 일반 노동자들처럼. 하지만 방금 지나간 남자의 눈빛은 주위를 두리번거리다 뭔가 훔쳐 달아나는 눈빛이었다. 잠시 생각에 잠겨 탑차의 뒷문으로 가니 놓아두었던 수레가 없었다. 아차 싶어 골목을 두리번거렸지만 남자는 이미 사라진 후였다. 그에게는 소주를 살 돈이 생길 테고 근처에 철물점이 없는 구역을 치는 나는 짐을 하나씩 지고 배송해야 할 판이었다. 오늘따라 유독 무거운 짐이 많았다. 짜증이 올라왔다.

4시경, 현대 홈타운의 경비실에 화주의 요청으로 택배를 맡기러 갔는데 경비가 대뜸 이런 질문을 던졌다.

"기사님 얼굴을 보니 나보다 나이가 어린 것 같은데 동생이라고 불러도 돼?"

간혹 눈인사는 했지만 말을 걸어온 것은 처음이었다. 칠순에 가까워 보였다.

"예. 편하실 대로 하시죠."

보통은 이렇게 말을 걸어오면 나이를 떠나 전투태세가 되지만 어쩐지 이 사람은 정말 동생으로 삼고 싶은 표정이라 그러려니 했다. 아버지뻘이었지만 본인이 그러고 싶다는 데야……

"마침 커피를 한 잔 탔는데 바쁘겠지만 한잔해. 택배가 좀 바쁜 일이야?"

포동포동한 얼굴에 웃는 인상이어서 고맙다며 받았다.

"일은 끝나가?"

오후 4시를 조금 넘었다. 턱도 없는 소리였다.

"아직 반 정도 남았죠."

"어이구, 저런. 그렇게 일하면 몸 상할 텐데. 어디 아픈 데는 없고?"

"아직까지는요."

"그거 다행이네. 하지만 젊을 때 몸 관리 잘 해야 해. 건강 잃는 거 한순간이야."

"예, 그래야죠."

"그런데 내가 보니 동생 얼굴이 많이 상했어. 그냥 놔두면 큰일 나겠어."

"그 정도는 아닌 것 같은데요?"

나도 간혹 거울을 본다.

"아냐. 내가 이십 대 때 딱 동생 같았거든. 몸도 아프고 죽을 고비도 넘기고."

슬슬 뭔가 얘기가 이상한 방향으로 흐르는 느낌이었다.

"그런데 내가 한 번에 나았다는 거 아니야. 그게 뭔지 궁금하지?"

전혀 궁금하지 않았다. 하지만 대답을 기다리는 눈치라 할 수 없이 물었다.

"뭔데요?"

약명이라도 말해줄 참인가 보다 했다. 도라지즙이나 보약이나, 아무튼 뭐 그런 거.

"이건 비밀인데 동생이니까 특별히 알려줄게."

뜸을 들이는 화술을 보고 있자니 한두 번 이런 식으로 사람을 꾄 게 아닌 것 같았다. 권하는 게 아니라 약을 팔 생각인가 싶었다. 하지만 대답은 내가 예상치도 못한 말이었다.

"남녀호랭교."

남묘호렌게쿄를 말하는 것 같았다. 발음은 남녀호랭교로 들렸고.

"이것만 믿으면 세상일이 술술 풀려. 내가 젊었을 때 병으로 죽을 뻔했는데 이거 믿고 나았잖아. 형님 말 한번 믿어봐. 믿는 순간 딱 알게 돼."

'도를 믿으십니까?'는 간혹 만난다. 하지만 남묘호렌게쿄는 처음이었다. 뜨악했다.

"동생 종교 있어?"

없다는 말을 기대하고 묻는 눈치였다. 적당히 끊지 않으면 경비실에서 날밤을 새울 것 같았다. 단호하게 잘라 말해버릴 수밖에 없었다.

"전 아편은 하지 않아요."

마르크스가 종교를 민중의 아편이라고 한 이유는 단순히 종교가 아편이라는 뜻은 아니었다. 하지만 내겐 설명할 이유가 없었고 시간도 없었다. 상대는 관심이 없을 것 같았고.

"아니, 동생 큰일 날 소리 하네. 아편을 왜 피워? 남녀호랭교는 그런 게 아냐."

손사래를 치며 경비가 말했다.

"알겠습니다. 지금은 좀 바빠서."

부리나케 경비실을 나왔다. 도망치는 내 모습을 볼 순 없었지만 내 수레를 가져가던 그 노숙자의 얼굴일 것 같았다.

일을 마치고 남현동과의 약속 장소로 갔다. 역시나 어색했다. 사당역 근처, 환갑은 넘어 보이는 자그마한 바텐더가 한 명 있는 작은 바였는데, 우리는 세팅이 되는 동안 한마디도 나누지 않았다. 게다가 술이 잭 다니엘이었다. 제기랄, 차에 기름이 떨어졌을 때 대신 넣는 술 아닌가? 이놈의 술은 마실 때마다 휘발유 냄새가 나서 진짜 휘발유를 마시는 기분이다. 다행히 술은 1/3 정도만 남아 있었다. 후딱 마셔버리고 조니 워커를 시킬 생각이었다.

"개인적인 사정으로 민폐를 끼쳤습니다. 죄송합니다."

건조한 말투였다. '이 말을 하려고 했는데 말만으로는 미안하니 술을 사는 거다. 그러니 대충 먹고 가라, 더 할 말 같은 건 없다'는 뉘앙스였고.

"사정은 들었습니다. 아버님 상태가 중하시다고."

그런 상황이라 거절하기 힘들어 한 것이니 별로 고마워할 것 없다. '나 역시 후딱 마시고 딴 데 가서 2차나 하겠다'라는 뉘앙스로 말했다. 상대도 눈치챘는지 우리는 병을 다 비울 동안 말없이 술만 마셨다. 전기의자에 앉아서 사형집행 전에 마지막 술을 마시는 기분이었다. 더럽게 불편했다. 마침내 술병이 비자 남현동이 입을 열었다.

"한 병 더 하시죠."

그랬다가는 전기의자에서 통닭구이가 될 것 같았다.

"괜찮습니다."

'이 분위기에 더 마시자고? 미친 거 아뇨?'라는 뒷말은 생략했다.

"키핑된 걸 드시게 하고 술을 샀다고 할 수는 없죠. 행운동님이 원하시는 걸로 한 병 고르시죠. 그러려고 온 거니까요."

'빚은 깔끔하게 털어버리는 게 제 성격이라서요. 그렇다고 대화를 할 생각은 없지만' 같은 뉘앙스였다. 불편한 자리였지만 막상 뜨려고 하니 딱히 아는 술집도 없고 찾기도 귀찮아서 고개를 끄덕였다.

"조니 블랙으로 하죠. 괜찮으시다면."

내 말에 남현동이 바텐더를 불러 주문했다. 우리는 다시 전기의자에 앉았다. 기분이 황홀해 죽을 지경이었다.

"터미널에서 말씀이 별로 없으시더군요."

입을 먼저 연 것은 남현동이었다.

"딱히 할 말이 없어서요. 없기로 치면 남현동님이 더 없으신 거 같은데요?"

"마찬가지 이웁니다."

또다시 침묵. 누가 더 말이 없나, 내기라도 하는 분위기였다.

"혹시 의무감 때문에 괴로웠던 적은 없습니까?"

결국 내가 졌다.

"무슨 뜻이죠?"

"중환자시라면서요? 그러니까 자식 된 도리로 병간호해야 한다는 의무감 때문에 괴로웠던 적은 없으신가요?"

이게 다 전기의자에 앉아 있는 탓이었다. 뜬금없는 말이 불쑥 튀어나왔다.

"실례였다면 죄송합니다."

의아한 표정으로 바라보는 남현동의 눈길에 사과부터 했다.

"아닙니다. 그런 말을 물어본 사람은 행운동님이 처음이라 조금 당황했을 뿐입니다. 다들 효자라는 말을 먼저 하죠. 대단하다는 듯이 말입니다."

남현동은 바 쪽으로 눈길을 돌리더니 온더락을 한 모금 마셨다.

"어쩌면……."

남현동은 잠시 말을 끊은 후 다시 이었다.

"오늘은 얘기를 나눌 만한 분을 만났는지도 모르겠군요. 질문이, 이런 말을 하는 저도 이상하다고는 생각합니다만, 무척 마음에 듭니다."

이번에는 내가 의아한 표정을 지었다.

"오 년 정도 사람과 대화를 나눈 적이 없는 것 같습니다. 그러려고 작심을 한 것까진 아니지만 어쩌다보니 그렇게 된 것 같군요."

나의 표정은 무시한 채 남현동이 말했다.

"설마 오 년 치의 대화를 지금 시작하려는 건 아니죠?"

겁먹은 얼굴로 내가 물었다.

"말씀을 재밌게 하시는군요. 물론 아닙니다."

남현동이 빙긋이 웃으며 말했다.

"혹시 그럴 때가 있지 않았습니까? 친한 것도 아니고 잘 알지도 못하는 사람인데 어쩌다보니 긴 얘기를 하게 된 경우 말입니다."

남현동이 나의 빈 스트레이트 잔에 술을 채우며 물었다.

"기억은 잘 나지 않지만 있었겠죠. 아마 지금보다 충분히 젊었을 때였을 것 같지만 말입니다."

"나이는 상관없는 것 같습니다. 어쩌면 진짜 속내는 나이가 들어야 생기는 것 같기도 하고요. 링컨이 그랬다죠? 나이 사십이 되면 자신의 얼굴에 책임을 져야 한다고. 싫든 좋든, 그 나이가 되면 그때까지의 얼굴이 자신의 본모습이라는 뜻이라고 생각합니다. 원래는 어땠는지 간에 말입니다. 그러니까 비로소 진심을 얘기할 수 있는 때가 온 거라는 거죠."

사람 나름이라 생각했지만 뭔가 심오한 진리를 깨달았다는 듯한 얼굴이어서 입 다물고 있었다.

"그렇게 생각하지 않으십니까?"

닦달 같아서 고개를 끄덕였다. 누군가 술을 산다면 입 닥치고 마시는 게 예의니까.

"느끼셨는지 모르겠지만 행운동님을 좀 지켜봤습니다. 단번에 알겠더군요. 저와 같은 부류라는 걸."

그 말에 남현동을 흘깃 봤다. 알코올 중독자처럼 보이진 않았는데…….

"무엇에도 얽매이지 않는 자유인이더군요."

'뭐래?' 싶었다. 하지만 사주는 술이니 내 생각과 상관없이 고개를 끄덕였다.

"사람들은 자유를 원하죠. 하지만 실제로 자유를 감당할 만한 사람은 별로 없어요. 왜인지 아십니까?"

그럴싸한 대답을 기다리는 얼굴로 남현동이 물었다.

"자유의 대가는 공포니까요. 생계의 공포. 인간관계에 있어 고립의 공포. 그 공포를 감당하며 살 만큼 자유를 원하는 사람은 흔치 않죠."

대충 분위기를 맞춰 대답했다.

"행운동님에게는 구구절절 설명할 필요가 없겠고요."

남현동이 잔을 들었다. 할 수 없이 잔을 부딪쳤다.

"현대 교육의 핵심은 야성의 제거예요. 노예에게 야성이 있으면 다루기 힘드니까. 집에서 기르는 개와 마찬가지죠. 먹이를 주고 쥐꼬리만 한 안정감을 쥐여주면 나머지는 원하는 대로 부려 먹을 수 있죠. 교육의 내용은 중요하지 않아요. 경쟁을 시키고 서열을 주면 알아서 서로를 증오하며 끌어내리고 밟고 올라서기 바쁘죠. 그러면서 태연한 얼굴로 진정으로 자신이 원하는 건 자유라고 말하죠. 자유가 어떤 건지 어떤 대가를 치러야 하는지도 모르고 말이죠."

듣고 있자니 취미가 사리 만들기이고, 특기가 대오각성인 것 같았다. 헬스가 취미인 줄은 알았지만 내면이 라스콜리니코프일 줄은 짐작도 못 했고. 옷차림을 다시 보니 도끼가 있는 것 같진 않아서 술이나 마셨다.

"제 얼굴을 보면 짐작하시겠지만 어릴 때 별명이 있었습니다."

대화의 맥락을 건너뛰며 말하는 게 버릇인 것 같았다.

"혹시, 동그라미?"

진지한 얼굴로 대답했다.

"사각형이었습니다."

남현동이 역시 진지한 얼굴로 대답했다.

"지금이야 왜 그랬나 싶지만 어렸을 때는 상처를 많이 받았습니다. 왕따도 오래 당했고요. 제게 친구는 공부밖에 없었습니다."

보통의 사람들은 그 상황이면 공부를 왕따시키는 법인데 조금 독특한 경우였다.

"그 친구와는 잘 지냈나요?"

"서울대를 갈 만큼은."

별일 아니라는 듯이 남현동이 말했다. 듣고 있자니 서울대 동문 명부를 찾던 파란색 운동복의 대머리가 생각났다. 남현동도 동문 명부를 받았을지 궁금해졌다.

"아버지는 지게꾼이었습니다."

역시, 맥락을 건너뛰는 대화. 아무래도 익숙해져야 할 것 같았다. 그런데 요즘에도 지게꾼이 있나?

"동대문에서 원단을 주로 나르셨죠. 차가 못 들어가는 곳이나 엘리베이터가 없는 상가에 짐을 날라주는 거죠. 가난한 집안에서 줄곧 자랐습니다."

이제는 몇 마디 말 사이에도 문장의 단락을 건너뛰고 있었다. 세부적인 설명도 없이. 알아서 새겨들으라는 뜻 같았다. 이러면 공짜 술이라고 할 수가 없는데…… . 머리를 쓰지 않기 위해 술을 마시는데 운동을 시키면 어쩌라는 건지.

"IT 벤처가 한창일 때 창업을 했습니다. 한동안 꽤 잘나갔습니다. 물론 학벌도 도움이 됐고요."

남현동이 말을 끊고는 다시 온더락을 한 모금 마셨다.

"돈은 좀 써봤습니다. 외제차, 맨션, 명품, 그리고 고급 술집도 꽤 다녔고 말이죠. 혹시 행운동님도 경험이 있으신가요?"

"룸살롱 같은 것 말입니까?"

"그것도 포함되고요."

남현동이 고개를 끄덕이며 말했다.

"돈으로 사람을 때리는 짓은 좋아하지 않습니다. 대상이 여성이라면 더더욱."

"잘했다는 뜻은 아닙니다. 그런 경험을 했다는 거죠. 제 얼굴이 여자가 붙을 얼굴은 아니죠. 돈으로 사는 게 편하긴 했습니다. 가난에 한이 맺혔다고 생각했는데 막상 소비를 해보니 별거 아니더군요. 만족스럽지가 않았어요."

짧은 한숨을 쉬며 남현동이 말했다.

"그래서 어느 날 문득 아시시의 프란체스코가 되기로 결심이라도 했나 보죠?"

"말씀을 재밌게 하시는군요."

남현동이 내 얼굴에 잠깐 눈길을 주며 말했다. '당신은 같은 문장을 반복하고 있고 말이지'라는 말은 하지 않았다.

"회사가 망했습니다. 삼 년 정도 바닥에서 살았죠. 어쩌다가 친구 회사의 바지사장이 되고 일 년 후에는 공금횡령으로 잠시 갔다 왔죠. 실제로 한 건 아니고 뒤집어썼습니다."

하루 종일 말해도 부족할 것 같은 사연들을 네 문장으로 끝냈다. 이 남자의 화법이 마음에 들었다. 알아서 새겨듣는 불편함 정도는 충분히 감수해도 될 만큼.

"그곳에서 저보다 서너 살 어린 친구를 만났습니다. 고아로 자라 어부를 하다 온 친구였는데 항상 운동을 하고 있었죠. 왜 그러냐고 궁금해서 물으니 이렇게 대답하더군요. '체력이 있으면 몸뚱이만 굴려도 먹고 살 수 있으니까요. 부자가 못 될 거라는 건 저도 압니다. 하지만 몸을 팔아먹고 살아보면 얽매일 게 없어져요. 그거면 충분합니다'라고. 충격이었습니다. 사회는 학벌, 인맥 그런 게 있어야 살아갈 수 있다고 생각했거든요. 하지만 그 친구의 말을 듣고 있으니 그동안의 제 인생을 돌아보게 되더군요. 돈을 벌기 위해 얼마나 사람들과 불필요한 관계를 맺고 살았는지 말입니다. 그런 것에 의지해 바닥을 전전하면서도 재기라는 헛된 욕망을 버리지 못하고 친구들의 도움을 찾아 헤매던 저 자신을 말입니다. 망한 후에 육체 노동이라도 했다면 적어도 친구들에게서 인간적인 모멸감을 듬뿍 느낄 일은 없었을 테죠."

세속적으로 살다가 나락으로 떨어져 고생 꽤 했는데 귀인을 만나 대오각성을 했다는 뜻 같았다.

"나와서 그 친구를 따라 어부 일을 이 년 정도 했습니다. 택배는 아버지가 쓰러지시고 병간호를 할 사람이 없어서 시작한 거고요. 보라매 병원에 계셨습니다."

'계셨습니다'에 방점이 찍혔다.

"돌아가셨습니까?"

"월요일 오전이었습니다."

"삼가 조의를 표합니다."

"감사합니다."

문장을 건너뛰는 화법이 이해가 됐다. 그런 일이 있었다면 평상심은 아닐 테니까. 또다시 침묵의 시간. 이제는 예수가 부활해서 온다 해도 이놈의 분위기를 살리지는 못할 것 같았다.

"부자지간이라고 해도 서로 간에 정이라고는 없었습니다. 남남인데 호칭이 아버지와 아들이었을 뿐이었죠."

남현동이 한참 만에 입을 열었다.

"하지만 병간호를 하셨지 않습니까?"

"어머니도 안 계시고 자식이라고는 저밖에 없으니까요. 하지만 진짜 이유는 따로 있었습니다."

남현동이 바(Bar) 위에 놓인 나의 담배에 손을 뻗으며 '혹시 괜찮으시면?' 하고 물어서 고개를 끄덕였다.

"한 달에 한 번 정도 피웁니다. 그러고 보니 이런 건 아버지를 닮은 것 같긴 합니다. 일요일 저녁이면 마치 무슨 의식처럼 딱 소주 한 잔과 담배 한 개비를 태우셨거든요. 아마 그게 자신에게 허락한 유일한 사치였던 것 같습니다."

대단한 의지력을 가진 부자였다.

"아버지가 저와 대학동문이라는 건 병원에 와서야 알았습니다. 아버지 친구라며 한 분이 면회를 오셔서 알려줬는데 이름을 대면 행운동님도 알 만한 유명한 정치인이었습니다. 학생운동 할 때 아버지에게 빚을 졌다더군요. 형사에게 분게 자신이라면서. 사 년 정도 감옥에 계셨다고 하더군요. 나왔을 때는 고문 후유증으로 한동안 상당히 고생했다고 하고요. 그 뒤로 아버지는 운동권 시절의 인간관계는 모두 끊고 지게꾼이 되었습니다. 어머니와는 운동을 할 때 만나셨다고 하는데 아버지가 출소하시고 얼마 뒤에 돌아가셨고요."

남현동의 잔이 비어 있어 채워주고는 담배를 하나 물었다.

"지독히 말이 없는 사람이었습니다. 저와 거의 대화를 나누지도 않았어요. 새벽부터 밤늦게까지 일하고 집에 오면 자고, 그게 전부였습니다. 왕따를 당할 때도, 대학을 들어갔을 때도, 심지어 그곳에 있을 때도 면회 한 번 오지 않았습니다. 그런 남자였는데 대학에 합격했다고 하자 이런 말을 하더군요. 학문에 대한 순수한 열정이 아니라면 꼭 대학을 갈 필요는 없다고. 이상한 사람이었죠. 서울대에 합격했다는 아들의 면전에서 그런 말이나 하고 말입니다. 제가 아버지에게 특별한 자상함을 바란 건 아니에요. 보통 부모들이 가진 평균적인 관심 정도를 원했죠. 어쩌면 그보다 훨씬 적어도 괜찮았을 겁니다. 하지만 아버지는 그 어떤 관심도 주지 않았어요."

"그런 관계였다면 병간호는 간병인에게 다 맡기지 그랬습니까?"

"처음에는 그러려고 했습니다. 하지만 처음으로 아버지를 목욕시켜드린 적이 있었는데, 그러고 보니 부자지간에 목욕탕 한 번 같이 간 적도 없네요. 아무튼 그때, 충격을 먹었습니다."

남현동은 술을 입에 털어 넣은 후 빈 잔을 꽉 잡았다.

"벌거벗은 아버지의 양어깨에 두 줄로 움푹 팬 자국이 있더군요. 검은색 줄처럼 보였어요. 처음에는 뭔지 몰랐습니다. 하지만 계속 보고 있으니 알겠더군요. 그것은 지게를 진 자국이었습니다. 사십 년 가까운 시간 동안 만들어진 삶의 흉터였죠."

이번에는 내가 술을 털어넣었다. 마시지 않으면 안 될 것 같은 기분이었다.

"부모니까 고맙지 않을 리는 없습니다. 어쨌든 덕분에 나고 자란 거니까요. 하지만 그 자국을 본 순간 저는 증오심에 타올랐습니다."

그 말에 나는 술을 따르던 손을 멈췄다.

"보통은 고마워하지 않나요?"

"그렇겠죠. 하지만 저는 증오심을 느꼈습니다. 마치 그 두 줄이, 아무튼 나는 아버지로서의 책무를 어떤 변명도 하지 않고 다했다는 무언의 외침으로 들렸습니다. 난 부끄러울 것이 하나도 없다는 듯이 말입니다. 전 그 오만함이 견딜 수 없었습니다. 자식을 낳아 책무만 하면 다일까요? 자식의 의견이나 바람은 안중에도 없이 말입니다. 자존심이 하늘을 찌르는 오만한 남자라고 생각했습니다. 그래서 증오심이 일었습니다. 그렇다면 나도 자식의 책무만을 다하겠다고 결심했고요."

"그래서 병간호를 한 겁니까?"

"삼 년 가까이 되는군요. 돌아가시지 않았다면 더 길었을

지도 모르겠습니다. 하지만 상관없다고 생각했습니다. 받은 만큼 돌려준다는 생각이었으니까요. 대개 버는 돈은 병원비와 병간호비로 나갔습니다. 최소한의 생계만 유지했습니다. 아버지가 제게 해준 그대로 돌려줄 생각이었죠. 병원에서 일하는 사람들은 제 마음도 모르고 요즘에 저런 자식 없다면서 효자라고 그러더군요."

남현동은 다시 담배를 물었다.

"혹시 마광수 시인의 〈효도에〉라는 시를 아십니까?"

"읽은 적은 있습니다. 기억은 희미하지만."

"전문이 이렇습니다.

어머니, 전 효도라는 말이 싫어요. 제가 태어나고 싶어서 나왔나요? 어머니가 저를 낳으시고 싶어서 낳으셨나요? 또 기르시고 싶어서 기르셨나요? '낳아주신 은혜', '길러주신 은혜' 이런 이야기를 전 듣고 싶지 않아요. 어머니와 전 어쩌다가 만나게 된 거지요. 그저 무슨 인연으로, 이상한 관계에서 우린 함께 살게 된 거지요. 이건 제가 어머니를 싫어한다는 말이 아니예요. 제 생을 저주하여 당신에게 핑계 대겠다는 말이 아니예요. 전 재미있게도, 또 슬프게도 살 수 있어요. 다만 제 스스로의 운명으로 하여, 제 목숨 때문으로 하여 전 죽을 수도, 살 수도 있어요. 전 당신에게 빚은 없어요. 은혜도 없어요. 우린 서로가 어쩌다 얽혀 들어간 사이일 뿐, 한쪽이 한쪽을 얽은 건 아니니까요. 아, 어머니, 섭섭히 생각하지 말아주세요. '난 널 기르느라 이렇게 늙었다, 고생했다' 이런 말씀일랑 말아주세요. 어차피 저도 또 늙어 자식을 낳아 서로가 서로에 얽혀 살아가게 마련일 테니까요. 그러나 어머니, 전 어머니를 사랑해요. 모든 동정으로, 연민으로 이 세상 모든 살아가는 생명들에 대한 애정으로 진정 어머닐 사랑해요, 사랑해요. 어차피 우린 참 야릇한 인연으로 만났잖아요."

자신이 읊은 시에 스스로 감동했는지 남현동이 술잔을 비우더니 다시 입을 열었다.

"증오를 품었다고는 해도 역시 자식이다 보니 죄책감을 느끼지 않을 수가 없었습니다. 이 년째 되던 해인가? 우연히 만난 이 시에서 구원을 얻었습니다. 어쩌다가 만나게 된 관계라는 말에. 사회는 가족관계라고 하면 가족이 항상 중심이지 않습니까? 비로소 저는 관계로 중심이 옮아가더군요. 관계는 자신이 원하면 언제든 끊을 수 있는 거라고. 앞의 단어가 붙었다 해도 역시 관계의 하나일 뿐이라고 말입니다."

알아들었다는 뜻으로 고개를 끄덕이곤 남현동의 술잔이 비어 따라주려고 하니 술병이 비어 있었다.

"이번 건 제가 사죠."

"아뇨, 괜찮습니다."

"조의금이라고 생각하시죠."

남현동의 말을 무시한 채 바텐더를 불러 주문을 하고 담배를 다시 물었다.

"그래서 이젠 후련하신가요?"

남현동이 고개를 저었다.

"원하시던 대로 다 하지 않았습니까?"

"장례식 후에 유품을 정리했습니다. 별건 없었습니다. 워낙 단출한 생활을 하시던 분이었으니까요. 장롱 안에서 편지를 한 장 발견했습니다."

"유언장인가요?"

"미리 써두셨던 것 같습니다."

"실례가 안 된다면 어떤 내용인지 여쭤봐도 될까요?"

남현동이 코트 안주머니에서 종이를 한 장 꺼냈다. 노랗게 변색된 A4 한 장이었고 볼펜으로 눌러 쓴 편지였다. 담배를 끄고는 남현동이 건네준 종이를 읽기 시작했다.

'나는 말이 어눌한 사람이다. 표현도 서툴다. 자식인 네게는 더더욱 그랬다. 내 자식이어서 일 거다.

내 부모는 간섭이 많은 사람이었다. 나는 그게 싫었다. 한 번도 내가 원했던 길로 가본 적이 없다. 나는 절에서 수행을 하고 싶었다. 할 수 없이 대학을 갔다. 어쩌다 보니 운동권에 있었다. 원했던 바는 아니다. 친구의 부탁을 거절하지 못했던 탓이다. 괴로운 일이 많이 있었다. 세월에 씻어버렸다. 그래도 남은 것은 받아들였다. 너를 키울 때 한 가지만은 지키려고 했다. 무엇이 됐건 일절 간섭하지 않겠다고. 어려운 일이었다. 자식에 대한 집착이란 부모에게 천형이라는 것을 알았다. 내가 그토록 내 부모를 싫어했음에도 말이다. 그래도 노력했다. 그게 내가 줄 수 있는 사랑이었다.

우리 사이에는 은혜도 빚도 없다. 혹여 지게를 진 일이 너에게 짐이 된다면 버려라. 나는 인간에 대해 실망을 많이 한 사람이다. 지게를 진 건 내 두 손과 두 발로, 누구에게도 신세 지지도 도움받지도 않고, 어떤 인간관계도 없이 홀로 살고 싶었기 때문이지 너를 위해서는 아니었다. 부자가 먹고살았다면 부차적인 일이지 내게 감사할 일도 아니다. 혹여 그런 애비가 부끄러웠다면 이 종이는 버려라. 네겐 의미가 없을 것이다.

나는 말이 어눌하고 표현이 서툰 사람이다. 너에게 하고 싶은 말이 많이 있었다. 지금도 마찬가지다. 하지만 하지 않겠다. 나는 사랑에도 서툰 사람이다.

이것은 유언장이다. 대학을 졸업하면 너를 만날 일은 없을 것이다. 너의 인생을 살아라. 너에게서 부모라는 굴레는 여기까지도 충분하다고 생각한다. 나는 이제 죽은 것이다. 내 죽음을 맞는다면 유해는 화장해서 동해에 뿌려라. 딱 한 번 동해바다를 본 적이 있다. 마음에 들었다. 장례는 치르지 마라. 삶은 충분했다.

이 글을 네가 읽을 날이 올지 모르겠다. 올 수도 있고 안 올 수도 있겠지. 어느 쪽이든 상관없다. 혹여 읽은 후면 태워 버려라. 이 역시 굴레다.'

편지를 읽고 난 후 아무 말도 하지 않았다. 편지를 돌려주며 다시금 담배를 피워 물었을 뿐이다.

"편지를 읽고 나니 한 가지 기억이 떠오르더군요. 단칸방에 살았으니 그런 것 같은데, 간혹 잠에서 깨면 아버지가 원서로 된 제 전공 서적을 조용히 보고 계시곤 했습니다. 아버지에 대해 전혀 몰랐으니 그냥 못 배운 게 한이어서 그런다고 생각했습니다. 직업에 대한 선입견이 있었기 때문이었겠죠. 자신의 지식을 티를 내신 적도 없고요. 하지만 곰곰이 생각해보니 그때 아버지의 표정이 매우 미묘했습니다. 행복한 것 같기도 하고 쓸쓸한 것 같기도 하고 뭐라고 딱히 정의하기 어려운 기묘한 표정이었습니다. 그러고 보니 고등학교 때도 그런 모습을 본 적이 있는 것 같기도 하고. 하지만 절대 제 앞에서 책을 읽거나 하신 적은 없습니다. 신문조차도 말입니다."

남현동이 내가 다시 건네준 편지를 매만지며 말했다.

"택배는 병간호 때문에 시작했다고 하셨죠? 그럼 이제부터는 어쩌실 생각입니까?"

아버지에 관해선 더이상 묻지 않았다. 당사자가 알아서 해석을 하겠지 싶었다. 그의 몫이었다.

"동해로 갈 생각입니다. 어부가 적성에 맞더군요."

"유해도?"

"어려운 부탁은 아니니까요."

한동안 말없이 술만 마셨다.

"신세를 갚는다는 게 또 신세만 졌네요. 괜한 얘기를 꺼낸 것 같습니다."

"아뇨. 괜찮습니다. 오 년 치의 얘기도 아니었고."

그 말에 남현동이 빙긋이 웃었다.

"행운동님은 묘한 구석이 있는 것 같습니다. 얘기하다 보면 속에 있는 얘길 끄집어내고 싶게 하는 데가 있어요."

"술을 드시면 많이들 오해를 하시더라고요. 정말이지 오해예요. 그저, 누군가 그 얘기를 하고 싶을 때 어쩌다 보니 그 자리에 있게 되는 경우가 많아서겠죠."

남현동은 작게 웃기만 할뿐 대답은 하지 않았다. 우리는 자연스레 자리에서 일어섰고 카운터로 가 계산을 했다. 새벽 네 시, 공기가 찼다. 택시를 잡았고 목례를 한 후 헤어졌다.

　다음 주 월요일, 남현동 자리를 보니 새로운 얼굴의 기사가 있었다.

이건 협박이 아니야

일요일 아침, 춘자의 전화는 오지 않았다. 간혹 있는 일이고 그녀의 병명도 알고 있으니 이런 날은 더 이상 연락을 기다리지 않고 쉰다. 암묵적인 약속. 보통 한숨 더 잔 후 소주를 마시며 책을 읽는다. 켄 브루언의 《런던 대로》를 중반까지 읽다가 접은 채였다. 세 번째 다시 읽고 있지만 여전히 멋진 소설이었다.

노크 소리가 울린 것은 세 잔쯤 홀짝이며 다섯 장쯤 읽은 때로, 오후 2시 5분이었다. 간혹 다른 기사들이 밀린 물량을 가지러 왔다가 숙소에 들르곤 하기 때문에 별생각 없이 들어오라고 말했다. 문이 열리자 예상과는 달리 검은 양복에 검은 선글라스를 낀 브루스 브라더스 한 쌍이 있었다. 그들의 등 뒤로 벤츠 마크가 달린 차가 보였다.

"회장님께서 뵙자고 하십니다."

좀 더 키가 커 보이는 브라더스1이 말했다. 뜬금없는 등장인물에 뜬금없는 대사였다.

"갑자기 들이닥쳐서 뭔 소리를 하는지 모르겠네요. 회장님은 또 뭐고. 아니 그 전에 댁들은 누굽니까?"

"회장님 수행비서입니다."

브라더스2가 말했다.

"차림을 보니 그런 것 같군요. 하지만 내 질문에 대한 답은 안 되는 것 같은데? 그럼 당신 회장은 누구요? 내가 사람 사귀는 걸 무척이나 좋아하긴 하지만 내 인맥에 회장 직함을 가진 사람은 없는데. 사람 잘못 찾아온 거 아닙니까?"

"회장님의 영애이신 춘자님의 지인분이시지요? 그 때문에 회장님이 뵙자고 하십니다."

"내가 아는 그 춘자 말입니까?"

"예. 맞습니다."

이번에는 브라더스1이 말했다. 대사를 적정 분량 둘이서 나눠 가지기로 합의를 본 모양이었다.

"전혀 회장 따님으로 보이진 않던데?"

"춘자님에 대해 잘 알고 계신가요?"

브라더스2의 말에 생각해봤다.

"이름 말고는 아는 게 없긴 하군요."

"회장님의 따님이십니다."

"그건 좀 전에 말했지 않습니까? 아무튼 알겠습니다. 여기서 모른다고 했다가는 그 회장이란 단어에 내가 맞아 죽을 것 같으니. 그런데 그게 나와 무슨 상관입니까?"

둘을 번갈아 보며 물었다.

"회장님께서 뵙자고 하십니다."

듣고 있자니 마이클과 대화하는 기분이었다.

"회장님도 알겠고 날 보자고 한다는 것도 알겠습니다. 제 말은 회장님이 날 왜 보려 하냐고요."

"저희는 회장님의 지시만 따를 뿐 회장님의 생각을 헤아리진 않습니다."

당연한 것을 묻는다는 표정들이었다.

"알겠습니다. 몸은 죽도록 일하고 머리는 죽도록 쉬게 내버려 두는 게 당신들의 근무 방식이라는 걸. 예나 지금이나 윗대가리들이 좋아하는 방식이지요. 하지만 낯선 사람 둘이 와서 잠깐 같이 가자고 하면 '얼씨구나, 안 그래도 기다리던 참입니다' 하며 좋아서 따라갈 사람이 과연 있을까요?"

"춘자님 관련 일이니 가시죠."

"그 얘기도 이미 했고. 아버지와 딸 문제라면 둘이서 해결해야 할 일이지 저와는 상관없는 일 아닙니까? 뭣보다 그녀와 가족사를 사이좋게 나눌 만큼 친한 사이도 아니고."

"그건 회장님이 판단하실 부분입니다."

다시 브라더스1.

허!라는 감탄사가 내 대답이었다.

"거절한다면?"

"회장님의 지시는 반드시 이행하고 있습니다."

브라더스2. '좋은 말로 할 때 가자'라는 말을 돌려서 하고 있었다. 잠시 생각하는 척했다.

"갑시다. 젠장."

끌려가는 것보단 내 발로 가는 게 나을 것 같았다. 따라나서니 브라더스1이 차 뒷문을 열어주었다. 양복 재킷 틈새로 칼집이 보였다. UC3018 같아 보였다. 군용칼. 보디가드려니 했다.

레드클리프 홀은《고독의 우물》에서 이런 문장을 썼다.

'이제는 나이 들어 흘러간 세대에 속하지만, 한창때는 열정적이면서 매력적이었던 여자들. 정복하기가 결코 만만치 않지만, 일단 얻고 나면 세상을 손에 넣은 기분이 드는 여자들. 그들이 세상을 떠나더라도 그들의 터전은 남는다. 모턴이야 말로 그런 여자들 같은 집이었다.'

회장의 집이 그랬다. 정원의 흙 알갱이조차 내 월급보다 비싸 보였다. 정원을 지나 회랑을 통과해 이런저런 건물과 이런저런 방을 지나니 방문이라기보다는 대문에 가까운 문 앞에 도착했다. 브라더스1이 문을 열며 말했다.

"안으로 드십시오."

문을 들어서니 빅토리아풍으로 꾸며진 영국식 거실은 아트리움 형식에 3층 높이까지 트여 있었고 원형의 벽면에는 도서관을 방불케 하는 장서들이 들어차 있었으며 사이사이 유명 화가들의 작품이 걸려 있었다. 문 맞은편에는 스테인드글라스로 된 창이 벽면의 전부를 차지하고 있었는데 창 바로 앞에 놓인 의자의 등받이 위로 백발의 뒤통수가 반쯤 보였다. 브라더스2가 '회장님, 모셔왔습니다'라고 하자 의자가 천천히 돌아가더니 회장의 얼굴이 나타났다. 불독이 인간 세상에서 80년쯤 살면 하고 있을 얼굴이었다.

"자네, 재밌는 친구더군."

회장이 무덤덤한 표정으로 나를 보며 말했다. 인사도 체면치레도 없이 단도직입적인 첫마디였다.

"조사를 좀 해봤지. 그런데 우리 애들이 애를 먹을 정도였단 말이야. 어지간해선 그런 경우가 없는데 말이지. 군대 기밀도 마음만 먹으면 빼올 수 있는 애들이거든. 그런데 자네 신상은 파악을 못했어."

외모와 달리 말하는 모습을 보고 있자니 기력이나 체력은 정정한 듯했다. 발음도 분명했고. 날카로운 기운이 느껴질 정도였다.

"택배기삽니다."

모르는 것 같아서 대답해줬다.

"그건 나도 알아. 그 전 십 년 동안의 행적이 없더군. 그동안 뭘 했나?"

심문조였다. 명령조만큼이나 싫은 어투.

"글쎄요. 저도 잘 모르겠군요. 알코올성 치매라서요."

"말할 생각이 없나 보군?"

빙고.

"자네 얼굴을 보고 있자니 내 아이가 왜 자네에게 관심을 가졌는지는 알겠군."

대답을 듣는 건 포기했는지 회장이 말머리를 돌렸다. 톡, 톡, 톡. 오른손 검지로 책상을 두드리며 말하는 것이 춘자와 똑같았다.

"자네, 내 딸이랑 결혼할 생각인가?"

뜬금없는 질문. 사람을 아래로 보는 태도. 이런 사람을 마주하게 되면 장단을 맞춰주고 싶어진다.

"글쎄요. 하자고 한다면 해야 할 것 같긴 합니다."

물론 생각해본 적도 없다. 춘자도 마찬가지일 테고. 회장의 양미간에 깊은 주름이 잡혔다.

"내가 부자라는 사실을 알고 있나?"

"집을 보니 그런 것 같군요."

"영의 개수만 열한 개야."

그 말에 개수를 세어봤다. 아홉까지 세다가 관뒀다. 귀찮았다.

"지금은 택배기사라고?"

'영감, 방금 내가 말해주지 않았소'라고 대답하려다 참았다.

"어쩌다 보니."

"아무리 열심히 해도 그 수입은 내겐 돈도 아니야."

당연한 말씀.

"그렇겠죠. 영을 세다가 말 정도니."

생각하는 듯한 회장의 표정. 내 말투를 어떻게 받아들일지 난감해하는 것 같았다. 그럴 만도 했다. 이런 식의 말투를 쓰는 인간이 주위에 있을 리가 없을 테니. 건방지고 웃기지도 않은 말을 유머랍시고 쓰는 인간 말이다.

"솔직하게 묻겠네. 내 돈을 노리는 거 아닌가?"

내 대답은 무시. 기분이 나쁘지는 않았다. 내 태도는 내가잘 안다. 이런 태도에 친절을 기대할 만큼 바보는 아니다.

"택배기사라니까요. 노려본다면 기껏 송장 정도겠죠. 돈을 노렸다면 다른 직업을 택했을 거고. 그러니까 은행 강도같은 거 말입니다. 아니면 사업가? 게다가 따님에게 증여를해줄지도 모르고. 했다 해도 증여분은 이혼 시 재산분할에 해당하지 않으니 제가 할 수 있는 일이란 아내 돈에 군침이나 흘리는 정도겠지요. 상속도 마찬가지일 테고 말이죠. 그나저나 이런 대화를 할 시간에 영의 개수나 세시는 게 낫지 않을까요? 취미 같으신데 말이죠. 아님 특기거나."

다시 톡, 톡, 톡. 회장은 한동안 지그시 나를 바라보고만 있었다. 노려보고 있는데 내가 개의치 않았을 수도 있고.

"지금 일은 성실하게 하고 있나?"

"영을 세다 관뒀다니까요. 생계로 택배를 하고 있긴 한데 말 그대로 생계이기 때문이죠. 성실하고는 상관없습니다."

"자랑인가?"

"팩트죠."

"원한다면 내가 일을 좀 줄 수 있네."

"지금도 열네 시간 일합니다. 스무 시간? 가능은 할지 모르죠. 하지만 그거 아십니까? 이집트 사람들도 피라미드를 지을 때 휴가, 월차, 병가 등을 썼다더군요. 일을 더 주실 것 같으면 차라리 그쪽 현장을 소개해주시죠."

"입만 살았군."

"생계를 꾸리고 있다니까요. 거기에는 입을 살리는 것도 포함되고."

"말투가 고약하군. 뭔가? 하층민의 유머란 건가?"

"수준에 맞춰드리고 싶지만 상류층을 본 적이 없어서요."

다시 톡, 톡, 톡.

"앞으로 어떻게 할 생각인가?"

대답하지 않았다. 나도 모르니까.

"여긴 법정이 아니야. 묵비권이라도 행사할 생각인가?"

조금 역정이 난 표정으로 회장이 말했다.

"뭡니까, 그게? 상류층의 유머?"

회장의 표정이 역정에서 불쾌감으로 바뀌는 게 보였다.

"머리를 숙이지 않는 인간을 괜찮게 생각하지. 하지만 도를 넘지 않도록 조심하게. 내 인내심은 그렇게 크지 않아."

경고의 말투. 이럴 때는 들어야 한다. 비겁, 잔잔, 소심. 삶의 모토다. 적절한 때에 적절하게 쓰면 사는 게 편하다. 자존심은 좀 상하지만 그만한 가치가 있다. 그래서 고개를 끄덕였다. 적당히 비위를 맞춰주고 적당히 빠져나와 숙소에서 다시 소주나 홀짝이며 책이나 읽을 심산이었다. 일요일 낮의 코미디는 이쯤으로 충분할 것 같았다.

"자네를 부른 건 딸의 일 때문이야."

젠장. 이제야 본론을 시작할 생각이었다.

"늦둥이지. 육십에 봤으니까. 애미가 일찍 죽었어. 세 살 때였을 거야. 집으로 데려와 호적에 입적시켰지. 똑똑한 애야. 심지도 곧고. 남자 보는 눈이 형편없는 것만 빼면 말이야. 자네와 외모가 비슷하군. 한 십 년쯤 젊었다면 말이야.

내 생각이 짧았던 거지. 경영수업을 바닥부터 시작해보라고 말단부터 시켰더니 말단 사원과 사귈 줄 누가 알았겠나?"

회장이 짧은 한숨을 쉬었다.

"떼어놓으려 했지만 딸애가 죽는다고 난리를 쳐서 말이야. 딱 한 번 나에게 반항을 한 게 그런 거라니. 할 수 없이 사위로 들일 생각하고 작은 회사를 하나 맡겨봤지. 그랬더니 어떤 일이 벌어졌는 줄 아나?"

회장의 말에 고개를 저었다.

"회사 옥상에서 뛰어내렸어."

'엘리베이터를 타는 게 귀찮았나 보죠'라는 말이 나올 뻔했는데 가까스로 막았다.

"이유가 뭐였습니까?"

"난들 알겠나. 압박감인지 스트레스인지. 바보들이 흔히 쓰는 이유일 테지. 그깟 놈 하나 죽었다고 내가 신경이나 쓸 것 같나?"

전혀 쓰지 않았을 것 같았다.

"오히려 난 잘 됐다 싶었지. 아무튼 딸애와 떨어뜨려 놓게 된 거니까. 문제는 그때부터 딸이 이상해졌다는 거야."

"우울증 말인가요?"

"딸이 얘기했나?"

"얼핏. 자세히는 아니고."

"분열은 아니야. 거기까진 가지 않았어. 하지만 우울증이 정도가 심했지. 심각한 사고도 몇 번 쳤고."

무슨 사고일지는 대충 짐작이 됐다.

"비서들 보고를 들으니 딸애 일을 돕고 있다고?"

한참 후에야 회장이 입을 뗐다.

"돕는다기보단 구경에 가깝죠. 모자도 들어주고 말이죠."

회장이 무슨 뜻인지 생각하는 표정을 짓다가 이해하길 포기했는지 다시 입을 열었다.

"자네를 만난 후 상태가 많이 호전됐다고 하더군."

"저와는 상관없을 겁니다. 따님 얘기로는 만나기 전에 이미 거의 완치됐다고 했으니까."

"완치가 없는 병이긴 하지만 많이 호전된 건 사실이야. 그래서 자넬 부른 거고."

"결론이 이상하게 나는군요. 그게 저와 무슨 상관이 있다고."

"지금 딸애가 사는 곳은 그 녀석이 죽기 전까지 살던 곳이야. 내 딸이 원룸에 살다니."

회장이 혀를 차며 말했다.

"이 년이나 됐어. 그 동네를 벗어난 적도 없고. 비서들이 챙기지 않았으면 예전에 굶어 죽었을지도 모르고. 그런데 자넬 만나고부터 조금씩 외출 반경이 넓어졌단 말이야. 장족의

248

발전 같지 않나?"

'그런가요?'라고 대답하려다 회장의 감격적인 어투에 찬물을 끼얹을 것 같아서 입 닥치기로 했다. 고개만 끄덕였다.

"하지만 긍정적인 영향을 끼칠 수 있다는 건 부정적인 영향도 끼칠 수 있다는 거야. 그래서 자네를 보자고 한 거야. 내 눈으로 직접 판단하려고."

"그래서 어떤 판단을 내리셨습니까?"

"썩 마음에 드는 건 아니지만 나쁘진 않아. 적어도 딸에게 부정적인 영향은 미치지 않겠어."

판단이야 자유지만 나이를 고려하면 노안이 심각할 나이이긴 했다.

"단순히 그 말씀을 하자고 부르신 건 아닐 테고⋯⋯."

"당분간 딸애 곁에 있어주게. 말 상대가 되어주건 뭐가 됐든. 물론 보상은 충분히 지급될 거야. 자네가 어떤 상상을 하든 그 이상으로 말이지."

"그거 고맙군요. 딸이랑 장단이나 맞춰주고 놀아주면 돈을 쏟아부어 준다니. 누가 마다하겠습니까?"

"내 말을 못 믿겠나?"

"믿죠. 하지만 보상 같은 건 필요 없습니다."

나의 말에 회장이 조금 놀라는 눈치였다

"돈을 싫어하나?"

"설마? 그럴 리가요. 쉽게 먹을수록 좋아하고 날로 먹을 수 있다면 환장하죠. 하지만 누군가를 만나는 대가로 돈을 받지는 않습니다."

회장이 말없이 나를 바라보다 한참 후 입을 열었다.

"자존심인가?"

"없습니다. 그런 거. 내키지 않는 건 하지 않을 뿐이죠."

"손해를 보며 사는 스타일이군."

"글러 먹은 성격이죠. 못 고치는 의지박약이고."

"딸애 돈은 받고 있지 않나?"

"일관성도 없는 성격이고요."

다시 톡, 톡, 톡. 시간을 침묵으로 만드는 걸 좋아하는 것 같았다.

"딸애는 계속 만날 텐가?"

"안 만날 이유는 없습니다. 적어도 아직까진."

"제안은 유효하네. 딸의 상태만 호전된다면, 아니 더 나빠지지만 않아도 말일세."

"회장님 돈이니 유통기한이야 회장님이 정하시면 되겠죠."

끙, 하고 회장이 신음소리를 냈다. 뭔가에 단단히 신경질이 난 것 같았다.

"가는 길에 비서가 내 직통 전화번호를 줄 걸세."

말을 하고는 의자를 창 쪽으로 돌리는 걸 보니 그만 가보라는 뜻 같았다. 브라더스1이 다가와 '이쪽으로' 하며 문 쪽을 손으로 가리켰다. 순순히 따랐다.

숙소로 돌아오자 부라더스1이 재빠르게 내리더니 뒷좌석의 문을 열어주었다. 어색했지만 열린 문을 다시 닫을 수도 없는 노릇이고 해서 차에서 내렸다.

"가시기 전에 외람되지만 한 말씀만 드려도 될까요?"

별로 듣고 싶진 않았지만 뭐라고 할지 조금 궁금하긴 했다.

"뭡니까?"

말이 떨어지기가 무섭게 브라더스1이 오른손으로 나의 멱살을 잡으며 말했다.

"두 번 다시 회장님에게 그런 태도는 보이지 말아요."

꽤 화가 난 눈빛으로 나를 노려보며 말했다.

"협박이요?"

대수롭지 않은 일처럼 브라더스1을 보며 내가 말했다.

"협박은 별로 안 좋아하는데."

살짝 비웃음을 띠며 내가 말하자 의외의 반응이라고 생각했는지 브라더스1이 약간 놀라는 표정이었다.

"멱살을 놓고 당신 넥타이를 좀 보지 그래?"

무슨 말인지 잠시 생각하는 듯하다 브라더스1이 멱살을

잡은 채로 자신의 넥타이를 내려다봤다. 넥타이가 중간부터 잘려 있었고 잘린 부분은 발밑에 떨어져 있었다. 브라더스1이 잡은 손을 풀고 한 발짝 물러섰다.

"두 번 다시 내 몸에 손대지 마. 다음에 잘리는 건 넥타이가 아닐 테니까. 그리고 한마디만 더."

나는 UC3018 파이팅 나이프를 브라더스1의 칼집에 꽂으며 말했다.

"이건 협박이 아니야. 약속이지."

말을 마친 후 컨테이너 문을 열고 들어와 소주를 따르고 책을 폈다. 오후 5시 40분. 제길, 휴일을 쓸데없이 날렸다는 생각만 들었다.

밤 11시경 춘자에게 전화가 왔다.

"아침에 전화가 없더군요."

내가 물었다.

"그럴 상황이 못 됐어요."

"덕분에 당신 아버지랑 데이트를 했죠."

"그 사람을 만났다는 얘기는 들었어요."

그 사람이라! 다정한 부녀지간인 것 같았다.

"서로에게 스파이라도 심어놓은 겁니까? 어떻게 안 거죠?"

"당신 알 바 아니에요. 그 사람을 신경 쓸 필요도 없고."

"알겠습니다. 행복한 가정을 들여다본다고 내가 행복해질 것도 아니니까."

"연락할게요."

툭, 전화가 끊겼다. 나의 말은 무시였다. 부녀지간이 맞는 것 같았다.

오늘 당신이
나의 과거를 원하니

일요일 아침, 세수를 하다 정신을 잃었다. 뒤통수에 망치를 얻어맞는 느낌을 마지막으로. 눈을 떠보니 무거운 철제 의자에 묶여 있었다. 경로석으로 준비한 것 같진 않았다. 지하실의 퀴퀴한 공기가 백열등의 불빛 닿는 곳마다 차 있었다. 눈앞에는 검은색 투피스에 흰 블라우스를 입은 30대 중반의 여자가 한 명, 그 주위로 씨름 선수 같은 떡대 여섯이 빙 둘러 서 있었다.

"오빠, 정신이 좀 들어요?"

술집 마담들이 주로 쓰는 억양이었다. 친절하지만 어딘가 세상에 닳은 말투.

"조금은 든 것 같군요."

"여기가 어딘 줄 알겠어요?"

아직 귀가 잘 안 들릴 거라고 생각하는지 투피스가 약간 톤을 높여 말했다.

"서사모아의 호텔 아닙니까? 저 문을 열면 남태평양의 해변이 펼쳐지는……. 서핑보드는 어딨는 거요?"

아직 충격이 덜 가셨는지 겨우 목소리가 나왔다.

"어머, 김 군아. 이 오빠 말하는 것 좀 봐. 이 상황에서 농담을 다 하신다, 얘."

투피스가 뒤쪽을 훑어보며 말했다. 여섯 명 중에서 김 군을 찾는 것 같았다.

"좀 놀아보자 이거죠? 좋아요. 오늘 마침 시간도 넉넉하니 놀아봐요. 곧 죽을 사람 소원 하나 못 들어줄까. 또 해봐요."

살기를 띤 미소를 지으며 투피스가 말했다. 정말 하라는 뉘앙스는 아니었다.

"드레스 코드가 있다면 미리 말을 해주지 그랬습니까?"

뉘앙스는 무시하기로 했다. 투피스의 표정이 살짝 일그러졌다.

"농담을 좋아하나 봐요?"

"설마? 겁먹으면 나오는 습관이죠."

"별로 겁먹은 표정은 아닌데, 오빠?"

"훈련을 오래 했거든요. 들키면 쪽팔리니까."

나의 대답에 투피스가 비웃음을 지었다.

"터프가이라 이거지, 오빠?"

"내 평생 그런 건 해본 적도 없는데 다들 왜 그렇게 보는지 모르겠군요."

말을 끝내기 무섭게 '철썩' 뺨을 때리는 소리가 들렸다. 투피스의 손이 꽤 매웠다. 내 뺨이라는 게 문제였고.

"얘기가 길어지고 짧아지고는 오빠에게 달렸어요. 알겠죠, 오빠?"

요즘 호칭을 지겹도록 반복해서 듣는 것 같다. 회장도 그렇고 오빠도 그렇고.

"그러니까 제가 묻는 말에 대답 잘 해요. 두 번 세 번 하게 하지 말고. 알았죠, 오빠?"

유치원생들을 대할 때 유치원 선생님들이 쓰는 말투였다.

"왜 그랬어요?"

밑도 끝도 없는 질문.

"뭘 말입니까?"

그러니 당연히 이렇게 대답할 수밖에. 다시 철썩. 여성의 손길이라고 내 뺨이 기분이 좋을 것 같진 않았다.

"제가 싫어하는 사람 유형이 어떤 건지 알아요?"

처음 만난 사람의 취향을 내가 알 리가 없다.

"인류 아니요?"

그러니 범위를 넓힐 수밖에. 다시 철썩.

"정말이지 남자들의 유치함이란 이 일의 즐거움이라니까.

이런 상황에서 농담이라도 해야 자신의 남자다움을 증명할 수 있다고 생각하거든."

"나도 만나는 사람마다 이런 말을 하려니 피곤하긴 한데 내 평생 그런 건 해본 적이 없다니까. 왜 다들 그렇게 생각하는지 모르겠군요."

"오빠, 이제부터 진행 순서를 말해줄게요. 잘 들어요."

내 대답은 무시한 채 투피스가 말했다. 안 들을 수가 없는 분위기였다.

"묻는 말에 바로 대답해요. 그렇지 않으면 망치를 든 저 친구가 오빠를 귀여워해줄 거예요. 발가락부터 하나씩. 그다음에는 손가락, 그리고 그다음에는 갈비뼈. 알겠죠?"

투피스가 나의 얼굴을 오른손으로 톡톡 치면서 말했다. 없는 자존심이 다 상할 것 같았다. 떡대 중 하나가 망치를 들고 내게로 다가왔다. 망치가 장난감처럼 보이는 덩치였다.

"묻고 싶은 게 뭡니까?"

그러니 이렇게 물어볼 수밖에.

"왜 그랬어요?"

"뭘 말입니까?"

"왜 그랬냐고요?"

"의문사와 동사만 있지 않습니까? 주어와 목적어를 붙여 줘야 이해를 하고 대답을 할 거 아니요?"

"왜 그랬어요?"

투피스는 나의 말을 전혀 듣지 않고 있었다.

"이봐요. 당신이 묻는 말에는 뭐든지 사실대로 말할 의향
이 있다니까요. 당신이 굳이 고문하지 않아도 이토 히로부미
는 안중근이 죽였다고 알려줄 거란 말이오. 그러니 주어와
목적어를 좀 주시오. 그게 그렇게 어려운 부탁이오?"

투피스는 나의 대답에 고개를 흔들었다.

"말할 생각이 없네, 이 오빠."

"내 말 이해 못 해요? 원하는 건 뭐든지 대답해준다니까?
하지만 질문을 이해해야 답을 해줄 거 아뇨."

나의 말에 투피스는 또 고개를 흔들었다.

"말귀를 좀 알아듣는 오빠일 거라 생각했는데 안 되겠네.
일단 가볍게 마사지 좀 받고 시작할래요? 김 군아!"

망치가 뒤로 빠지자 투피스가 고개를 절래절래 흔들고는
나머지 떡대들 쪽을 보았다. 한 녀석이 앞으로 나왔다. 이 녀
석이 김 군이었다. 궁금증은 풀렸다.

"김 군아, 이 오빠 말귀를 못 알아듣는 것 같으니 마사지
좀 하고 시작하자."

투피스의 말이 떨어지자 떡대가 나의 몸통을 난타하기 시
작했다. 주먹으로 맞는 건지 해머로 맞는 건지 분간이 되지
않았다.

"왜 그랬어요?"

고통이 채 끝나기도 전에 투피스가 다시 물었다. 눈물이 핑 돌고 척추부터 머릿속까지 벼락을 맞은 기분이었다. 고통으로 정신을 차릴 수가 없었다.

"왜 그랬어요?"

투피스가 같은 말을 또 물었다. 나의 눈을 빤히 바라보고 있었다.

"부탁 하나만 들어주쇼. 그러면 없는 사실도 다 말해줄 테니까."

가까스로 힘을 짜내 투피스를 보며 말했다.

"뭐죠?"

투피스가 정말 궁금하다는 듯한 표정으로 물었다.

"주어와 목적어."

나의 대답이 기대와 달랐는지 투피스의 입에서 한숨이 새어 나왔다. 동시에 떡대의 손이 다시 날아왔다. 죽을 맛이 아니라 정말 죽을 것 같았다.

"견딜 만해요?"

"함께할 생각이오?"

투피스가 고개를 절레절레 흔들었다. 이어지는 주먹질. 한동안 더 이상의 물음은 없었다.

"왜 그랬어요?"

얼마나 시간이 흘렀는지 감도 잡히지 않았다. 몽롱한 의
식 속으로 투피스의 목소리가 끼어들었다.

"난 중학교의 영어 시간이 싫었소."

"무슨 뜻이죠?"

"리슨 앤 리핏. 정말이지 바보가 된 기분이었거든. 주어와
목적어를 달라는 게 그렇게 어려운 말이오? 뭘 이해를 해야
대답을 해줄 거 아니오."

목소리에 전혀 힘이 실리지 않았다.

"어머, 정말 재밌어. 이 오빠, 재밌는 오빠네. 보통 마사지
도 못 견디는데 오빠는 갈비뼈까지 가야 할지도 모르겠다.
어쩌면 그 이상도."

투피스는 즐거워 보였다. 나의 즐거움이 아니라는 게 문
제였고. 다시 시작되는 주먹질.

"왜 그랬어요?"

투피스가 또 물었다. 슬슬 성질이 나기 시작했다.

"주어……."

'하아' 하는 한숨이 여자의 입에서 나왔다.

"오빠 정말 택배기사 맞아? 아무리 봐도 오빠는 일반인
이 아니야. 이런 일은 별로 없지만 오빠 과거가 다 궁금해지
네."

투피스는 그렇게 말하고는 김 군을 바라보았다. 이내 김

군의 주먹이 내 몸 이곳저곳을 다시 때리기 시작했다. 이유도 설명도 없이. 요령 좋게 급소만 피해가며. 어찌나 두들겨 패는지 차라리 기절이라도 했으면 좋겠다 싶었지만, 어느 정도 때려야 기절까지 가지 않고 고통만을 느끼는지 아는 것 같았다. 겨우 정신줄을 잡고 있자니 투피스가 물었다.

"오빠, 호텔이 마음에 들어?"

흐릿하게 들렸지만 투피스의 목소리 같았다.

"컨시어지 좀 불러주쇼. 아니면 매니저를 불러주든가. 하도 편해서 팁을 좀 주고 싶으니."

"그럼 여기서 한 일주일 더 묵어보지 그래요?"

투피스의 비아냥거리는 목소리가 들렸다.

"대기하는 손님이 많을 것 같은데. 나만 혼자 호사를 누릴 수는 없죠."

겨우 입을 열었다. 체력이 바닥이었다.

"이 오빠 아직 입이 살았네."

"내 입이지만 내 말을 잘 듣지 않아서. 그렇다고 내 입을 내가 꿰맬 수도 없는 노릇이고."

말할 힘은 없는데 투피스의 말을 듣고 있자니 입이 근질거리긴 했다.

"오빠, 그럼 이제 망치로 넘어가볼까?"

"그다음은 뭡니까?"

"어머, 오빠. 그다음이 있을 거라고 생각해? 요즘 누가 잔업이나 야근을 한다고. 계속 터프가이 행세면 그냥 콘크리트 신발로 건너뛰는 거지. 오빠, 우리도 가족이 있어. 콘크리트 신발이 뭔진 알고?"

"마피아 방식 아닙니까? 발에다 콘크리트를 양생시켜서 강이나 바다에 빠트리는?"

"어머, 이 오빠 터프가이에 똑똑하기까지 하네."

"사형시키기 전에 마지막 소원은 들어주는 거요?"

"보통은 그러지 않지만 오빠라면 해줄 수도 있을 것 같네. 뭔데?"

"글쎄."

잠시 생각해보았다.

"구두를 닦고 싶은데."

나의 말에 투피스가 웃었다. 아무 의도도 없는 순수한 웃음이었다.

"오빠, 정말이지 오빠 과거가 궁금하다. 어떻게 이런 사람이 됐는지."

"인내심이 꽤 필요할 거요."

"무슨 뜻이야, 오빠?"

"구질구질하다는 뜻이죠."

철썩. 투피스가 다시 나의 뺨을 때렸다.

"오빠, 농담은 됐고 다음 단계로 가자. 어느 발가락으로 할래?"

"뭘 말입니까?"

"오빠, 어느 발가락부터 마사지를 받을지 선택을 하라고."

그 말에 내 발가락을 바라보았다.

"오른쪽 엄지."

나의 말에 투피스가 의아한 표정을 지었다.

"오빠, 사람이란 게 참 웃겨, 그치? 작으면 덜 아플 거라고 생각하는지 다들 새끼발가락이라고 얘기하거든? 그런데 오빠는 엄지야. 왜?"

정말 이해가 안 된다는 듯 투피스가 물었다.

"거기가 치기 편할 겁니다. 그나마 사이즈가 있으니까."

나의 말에 투피스의 얼굴이 잠시 무표정으로 바뀌더니 그제야 이해했다는 듯 '아하?' 하는 감탄사를 내뱉었다.

"출근 때만 해도 별로 기대하지 않았는데 오빠는 재밌다. 일할 맛이 쏙쏙 나."

투피스가 웃으며 말했다. 하지만 아무래도 난 죽을 맛이 날 것 같았다. 아니나 다를까, 투피스의 말이 떨어지기 무섭게 떡대가 망치로 나의 오른쪽 엄지발가락을 내리쳤다. 발가락뿐만 아니라 다리 전체가 끊어질 것 같은 느낌이었다.

"파도 맛이 어때요?"

잠시 기절했다 깨자 투피스가 물었다. 내 수준에 맞는 농담. 이 장소만 아니라면 호감을 가졌을 것 같았다.

"맛은 모르겠지만 잊지 못할 파도 같긴 하네요."

내 말에 투피스가 비웃음을 띠었다.

"왜 그랬어요?"

다시 반복되는 질문. 미칠 노릇이었다. 뭘 묻는지 알아야 대답을 하지. 그때 투피스의 전화벨이 울렸다. 한동안 말없이 투피스가 듣고 있기만 했다. 마침내 전화를 끊고는 나를 한 번 본 후 김 군을 보며 말했다.

"병원에 모셔다드려라. 나머진 퇴근하고."

투피스의 그 말과 동시에 그대로 다시 기절했다.

깨어나 보니 병원의 침실이었다. 춘자가 침대 옆에서 나를 보고 있었다.

"내가 얼마나 누워 있었던 겁니까?"

"삼 일."

"꽤 있었군요."

"친구는 가려서 사귀도록 해요."

"무슨 말입니까?"

"어쩌다가 이런 일을 당했는지 몰라요?"

"알 리가 없죠."

264

"코카인."

"그 가게가 왜요?"

"거긴 돈세탁하는 곳이에요."

그 말을 들으니 모든 상황이 이해가 됐다. 한동안 배송이 없었고 한잔하려는 생각에 가보니 영업시간인데도 문이 닫혀 있었다. 그때는 그러려니 했다. 춘자의 말을 듣고 생각해 보니 제니가 돈을 들고 도망을 갔다는 얘기였고 돈세탁하는 조직이 쫓는다는 얘기였다. 일단 세탁하는 과정에 있는 인간들은 모두 잡아 족치고 봤다는 얘기였고. 그제야 배송하던 택배의 크기와 무게로 내용물이 짐작됐다. 돈다발. 그래, 세상에 공짜란 없지. 비싼 술값을 치렀다.

"그런데 당신은 그걸 어떻게 아는 겁니까?"

"그 사람에게 부탁했어요."

"아버지 말입니까?"

춘자가 고개를 끄덕였다.

"연락이 되지 않아 컨테이너로 가봤어요. 두 시간쯤 기다렸을 거예요. 술상 위에 핸드폰이 놓여 있더군요. 당신이 핸드폰은 몰라도 술상을 놔두고 두 시간이나 어딜 갈 사람은 아니죠. 안 좋은 상황일지도 모른다는 생각이 들었어요. 그 사람은 항상 사람을 붙여 내 주위를 감시하니까 알지도 모른다고 생각했고."

투피스가 받던 전화가 생각났다. 힘 있는 누군가의 전화였을 것 같았다.

"고맙군요."

"몸이나 챙겨요."

감사 인사가 어색한지 춘자가 내 핸드폰을 건네주며 말했다.

"그건 그렇고 택배기사 이전에 뭘 했어요?"

"그닥."

"얘기해줄 수 없다는 뜻인가요?"

빙고.

"웬일로 말귀를 다 알아듣는군요."

"그런데 당신 택배기사 맞아요?"

요즘 다들 왜 같은 질문을 하는지 모르겠다.

"배송하면서 만났지 않습니까?"

"당신이 겪은 일을 들었어요. 보통 사람 같으면 지금 제정신이 아닐 거예요. 하지만 당신은 별일 아닌 것처럼 굴잖아요. 이유도 묻지 않고 관심도 없어요. 보통의 택배기사 반응은 아닌 것 같지 않아요?"

"혹시 발자크의 《골짜기의 백합》을 읽어봤습니까?"

"갑자기 왜 그런 질문을 하죠?"

그녀가 의아한 표정으로 물었다.

"읽어봤습니까?"

"아뇨."

"거기에는 이런 구절이 나옵니다. 사랑하는 여인은 매번 우리로 하여금 양식에 어긋나는 짓을 저지르게 하는 특권을 가지고 있소. 그것은 그녀가 우리를 사랑하는 것 이상으로 우리가 그녀를 사랑하기 때문이오. 그녀의 이마에 주름이 잡히는 것을 보지 않기 위해, 조그만 거절에도 입술이 토라지는 것을 막기 위해, 우리는 기적적으로 거리를 뛰어넘고, 피를 바치고, 미래를 희생하기도 하지. 오늘 당신이 나의 과거를 원하니 자, 여기에 있소."

말을 마치자 그녀가 나를 빤히 바라보았다.

"나를 사랑한다는 뜻인가요?"

"아니라서 문제라는 뜻입니다."

춘자가 내 말의 의미를 생각하는 듯했다.

"당신이 무슨 의미로 그런 말을 하는지는 모르겠지만 전 요구할 권리가 있다고 생각해요."

"권리라고요? 그게 무슨 뜻입니까?"

"당신의 목숨을 구해준 사람으로서."

춘자의 눈이 약간 빛났다. 제대로 내 약점을 찔렀다는 것을 본능적으로 아는 것 같았다. 빚지고는 못 사는 성미라는 걸. 그것도 목숨이라면 말할 것도 없다.

"내가 당신에게 목숨을 빚졌다는 건데……. 아무래도 당신은 사람을 잘못 본 것 같습니다. 빚지고 못 사는 성미라고 말하는 사람들은 많죠. 정말 그런지는 의심스럽지만. 하지만 이거 하나는 분명합니다. 난 빚지고도 발 뻗고 자는 놈이요."

춘자가 한숨을 쉬더니 자리에서 일어섰다.

춘자가 간 후, 잠시 제니에 대해 생각했다. 왜 그랬을까? 이내 관뒀다. 여기서 생각한다고 알 수 있는 것도 아니었고 안다고 해서 뭐가 달라질 것인가? 벌어진 일은 벌어진 일일 뿐. 잊어버리기로 했다.

의사의 회진이 있고 난 뒤, 바나나 형님에게 전화를 걸었다.

"도망간 줄 알았는데?"

긴 통화 대기음이 울린 후 대뜸 첫마디가 그랬다.

"좀 다쳤어요. 경황이 없어 연락은 못 했고. 죄송해요."

'음' 하는 한숨 소리가 들렸다. 잔머리를 굴리고 있는 모양이었다. 잘라야 하나, 다시 써야 하나, 겠지.

"그동안 애들이 네 구역을 나눠 쳤어. 다들 얼마나 힘들었는지 알아?"

사설이 나오는 걸 보니 계속 쓸 생각인가 보다 했다.

"대신 돈을 좀 더 벌었겠죠. 설마 공짜로 택배를 돌리진 않았을 테고."

"돈이 문제가 아니잖아?"

짜증스러운 말투로 바나나 형님이 말했다.

'아냐, 세상 대부분이 돈 문제야. 더 버는 건 좋지만 더 일하는 게 싫을 뿐인 거지'라고 생각했지만 찬물을 끼얹는 것도 분위기 봐가며 하는 거다.

"죄송해요."

이럴 땐 적당히 비굴 모드로 모면하는 게 상책이라 마음에도 없는 소리를 했다.

"언제부터 나올 건데?"

"병원에서 다다음 주까지는 있어야 한다네요."

사실은 한 달을 말했다.

"정말 병원이었어?"

"주소 알려드려요? 병문안으로 바나나 한 상자라도 들고 오시려고요?"

"이 업계가 하도 구라치는 인간들이 많아서."

"그러려고 했다면 잠수를 탔겠죠. 아무튼 다다음 주 월요일부터는 출근할게요."

또다시 전화기 너머 '음' 하는 한숨 소리가 들렸다. '정말 출근할까?'라고 생각하는 것 같았다. 잔머리를 굴리는 게 취미인 듯했다.

"아무튼 알았어. 나머진 그때 얘기하자고."

'나머지라니? 남은 것도 없는데?' 싶었지만 말버릇이려니 했다.

다음 주 월요일에 퇴원해 컨테이너로 돌아왔다. 모두 배송을 나가고 바나나 형님만 사무실에 있었다.

"다음 주 퇴원이라며?"

"병원 공기가 나빠서요."

"몸은 괜찮아?"

"아뇨. 다음 주까진 쉬어야 해요."

"어쩌다 다친 거야?"

"어쩌다 보니."

내 말에 잠시 나를 보기만 할 뿐 더는 묻지 않았다.

"겉은 멀쩡한 것 같은데?"

'그러니 당장 내일 일해도 될 것 같은데' 하는 뉘앙스였다.

"근육통 말기예요. 뼈도 몇 조각 붙여야 하고. 지구온난화와 미세먼지 농도까지 고려하면 회복과정에 대한 중차대한 의학적 고찰과 존재양식에 대한 침대적 사고가 필요하죠."

"아 맨날 뭔 헛소리야?"

"다음 주까진 일 못 한다고요."

"그럼 그렇게 말하면 되잖아."

"그 말이었잖아요."

내 말에 바나나 형님이 한숨을 쉬었다.

"애들 밥 한번 사줘. 다들 입이 나와 있어."

"치아의 유전학에 대한 중차대한 고찰이 필요하겠군요."

"헛소리 그만 좀 하고 애들 밥이나 사줘."

짜증을 내고 있었다.

"그 말이었잖아요."

대답을 듣지 않고 사무실을 나왔다.

저녁에 주창이가 왔다.

"다쳤다며?"

"조금."

"많이 아파?"

"견딜 만 해."

"그럼 한잔해야지."

말린다고 될 녀석이 아니어서 고개를 끄덕였다. 술상이
차려지고 소주를 네 병 까니 청림이가 들어왔다.

"괜찮으세요?"

"괜찮아."

"걱정 많이 했어요."

"고마워."

"뭐 필요한 건 없으세요? 약이라도 사 올까요?"

"마침 술이 떨어졌으니 술이면 돼."

"다치셨는데 술 드시면 어떡해요?"

"그럼 농약을 마시냐? 술이면 돼. 같이 한잔하자."

청림이가 마지못해 술을 사 왔다. 한창 자리가 무르익을 무렵 주창이가 말을 꺼냈다.

"형, 청림이 사진 봤어?"

"무슨 사진?"

"완전 사진작가야. 죽여주더라고."

주창이의 말에 청림이를 바라보았다.

"아마추어예요. 취미로 찍는 거예요."

쑥스러운 표정이었다.

"형님한테 보여줘봐."

"그럴 만한 게 못 돼."

동갑인 주창이를 보고 청림이가 말했다. 주창이가 청림이의 핸드폰을 뺏더니 사진 파일을 열어 내게 주었다. 대개의 택배기사들은 암호를 걸지 않는다. 전화를 많이 해야 해서 귀찮기 때문이다. 주창이가 건네준 폰을 보았다. 배송하면서 찍은 일상적인 사진들이었다. 앙리 카르티에 브레송의 사진 같은 느낌이었다. 결정적 순간.

"브레송을 좋아해?"

"아세요?"

청림이가 반색을 하며 물었다.

"이름과 작품 몇 개 정도만."

"제일 좋아하는 작가예요."

"나야 문외한이니 잘은 모르지만 핸드폰으로 이 정도로 찍는다는 건 대단한 일 같은데?"

"카메라면 더 좋겠지만 핸드폰도 나쁘지 않아요."

"월급 모으고 있지 않아?"

"그건 쓸데가 있어서."

지참금 이야기가 떠올랐다.

"아니, 형은 같이 살면서 그것도 몰라? 여자 친구가 마사지 업소에 있다잖아? 빼와야 할 거 아냐?"

주창이가 말했다. 이 녀석은 어쩐 일인지 남의 사정을 캐묻고 빼내는 재주가 있다.

"마이킹인가?"

내 말에 청림이가 고개를 끄덕였다. 그럴 만한 사정이 있겠지 싶어 고개만 끄덕였다.

"여자 친구 어머니가 아파서 돈 벌러 왔다잖아. 빚내서 그렇게 된 거고."

주창이가 청림이 대변인 노릇을 하고 있었다. 청림이가 말한 이천만 원이 그 돈이었군 싶었다. 더 이상 캐묻지는 않았다.

"넌 어째 많이 피곤해 보인다?"

주창이를 보며 물었다.

"요즘 새벽 두세 시까지 일하잖아요."

이번에는 청림이가 주창이의 대변인 노릇을 하고 있었다. 갑자기 왜들 이러는 걸까?

"너 배송 속도 빠르잖아?"

"사채 썼거든. 돈이 필요해서. 애 하나 더 생기니까 들어가는 돈이 장난이 아니야. 허리가 부러질 것 같아."

착잡한 얼굴로 주창이가 말했다.

"얼마나 빌렸는데?"

"삼백."

대답 없이 술이나 마셨다. 남의 인생이다. 도와줄 거 아니면 감 놔라 배 놔라 할 일도 아니고. 돈 얘기가 나오니 다들 분위기가 침울해졌다. 하긴, 도스토옙스키가 그랬지. 돈은 주조된 자유라고. 딱, 자유를 뺏긴 인간들의 얼굴이었다.

"언제까지 쉬어?"

주창이가 물었다.

"다음 주 월요일까지."

"그럼 백 정도는 더 벌 수 있겠군."

주창이가 혼잣말을 했다. 내가 없는 동안 내 구역 일부를 쳤나 보다 했다. 부모의 무게겠지. 주창이의 허리가 걱정되

긴 했지만 원인 역시 허리를 대책 없이 쓴 탓이니 내 알 바
아니라고 생각했다. 다시 술이나 마셨다. 의도치 않게 간에
게 휴가를 주었다. 간만의 술이라 좋아 죽겠다는 루이비간의
목소리가 내 귀에까지 들렸다. 밤늦도록 마셨다. 간혹 숲에
서 길냥이의 울음소리가 들렸다. 창으로 달빛이 들어왔고 지
나는 행인처럼 바람이 불었다. 다들 취기가 찾아오자 시간이
저만치 와서 앉았다. 자리가 파할 때까지 아무도 다친 이유
는 묻지 않았다. 고마웠다.

호밀밭의 파수꾼

금요일, 교수의 집으로 갔다. 몸은 90퍼센트 정도 회복된 상태였고, 한동안 펑크를 냈기 때문에 사과라도 할 요량이었다. 아무튼 약속은 약속이었다. 쓸데없는 약속일수록 목숨을 거는 성향이 있는 게 나라는 사람이고. 벨을 누르자 예의 마리사 토메이의 음성이 들렸다.

"어머, 어서 오세요."

삐, 하고 대문이 열려 들어가니 마리사 토메이가 현관문을 열며 나오고 있었다.

"할아버지가 많이 기다리셨어요. 혹시 무슨 일 있으셨어요?"

진심으로 걱정하는 얼굴로 마리사가 물었다.

"별일은 아니었지만 그렇다고 방문할 여가는 안 나는 일이었습니다. 약속을 어겨 죄송하군요."

"별말씀을 다 하세요. 의무가 있는 것도 아닌데. 오히려 제가 고맙죠. 바쁜 시간 내주시고."

마리사가 집 안으로 안내하며 말했다.

"그런데 어쩌죠? 할아버지가 안 계신데."

"이런, 그럼 다음에 들르도록 하지요."

"아니에요. 먼 걸음 하셨을 텐데 차라도 대접할게요. 편하게 생각하세요."

"호의는 감사하지만 여성분 혼자 있는 곳에 실례 같습니다. 그러니 다음에."

"괜찮아요. 요즘 세상에 누가 그런 걸 따져요. 기사님을 지켜봤으니 걱정해야 할 사람은 아니라는 것 정도는 알아요. 개의치 말고 들어오세요."

할 수 없이 그녀를 따라 식탁에 앉았다. 차가 나왔다. 입만 대고 마시지는 않았다.

"차가 입에 안 맞으세요?"

"아뇨. 단지 차에 대해서는 아무것도 모릅니다."

"다른 걸로 내 올까요? 어떤 걸 드세요?"

"물하고 술. 어느 쪽이든 괜찮습니다."

나의 대답에 마리사가 살포시 웃었다.

"위스키와 꼬냑이라면 있어요."

"괜찮다면 위스키로. 꼬냑은 안 마십니다."

"왜인지 여쭤봐도 될까요?"

"취향이죠. 꼬냑은 어쩐지 포도를 썩힌 것 같아서."

마리사가 또 살포시 웃었다. 요즘 '월급을 줄 테니 웃기지 않은 얘기를 해도 웃어주라'고 시킨 사람이라도 있는지, 시답잖은 말에 웃어주는 사람이 꽤 있다는 생각이 들었다. 한동안 침묵. 먼저 입을 연 것은 마리사였다.

"사연이 많으신 분 같아요."

"빚이라면 꽤 있었죠. 사연은 글쎄요. 기억나는 게 별로 없군요."

"기사님을 처음 봤을 때 유심히 본 게 뭔 줄 아세요?"

갑자기 스무고개라도 시작할 요량인 것 같았다.

"모르겠군요."

"생각하는 척이라도 해보세요. 상대에 대한 예의로."

미소를 지으며 말했다. 그래서 했다.

"모르겠군요."

"손이에요."

"손이요?"

"맞아요. 손."

"왜 하필 손이죠? 손에 내가 모르는 뭔가 독특한 거라도 있던가요?"

"어쩌면. 사람을 만날 때 첫 눈길을 두는 데가 다 다르겠지만 전 손이에요. 손을 보면 그 사람 인생의 단면을 보는 것 같아요."

놀라운 재능이라고 생각했다. 사실이라면 말이다. 예의상 고개만 끄덕였다.

"궁금하지 않으세요?"

"뭐가 말입니까?"

"기사님 인생의 단면이 어떤 모습인지."

"별로. 볼썽사나울 테니까요."

나의 말에 마리사가 작게 웃었다. 역시 누군가 월급을 주는 게 분명했다.

"자신을 과소평가하는 쪽이시네요. 하지만 저는 괜찮았어요."

예의 웃는 얼굴로 마리사가 말했다.

"그렇다면 당신 취향이 소수 마이너 쪽일 겁니다."

"말투가 독특하세요."

"부정적인 거겠죠. 연습한 거고. 인간관계는 적성이 아니라서요. 원래는 어땠는지 잊었습니다."

마리사가 재밌다는 표정으로 고개를 끄덕였다. 뭐가 재밌다는 건지. 이상한 여자였다.

"할아버지야 그렇다 쳐도 저까지 당신을 집으로 들이고 대화를 한다는 게 이상하다고 생각하지는 않으셨어요?"

"당연히 이상하죠. 나이 드신 분이라면 연세가 있으시니 그럴 수도 있습니다. 하지만 그쪽은, 죄송하지만 아직 이름을 모르는군요. 아무튼 그쪽은 꺼리는 게 정상일 텐데 말이죠."

"한초연이에요. 기사님은?"

"행운이라 부르시면 됩니다. 다들 그렇게 부르니까."

"행운님이 여기 방문하신 게 여섯 번쯤 되나요?"

"아마 그럴 겁니다."

"그동안 행운님은 아무것도 묻지 않으셨어요. 왜인지 여쭤봐도 될까요?"

"말해주면 듣고 말하지 않으면 묻지 않는다. 그냥 사는 방식이죠."

"의문이 들어도 그러세요?"

"답에는 대가가 따르니까요. 모르는 게 나을 때가 대부분이라고 생각합니다."

"말씀도 행운님의 손처럼 하시네요."

아무래도 내 손이 나도 모르는 사이 내게 뭔 짓을 한 것 같았다.

"나중에 말씀드릴 기회가 있을 거라고 했던 제 말을 기억하세요?"

초연의 말에 고개를 끄덕였다.

"오늘 마침 적당한 때 같은데 시간 괜찮으세요?"

"괜찮습니다."

'요즘 다들 저를 붙잡고 많이들 말해서 익숙합니다'는 생략했다.

"할아버지에 대해 좀 아세요?"

"언론에서 접한 정도죠. 수업을 몇 번 받았을 뿐이고."

"할아버지는 천재예요. 제가 본 사람 중에 두 번째로. 학문 말고는 아무 데도 관심이 없는 분이시기도 하고."

뭔가 서론이 길었다.

"부모님은 교통사고로 일찍 돌아가셨어요. 오빠가 네 살, 제가 아직 두 살 때였어요. 할아버지 할머니 손에 컸어요. 혹시 천재를 본 적 있으세요?"

"없습니다."

"오빠는 천재였어요. 특히 언어와 수학에서요. 열 살 때 이미 5개 국어를 할 수 있었고 열두 살에는 대학 전공자들이 공부하는 수학 문제를 혼자 풀 정도였죠. 할아버지는 오빠를 아꼈어요. 저도 열일곱에는 3개 국어를 할 수 있었고 스물두 살에 공인회계사를 땄지만 할아버지에게는 아무것도 아니었죠. 혹시 천재와 사는 기분을 아세요?"

본 적이 없으니 알 리가 없다.

"어떻습니까?"

"비참해요. 자신이 한없이 초라하게 느껴져요. 뭘 하든 나를 앞서고, 너무나 쉽게 가지고, 저 멀리 추월해버려요. 행운 님이라면 비참해지지 않겠어요?"

초연이 동의를 구하듯 물었다.

"종교를 가지고 있진 않지만 성경에 좋은 말이 있더군요. 네 이웃의 아내를 탐하지 말라고."

내 말에 초연이 웃음을 지었다. 역시, 누군가 월급을 주는 게 분명했다.

"행운님의 손을 처음 보았을 때 아수라장을 지나온 손이 었어요. 그래서 그런 말투로 세상을 견디시나 봐요?"

복채라도 줘야 할 분위기였다. 카드도 받는지는 알 수 없었다.

"견디고 있는지는 몰랐는데 좋게 봐주니 고맙군요. 사실 전 한참 전에 망가진 인간이거든요. 그러니 제 얘기 말고 하시던 얘기를 계속 들어볼까요?"

위스키를 한 잔 들이켰다. 개인사 따위 타인과 나누고 싶지 않다.

"오빠는 수학을 전공했어요. 그중에서도 무한. 혹시 칸토르를 아세요?"

초연이 화제를 다시 제자리로 돌렸다.

"무한을 연구했죠. 그러다가 미쳐버렸고. 수학계는 이런

말이 있다더군요. 무한을 조심하라고. 미치지 않으려면. 이
정도가 답니다."

나의 말에 초연이 끄덕였다. 그 정도면 충분하다는 듯.

"오빠가 이상해진 건 스물일곱 때였어요. 프린스턴에서
할아버지가 데려왔죠. 병원을 수없이 다녔지만 원인을 알 수
없었어요. 당시 오빠가 무한을 연구하고 있었으니 어렴풋이
그렇게 짐작만 했죠. 할아버지는 수시로 외국의 병원으로 나
가 오빠를 치료하려고 했어요. 다 허사였죠. 가산을 탕진하
는 건 한순간이었어요. 집안을 누가 지켜냈을 것 같으세요?"

"칸토르의 무한만큼이나 어려운 문제군요. 설마 초연 씨
는 아니겠죠?"

"저예요. 오빠를 돌보고 나중에 할아버지까지 돌본 건."

알아들었다는 듯 고개를 끄덕였다.

"하지만 아무리 전문직이라 하더라도, 게다가 한국에서
여자가 벌 수 있는 돈은 한계가 있었어요. 패션 사업을 시작
했어요. 회사는 순조롭게 성장했어요."

초연이 이름을 말해줬다. 성공한 인터넷 쇼핑몰로 한때
꽤 기사화된 회사였다.

"사실, 할아버지는 병원에 계세요. 얼마 못 가실 거라고
해요."

"위로의 말씀을 드립니다."

"연세를 생각하면 천수를 누리신 거죠."

"그런데 본론은 아직인 것 같군요."

"그러네요. 죄송해요. 행운님은 천재를 본 적이 없다고 하셨지만 사실은 보셨어요. 그것도 꽤 자주 말이에요."

초연의 말이 조금 생뚱맞게 들렸다.

"제가 본 적이 있다고요?"

초연이 고개를 끄덕였다. 만난 사람들을 생각해봤다.

"설마?"

"맞아요. 당신이 마이클이라 부르는 사람이 제 오빠예요."

그녀의 말에 순간 놀라면서도 납득 안 되는 것들로 머릿속이 가득 찼다.

"몇 가지 물어보고 싶은 게 있는데……."

"제 얘기에 흥미가 생기시나 보죠?"

초연이 확신에 찬 목소리로 물었다. 젠장, 그랬다.

"당신은 오빠를 보살펴왔다고 했습니다. 그런데 거리를 배회하게 놔둔다고요?"

"많은 방법을 써봤어요. 병원, 요양원, 요양사, 안 가본 데가 없고 안 써본 사람이 없어요. 거기서 어떤 일이 일어났는지 아세요? 자해, 자살 소동, 망상, 분열. 그럴 때마다 무너졌던 제 심정을 행운님은 모르실 거예요. 이런 건 겪은 적이 없는 사람은 절대 이해 못 하는 일이에요."

춘자가 이런 비슷한 말을 했던 것 같은데.

"하지만 당신은 천재와 사는 게 비참했다고 하지 않았습니까?"

"천재와 비교당하는 건 힘든 일이죠. 하지만 그건 할아버지가 한 일이에요. 아니, 비교도 아니죠. 저에겐 관심조차 주지 않았으니까. 하지만 오빠는 아니에요. 오빠는 저에게 자상한 사람이었어요. 저를 가르쳐준 것도 오빠였고. 오빠는 저를 무시한 적이 없어요. 그저 사랑하는 여동생으로 대했을 뿐이에요."

"알겠습니다. 하지만 당신 말을 듣고 있자니 더더욱 이해가 되지 않는군요. 간병인을 두고 집에서 보살피면 되지 않습니까?"

내 말에 초연이 작은 한숨을 쉬었다.

"할아버지 때문이에요. 할아버지는 희망을 놓지 않았죠. 아픈 오빠를 붙잡고 틈만 나면 강의를 하려고 하는 거예요. 그럴수록 오빠의 발작은 심해졌고."

"그럼 다른 집에서 보살피면 되지 않습니까? 돈을 좀 버셨다니."

"이 동네가 고향이에요. 오빠가 다니는 거리는 어릴 때 살던 집이 있던 곳이고. 하루는 간병인이 잠시 조는 사이에 집을 나갔어요. 그 거리를 떠도는 오빠를 발견한 건 세 시간이

나 지나서였는데 그때 본 오빠의 표정을 잊지 못해요. 너무나 행복한 표정이었거든요. 예전에 나에게 보여주던. 무엇이 오빠를 그렇게 만들었는지는 몰라요. 저희가 어릴 때 거기서 행복했으니 무의식중에 그 시절을 느끼는지도 모르죠. 아무튼 그런 표정의 오빠는 십수 년 만에 처음 보는 거였어요. 그래서 결심한 거예요. 오빠가 좋다면 오빠가 좋은 대로 살게 두자고."

"하지만 이해가 안 되는 게 그렇게 놔두면 위험한 일이 언제 일어날지 모르지 않습니까? 저번에 제가 만났을 때도 그랬고."

"맞는 말이에요. 그래서 간병인 겸 보디가드를 뒀어요. 아니면 행운님이 오빠를 마이클이라 부르는 걸 어떻게 알겠어요? 하지만 최대한 간섭은 하지 않죠. 어쩐 일인지 자기를 제어하려는 사람은 기가 막히게 알고 흥분하거든요. 거리를 두고 안전만 확보하고 저녁이 되면 집으로 데려와요. 여긴 할아버지가 계시니 따로 마련해둔 집에요. 파출소는 손을 쓴 상태고 어지간한 일은 생기더라도 내버려둬요."

"하지만 저번 일은 내버려둘 만한 일이 아니지 않았습니까?"

"보디가드가 할아버지도 케어해요. 그때 할아버지가 쓰러지셔서 병원에 모셔간 상태였어요."

초연의 말에 고개를 끄덕였다.

"얘기는 잘 들었습니다. 그런데 제게 이런 말씀을 하시는 이유를 모르겠군요."

"오빠가 그렇게 된 후 사람을 따라다닌 건 행운님이 처음이에요. 이유는 모르겠지만 행운님을 안전하다고 느끼나 봐요. 그걸 멀리서 지켜보시던 할아버지가 본 거고요. 행운님의 친절 때문에 할아버지가 집으로 불러들인 거예요. 어떤 사람인지 보려고."

그제야 노인과 마이클의 산책하는 곳이 겹친다는 것을 깨달았다. 알지도 못하는 노인이 집으로 불러들인 것도 이해가 됐고.

"할아버지는 공부를 가르쳐보면 인성을 알 수 있다고 생각하시는 분이에요. 그럴 만도 하죠. 정년까지 다양한 학생들을 가르치셨으니까. 할아버지가 행운님을 가르치신 건 어떤 사람인지 알아볼 생각이셨던 거예요."

"머리가 나쁘다는 건 확실히 아셨겠군요."

"관점이 독특한 분이라고는 하셨어요."

머리 나쁘다는 얘기였다.

"마이클과 종종 같이 다니긴 합니다. 하지만 그게 초연 씨가 지금 하시는 말씀과 무슨 연결고리가 있는지는 모르겠군요."

"행운님이 오빠의 친구가 돼줬으면 해요. 급여는 행운님이 생각하는 이상으로 드릴 거예요."

어쩌다가 정규직 제의가 계속 들어오는지 모르겠다. 나도 모르게 전생에 나라를 구했나 보다.

"전 간병인 자격도 없습니다."

"간병인은 있어요. 지금처럼 오빠랑 같이 시간만 보내주시면 돼요."

듣고 있자니 호밀밭의 파수꾼이 되어달라는 얘기였다. 홀든 콜필드라면 얼씨구나 하고 그랬겠지.

"다만……."

"다만?"

"미국으로 같이 가주셔야겠죠."

"왜죠?"

"다시 치료를 받을 생각이에요. 존스 홉킨스 쪽에 새로운 치료법이 나왔다고 해서요."

희망에 찬 표정이었고 내게 기대하는 눈치였다. 대답을 하지 않을 수 없었다.

"제안은 감사합니다."

"거절이신가요?"

의외라고 생각했는지 초연이 물었다.

"죄송합니다."

"이유를 여쭤봐도 될까요?"

"전 망가진 인간입니다. 누구를 케어할 만한 사람이 못 돼요."

"케어를 부탁드리는 게 아니에요. 함께 있어달라는 거죠. 식사를 하며 할아버지와 마찬가지로 저 역시 행운님을 지켜봤어요. 전혀 그러신 분 같진 않았어요. 무엇보다 오빠와 잘 지내시잖아요?"

"거기까지가 제 한계죠. 사실 제가 한 것도 없고. 어쩌다 보니 초연 씨 오빠가 절 따라다니는 것뿐입니다."

초연이 고개를 떨군 채 잠시 내 앞의 잔만 바라보았다.

"설마 거절하실 거라곤 생각지도 못했어요. 행운님이 지금 하시는 일이 어떻다는 건 아니에요. 하지만 그보다는 훨씬 편할 거라고 장담할 수 있어요."

"그렇겠죠. 그런 뜻이 아니란 것도 잘 알겠습니다. 하지만 거절할 수밖에 없겠군요."

"그런데 왜 거절하시는 거죠?"

"찰스 브론슨이 이런 말을 했죠. '친구를 갖지 않을 이유란 없죠. 오히려 그 반대가 맞지. 하지만 난 친구들에게 시간을 줄 마음이 없다면 친구를 가져선 안 된다고 생각합니다. 난 누구에게도 시간을 주지 않소'라고."

"왜 그런 선택을 하시는 거죠?"

"말씀드렸을 겁니다. 망가진 인간이기 때문이죠. 무엇보다 저는 누군가와 친구로 지낼 자격이 없어요."

"친구하는 데 자격이 필요하진 않잖아요? 자신을 비하하시는 이유도 모르겠고."

"비하가 아니라 팩트죠. 아무튼 말씀만 감사하게 받겠습니다."

술잔을 비운 후 자리에서 일어섰다. 괜히 왔다 싶었다. 하지만 누굴 탓할 일은 아니었다. 쓸데없는 일에 쓸데없이 신경을 쓴 내 탓이지 누굴 탓하겠는가. 초연이 대문까지 마중을 나오며 말했다.

"제 전화번호를 보내드릴게요. 혹시라도 마음이 바뀌면 연락주세요."

내 전화번호는 교수가 알려줬나 보다 했다. 인사를 하고 숙소로 가기 위해 택시를 탔다. 가는 중에 문자가 하나 왔다. 전화번호였다. 잠시 보고는 지웠다. 배송 중에 마이클을 만날 날이 얼마 남지 않았다는 생각이 들었다.

게이를 마시는 것도 아닌데

형사가 온 것은 오전 9시 20분이었다. 두 번째 간선차를 거의 다 깠을 무렵이었다. 두 명의 남자가 바나나 형님 쪽으로 다가가 뭔가를 묻자 형님이 내 쪽을 손가락으로 가리켰다. 남자들이 다가왔다.

"행운동 담당입니까?"

둘 중에 키가 작은 남자가 물었다. 큰 머리, 짧은 목, 짧은 다리, 굵은 허벅지. 동양인의 정체성을 잘 구현하고 있었다. 운동을 한 것 같았고, 했다면 유도가 아니었을까 싶었다. 스포츠머리에 유도선수 체형이었다. 남자의 말에 고개를 끄덕이자 신분증을 내게 보여주었다. 관악경찰서 소속이었고 경위였다.

"강력 3계입니다. 잠시 얘기 좀 나눌 수 있을까요?"

유도가 말했다.

"여기서요?"

"아뇨. 서로 가서."

남자는 껌을 씹고 있었고 뱉을 생각은 없어 보였다.

"이유는?"

"별거 아닙니다. 참고인 조사가 필요해서요. 도와주실 수 있겠죠?"

말은 그랬지만 뉘앙스는 '하던 일 멈추고 나랑 갑시다'였다.

"영장은 없다는 말이네요?"

나의 말에 유도의 껌 씹던 입이 굳었다.

"뭐 잘못한 일이 있으신가 봐요? 영장 운운을 다 하시고?"

유도의 눈이 날카롭게 빛났다. 죄가 있든 없든 일단 흔들어놓고 보는 방식. 합법적이든 아니든. 폭력조직이 흔히 쓰는 방법이다.

"글쎄요. 일기를 쓰지 않아서 일일이 기억은 못하겠는데 있다면 찾는 건 그쪽이지 제 일은 아니죠. 제 일은 택배를 배송하는 거니까."

내 말에 유도가 웃으면서 나를 바라봤다. 다시 껌을 씹으면서. '이거 봐라' 하는 표정이었다.

"찔리는 게 없으신가 봐요?"

유도가 비웃음을 담은 채로 물었다.

"있죠. 하지만 고객들에게 불친절했다고 해서 형사들이

찾아오는지는 몰랐는데요? 알았다고 해도 지금 내 태도가 달라졌을 것 같진 않지만."

유도는 여전히 껌을 씹으며 나를 바라보았다.

"형님, 이 친구 수상한데요?"

유도 옆의 깡마른 남자가 말했다. 장작을 하나 세워놓은 것 같았다.

"수상한 거야 서에 가서 물어보며 다 밝혀지는 거고."

유도가 장작은 보지 않고, 나만 보며 말했다.

"영장이 필요하면 영장을 가져오죠. 하지만 형씨 일에도 지장이 있을 텐데요? 그냥 본인 편한 시간에 서로 한 번 방문해주는 게 어때요?"

유도가 한 걸음 물러섰다. 나는 한숨을 쉬었다.

"아홉 시. 오늘 일을 마치고 가죠."

마지못해 대답했다.

"진작 그렇게 나오시지. 형씨가 그렇게 나오니까 꼭 뭐가 있는 사람 같잖아요."

유도가 껌을 뱉은 후 말했다.

"그래도 혹시 모르니까 신분증 좀 봅시다."

신분증을 내밀었다. 유도가 핸드폰으로 신분증을 찍었다.

"위조는 아닌 것 같네."

신분증을 이리저리 본 후 내게 돌려주며 말했다.

"그럼 아홉 시에 봅시다."

유도가 장난처럼 거수경례하고 돌아섰다. 무슨 일인지는
전혀 알 수 없었다.

관악경찰서 강력 3계로 찾아가니 유도와 장작이 서류정리
를 하고 있었다. 책상 위에는 서류가 한가득 쌓여 있었다. 나
를 먼저 본 것은 장작이었다.

"형님, 왔는데요?"

장작의 말에 유도가 서류에서 눈을 들어 나를 보았다.

"아, 오셨네요. 일단 커피라도 한잔?"

아침과는 다르게 유도가 친절한 얼굴로 말했다.

"괜찮습니다. 내일도 일을 해야 하니 조사나 빨리 끝냈으
면 좋겠군요."

유도는 여전히 껌을 씹으며 웃고 있었는데 나를 가늠해보
는 것 같았다. '어떻게 요리하지?' 하는 눈빛이었다.

"그럼 이쪽으로. 고객이 원하시는 대로 해드려야죠."

비웃음을 띠고 있었지만 나는 개의치 않고 그의 뒤를 따
랐다. 유도가 '조사실1'이라고 되어 있는 문을 열었다. 방음
처리가 된 방이었고 2평이 될까 말까 한 공간에 책상이 하
나, 그 위에 컴퓨터, 입구 정면의 벽에 촬영장비 같은 기기
들이 삼단으로 놓여 있었고 벽의 상단 모서리에는 조그만

CCTV 카메라가 붙어 있었다.

"편하게 앉으세요."

데스크탑 컴퓨터가 가까이 놓여 있는 쪽의 의자에 앉으며
유도가 말했다. 나 역시 책상 아래의 의자를 꺼내 앉았다.

"담배?"

유도가 말했다.

"금연이라고 되어 있던데요?"

"그렇긴 하죠. 하지만 조사실에 오면 금연하는 게 쉽지 않
죠. 태우려면 태우세요. 신경 쓰지 마시고. 위에서 말 나오면
제가 욕 좀 먹으면 되니까."

대답하지 않고 담배를 물었다. 유도가 씩, 웃고는 씹던 껌
을 뱉은 후 새 껌을 씹기 시작했다. 그래봐야 내 밥이라는 듯.

"그럼 시작할까요?"

"편하실 대로."

"당신은 묵비권을 행사할 수 있고, 당신의 모든 발언은 법
정에서 불리하게 작용할 수 있으며, 변호사를 선임할 권리가
있습니다. 이 점 숙지하셨습니까?"

고개를 끄덕였다.

"이름은?"

대답했다.

"생년월일, 주소는?"

대답했다.

"직업은?"

대답했다. 계속 질문이 이어졌다. 주로 내 신상에 관한 것이었으며 특별한 것은 없었다.

"김성태를 처음 만난 것은 언제였습니까?"

유도가 본론으로 들어갔다.

"그 사람이 누굽니까?"

"김성태 모르세요?"

"지인이라면 그런 이름을 가진 사람이 셋입니다. 누굴 말하는지 모르겠군요."

"코카인을 운영하는 김성태 말입니다."

"코카인이요?"

"잘 알죠? 코카인? 본인이 배송하는 구역에 있는 거니까."

"바(bar) 코카인 말인가요?"

나의 말에 유도가 고개를 끄덕였다.

"배송은 하죠. 일주일에 한 번. 토요일만."

"거기 사장 김성태를 압니까?"

"사장 본명이 김성태였나요? 전 그냥 제니라고 알고 있어서."

"가게에서는 본명이 아닌 '제니'라는 호칭을 쓴다는 말인가요?"

"저야 모르죠. 다들 그렇게 부르니까."

"김성태는 언제 알게 됐습니까?"

"글쎄요. 알고 말고가 있나요? 전 그냥 택배를 배송하는 것뿐인데."

"개인적으로는 친분이 없다?"

"배송하는 사람마다 친분을 쌓아야 한다면 택배가 아니라 다른 일을 했겠죠."

"12월 15일 토요일 밤 8시경에 배송을 했습니까?"

"시간은 정확히 모르겠군요. 하지만 매주 토요일 배송이 있으니 했겠죠."

"매주 같은 요일에 택배를 시키는 게 이상하지는 않았습니까?"

"매일 시키는 사람도 있습니다. 이삼 일에 한 번 시키는 사람도 있고. 매주 토요일에 시킨다? 그냥 토요일을 사랑하는가 보다 생각하죠."

"그날 가게에서 술을 마셨습니까?"

"예."

"무엇 때문이죠?"

"술을 파는 곳이니까요. 일을 마치기도 했고. 일요일은 쉬는 날이라 가끔 차를 세워두고 거기서 술을 마십니다. 잠은 근처의 사우나에서 해결하고."

"게이 바인데요?"

"무슨 상관입니까? 게이를 마시는 것도 아니고 술을 마실 뿐인데."

"본인은 게이입니까?"

"아뇨."

"그런데 왜 게이 바를 다니죠?"

"말했지 않습니까. 술을 파는 곳이니까."

"본인이 게이인 걸 모르는 거 아닙니까? 가령 김성태가 본인이 게이인 걸 일깨워줬다거나."

"무슨 말을 듣고 싶은 겁니까?"

"게이인지 아닌지 묻고 있습니다."

"그건 인권침해 같은데요? 제가 게이이건 말건 무슨 상관입니까?"

"당신이 게이라고 해도 비난할 생각은 없습니다. 사건과 관계가 있기 때문에 하는 질문입니다."

"아닙니다."

"조사 내용은 기밀로 보장됩니다. 솔직하게 말씀하셔도 됩니다."

"아닙니다."

"김성태와 사귄 건 아니라는 말씀입니까?"

"예."

"결혼은?"

"사생활 침해요."

"게이는 아니고요?"

"아닙니다."

"결혼하지 않은 이유가 게이라서는 아니라는 말이지요?"

슬슬 짜증이 나기 시작했다.

"했다고도 하지 않았다고도 말한 적 없습니다. 하지만 결혼을 하지 않았다면 이유는, 결혼에 필요한 안정적 재화 공급을 부익부 빈익빈의 양극화 현상하에서는 개인이 해결할 수 없다고 판단해서였겠죠. 게이라서가 아니라."

나의 말에 유도가 고개를 들었다.

"조사에는 성실하게 임해주시면 감사하겠습니다."

"게이처럼 말입니까? 아님 레즈비언? 혹은 바이섹슈얼? 도대체 이런 질문을 하는 저의를 모르겠군요."

"질문에 대답만 하시면 됩니다."

"묵비권을 행사하겠습니다."

유도가 나를 노려봤다.

"묵비권을 행사하실 수는 있지만 나중에 법정에서 불리하게 작용할 수도 있습니다."

"참고인 조사 아니었나요? 언제부터 용의자가 됐죠?"

"참고인 조사 맞습니다. 아직은. 하지만 앞으로 어떻게 될지 모르니 미리 알려드리는 겁니다."

"형사가 아니라 국경없는의사회에 들어가지 그랬습니까? 이렇게 상대를 배려해주시는 성품인데."

유도의 입가에 비웃음이 번졌다.

"잠시 쉬어 갈까요? 담배도 한 대 더 태우시고."

"쉬다뇨?"

"조서에는 올리지 않겠다는 말입니다. 사담이나 좀 나누죠."

"뭐하려요?"

"거참, 까칠하시기는. 이 일이 그래요. 일단은 다 범인이라고 생각하고 일을 하는 직업이라 친절하기 힘들죠. 기분 나빴던 게 있으면 푸시고."

"기분 나쁠 건 없습니다. 그쪽 일이 그렇다니. 하지만 좀 더 있으면 기분이 나빠질 것 같긴 하군요."

"거참, 태도하고는. 경찰서와 악연이라도 있어요?"

"별로."

"있었나 보군. 하긴 경찰 좋아하는 사람이 별로 없긴 하지. 믿기지 않겠지만 내 인상도 예전에는 이렇지 않았어요. 조폭 따위들만 상대하다보니 험하게 변한 거지."

"축하라도 해드릴까요?"

"당신도 어지간하구먼. 사람 신경을 묘하게 긁는 재주가 있어. 사람이 친절하게 대할 때는 웬만하면 받아들이쇼."

유도의 얼굴은 웃고 있었지만 눈은 전혀 웃고 있지 않았다.

"내게 있어 경찰과 조폭의 차이가 뭔 줄 압니까?"

"뭡니까?"

뜬금없는 나의 물음에 유도가 의아한 표정을 지으며 물었다.

"월급을 누가 주느냐죠. 국가가 주느냐, 형님이 주느냐."

잠시 정적이 흐른 후 유도가 한숨을 쉬며 말했다.

"그렇게 삐딱하게 계속 나가신다면야 나로서도 별도리가 없지."

체념했다는 듯 유도가 말했다. 다시 처음과 같은 질문이 시작됐다. 같은 질문의 집요한 반복. 나 역시 집요하게 같은 대답을 했다. 조사 하나 틀리지 않고. 네 번을 그렇게 한 후에야 유도가 진술서를 프린트하더니 읽어본 후 사인을 하라고 했다. 대충 훑어본 후 사인을 하고 자리에서 일어섰다.

"설마 다음 데이트도 있는 겁니까?"

유도를 내려다보며 말했다.

"그거야 당신이 죄가 있느냐 없느냐에 달렸겠죠."

"당신이 심심하냐 아니냐가 아니고?"

쓴웃음을 지으며 말한 후 문의 손잡이를 잡자 유도의 목소리가 뒤에서 들려왔다.

"또 봅시다. 조만간. 멀리 가지 마시고."

대꾸하지 않고 방을 나섰다. 갈 데도 없다는 걸 모르는 것 같았다.

유도가 다시 찾아온 것은 그 다음 주 월요일 오후 2시경이었다. 컨테이너에서 술을 마시며 서머싯 몸의 《면도날》을 읽고 있는데 노크 소리에 대답할 겨를도 없이 문이 열렸다.

"안녕하쇼?"

역시 대답할 겨를도 없이 안으로 들어오더니 상을 마주하며 앉았다.

"낮술이라. 택배기사들 바쁘다고 들었는데 형씨는 아닌가 봐요?"

유도가 눈웃음을 치며 말했다. 진지하게 사귀어보자는 뜻은 아닌 것 같아서 대답하지 않았다.

"낮이라 그렇긴 한데 까짓것 한잔합시다. 쭉 한잔 마시고 줘봐요."

맡겨놓은 걸 찾으러 온 듯한 태도로 유도가 말했다. 애처롭게 기다리고 있는 얼굴이라 비우고 잔을 건넸다. 유도가 잔을 받았고 소주를 가득 채워줬다. 한입에 털어넣고는 다시 내게 잔을 건넸다. 세 번을 그런 식으로 말없이 왔다 갔다 했다. 젠장, 이래서 여자들이 남자들을 비웃는 거다. 쓸데없는 일에 툭하면 자존심을 건다. 기껏해야 술 가지고 뭘 하자는 건지. 하지만 유도는 기선이라도 제압하려는 양 빈 술잔을 머리 위에서 털기까지 했다. 그러고는 다시 술잔을 가득 채워 나에게로 건넸다.

"한잔 더 하시죠."

"그러죠. 제가 내킬 때."

"술 좀 하시는 것 같은데?"

"같이 마시는 사람이 누구냐에 따라서죠."

"형씨, 말씨가 참 싹싹해. 그런 얘기 많이 안 들어요?"

도대체 반말을 하고 싶은 건지 높임말을 덜 배운 건지……. 대답하지 않았다.

"형씨, 한 가지만 물어봅시다."

"정말 한 가지만으로 끝을 낼 겁니까?"

"거참, 사람 까칠하기는. 술도 앞에 있는데 화기애애하게 갑시다."

"농약인 줄 알았는데요? 술이 아니라?"

유도가 나의 말의 말은 무시한 채 자작을 한 후 마시더니 물었다.

"한동안 병원에 계셨더구먼."

"그래서요?"

"코카인 때문이었죠?"

"모릅니다."

"맞아서 병원에 있었던 거잖아요? 안 그래요?"

"마음대로 생각하시죠."

"그러지 말고 털어놔봐요. 맞은 게 억울하지도 않아요? 어느 놈들이 그랬는지 궁금하지도 않고?"

"무슨 얘기인지 모르겠군요."

"아따, 사람 참. 경찰 좀 믿어봐요. 내가 보호해줄 수 있다니까."

한국 경찰이? 술이 약한가 보다 했다. 벌써 취기가 오른 걸 보니.

"거듭 말씀드리지만 무슨 얘기인지 모르겠군요."

"놈들한테 당했잖아요? 쉽게 갑시다."

"정말 아는 게 없습니다. 지어내도 괜찮다면 얼마든지 길게 말씀드리죠."

유도가 눈을 가늘게 뜬 채로 나를 노려보았다.

"이 일을 하다보면 말입니다, 사람을 보는 눈이 생겨요."

유도가 화제를 돌렸다. 젠장, 안 생기는 직업도 있나 싶었다.

"딱 보면 감이 오죠. 하지만 형씨는 정말 어떤 유형으로 분류하기 곤란해. 설명하기가 아주 힘들어요."

잔을 비우며 유도가 말했다.

"분리수거할 때 저도 그런 문제에 빠지곤 하죠."

"끝까지 말할 생각은 없군요?"

나의 대답은 무시한 채 유도가 말했다. '흐음' 하고 유도가 긴 한숨을 쉬었다.

"오늘 재밌는 일이 있었어요. 어떤 일이 있었는지 압니까?"

안다고 해도 얘기해줄 것 같았다.

"무슨 일이 있었습니까?"

"서장이 나를 부르더라고요. 아시는지 모르겠지만 경위가 서장실에 불려 가는 일은 거의 없어요. 말단들이 높으신 분들을 뵐 일이 뭐가 있다고. 공사다망하신 분들인데. 아무튼 갔더니 서장이 그럽디다. 사건 하나 던져 주고 여기에 집중하라고."

"이 일에서 손 떼라는 뜻입니까?"

"형씨 머리 회전이 빠르네."

유도가 박수를 치며 말했다.

"관할서의 영감이 일개 형사를 불러 사건을 주고 집중하라고 말한다? 이런 일은 거의 없지. 외부의 압력을 받지 않는 이상. 그것도 아주 높은 데서 내려오는."

유도의 말에 생각해봤다. 한 사람 짚이긴 했다. 회장. 내가 나쁜 일에 휩쓸리면 나를 만나는 딸도 휩쓸릴 테니 싹은 일

찌감치 잘라두려 했겠지.

"형씨 아주 높은 사람을 아는가 봐?"

유도가 형사의 눈빛으로 물었다. 날카롭고 한번 물면 절대 놓을 것 같지 않은 투견의 눈빛.

"그런 사람을 안다면 그 사람 집의 경비라도 섰겠죠. 택배 기사가 아니라."

"끝까지 농담으로 일관하시는구먼. 재미도 없는 농담 말이지."

"내 많은 단점 중의 하나죠. 재미없는 농담. 그렇다고 수갑을 채울 수 있는 건 아니잖습니까? 당신에게는 유감스러운 일이겠지만."

나의 말에 유도가 예의 비웃음을 날렸다.

"정보가 있었어요. 돈세탁을 한다는 정보. 머리도 좋아. 택배로 현금을 보내고 가게 매출로 세탁한다. 세탁비용으로 세금은 껌값이라 이거지. 그것도 점조직처럼 수많은 루트로 쪼개서 말이지. 한두 군데 습격당하면 꼬리 자르듯 잘라내버리면 그만이고 말이야. 안 그래요?"

대답하기 귀찮아서 대충 고개를 끄덕였다.

"그래서 내가 뭘 생각했을 것 같습니까?"

알려줄 거면서 이런 화법을 왜 쓰는지 알 수가 없다.

"모르겠군요."

"조직이 아니라 택배기사를 이용해야겠다고 생각했습니다."

빌어먹을 자식. 직업은 형사지만 하는 짓은 깡패라는 생각이 들었다. 의도를 알 것 같았다.

"그러니까 제가 댁을 심문하고 대충 소스를 흘립니다. 배송하는 택배가 뭔지 궁금증을 일으킬 만큼. 궁금증이 생기면 사람은 알고 싶어집니다. 알게 되면 훔치고 싶어질 거라고 생각했고. 돈이니까. 물론 택배기사는 어떤 돈인지 모릅니다. 조직의 돈이란 걸 알면서 훔칠 배짱이 있는 택배기사가 얼마나 될까요? 그저 우연히 현금을 택배로 보냈다고 생각하겠죠. 아니, 그렇게 생각하고 싶겠죠. 아무튼 택배기사가 돈을 훔칩니다. 그럼 조직이 가만히 있을까요? 손 좀 봐주겠죠. 그러니까 제 말은 이런 가게들은 털어봤자 위로 올라갈 수가 없다는 겁니다. 하지만 납치는 다르죠. 조직이 직접 손댈 수밖에 없다는 얘깁니다. 택배기사를 감시만 제대로 하면 조직의 몸통을 건드릴 기회가 생긴다는 거죠."

"하지만 일이 틀어졌군요."

나의 말에 유도가 손가락으로 딱, 소리를 냈다.

"슬슬 움직이려는 찰나에 가게가 문을 닫았지 뭡니까? 그런 경우는 생각하지 못했거든. 당연히 당신은 올 일이 없고. 갑자기 예상이 헝클어져버렸지 뭐요. 상황을 파악했을 때는

307

이미 다 끝난 뒤였고."

뜻대로 되지 않아 무척이나 아쉬운 말투였다.

"당신은 형사라기보단 타인의 목숨을 가지고 노는 취미를 가진 악인 같은데?"

"대의는 때로 어쩔 수 없이 소시민의 희생을 낳기도 하죠."

"그것 참 마음에 드는 직업관이군요. 자신은 절대 희생양이 되지 않는 사람만이 가질 수 있는."

"마음대로 생각해요. 이 일도 손에 흙을 안 묻히고는 할 수 없는 일이라서."

뻔뻔한 표정이었다.

"혹시 면도날 읽어봤습니까?"

"그게 뭐요?"

"서머싯 몸의 소설입니다."

"소설나부랭이 따위는 읽지 않아요."

그래 보였다.

"소설이 시작되기 전에 카타 우파니샤드의 한 구절을 인용합니다. '면도날의 날카로운 칼날은 넘어서기 어렵다. 그러므로 현자가 이르노니 구원으로 가는 길 역시 어렵노라'"

"그런 말을 하는 이유가 뭡니까?"

"영어에는 job과 call이 있습니다. job은 우리가 흔히 부르는 직업이죠, 하지만 call은 다르죠. 하나님이 불렀다는 뜻입니다. 소명의식이 필요한 일이죠. 목사, 의사, 교육자, 소방관. 아무튼 자신의 희생을 전제로 한 직업들을 말합니다. 형사도 포함되겠지요. 가치 있고 훌륭한 일이라는 뜻일 겁니다. 하지만 소명에 따르는 인간은 극소수예요. 대개는 그저 직업일 뿐이죠. 다른 직업이라면 그래도 됩니다. 최악의 상황이라고 해도 기껏해야 불성실한 직원 정도가 되는 거겠죠. 하지만 call이라 불리는 일은 달라요. 허투루 하면 타인의 인생을 망가뜨리는 건 일도 아니죠. 바꿔 말하면 면도날을 넘어 구원에 이를 수 있는 빠른 일이기도 하고."

"말하고 싶은 게 뭐요? 내가 다른 사람 인생을 망친다는 거요?"

"당신이 그렇든 말든 내 알 바도 아니고 알고 싶지도 않아요. 다만, 확률이 희박한 곳에 운명을 맡기지는 않아요. 그게 내가 형사를 불신하는 이윱니다."

"그러니까 시민의식이라고는 개뿔도 없다는 말이지?"

"좋을 대로 생각하세요. 난 당신을 쓰레기라고 생각할 테니."

말이 통하지 않을 거란 건 알았다. 그러니 잔이나 비울 수밖에.

"그만합시다. 아무래도 이번에는 형씨가 이긴 것 같으니.

하지만 이 말은 해두고 싶군요."

"뭡니까?"

"심문할 때 어려운 인간이 두 종류가 있어요. 하나는 재범. 얘들은 빵에도 갔다 왔겠다. 어지간해서는 입을 안 열어요. 사실 이건 영업비밀인데 형사들은 초범들 덕분에 먹고 살거든. 눈앞에서 감옥하고 형기를 달랑달랑 흔들면서 으름장을 놓으면 대개 다 불게 돼 있거든. 다른 하나가 뭔지 알아요?"

젠장, 또 시작이었다.

"이번에도 알려줄 참 아닙니까? 제발 뜸 들이지 말고 그냥 얘기 좀 하지 그래요."

"호기심을 자극하는 재밌는 화법인데 형씨 센스가 좀 떨어지는 거 아니오? 아무튼 나머지 하나는 묵비권을 행사하는 놈이요. 이거 어지간한 강심장 아니고는 못 하는 거거든. 타고난 놈들이라는 거지. 생각해봐요. 입을 열어야 형사도 실마리를 잡지. 입을 열다보면 본인도 모르게 실수하는 게 사람이거든. 그런데 아예 지퍼를 채우고 침묵으로 일관하는 놈들이 있다 이거요."

"그래서 하고 싶은 얘기가 뭡니까?"

"형씨는 그 어느 쪽도 아냐. 독특해. 아주 독특해."

유도가 나를 관찰하듯 보며 말했다.

"지금이라도 늦지 않았으니 산수 공부를 좀 해보지 그래요. 1과 2 말고 꽤 많은 수를 접할 수 있을 겁니다."

내 말에 유도가 쓴웃음을 지었다.

"실컷 비웃어요. 어차피 나야 당신에게는 형사 나부랭이의 의미인 것 같으니."

유도는 그렇게 말하고는 술잔을 비운 후 자리에서 일어섰다.

"또 봅시다."

유도가 장난스러운 거수경례를 하며 말했다.

"그냥 가는 겁니까?"

"더 할 얘기라도 있는 거요?"

"술값을 계산해야죠?"

"잔 하나 더 올린 것뿐인데, 형씨가 계산하쇼. 국가가 주는 월급이 짜요. 머리 좋으신 분이니 알 거 아닙니까? 소주 한 병 얼마 한다고 쪼잔하게. 그럼 다음에 또 봅시다."

유도는 내 대답은 듣지도 않은 채 문을 나섰다. 술맛이 확 떨어졌다. 《면도날》을 다시 펴서 읽기 시작했다. 세 장쯤 읽자 술맛이 다시 살아났다. 빈 잔에 술을 따랐다.

난장판에 울리는
축배의 노래(2)

　화요일 아침, 터미널로 올라가니 사람들이 일할 준비는 하지 않고 삼삼오오 모여 웅성이고 있었다. 아침이면 다들 자신들의 일 준비에 바빠 커피 한잔 마실 시간이 없는 사람들치고는 생경한 모습이었다. 그러거나 말거나. 차에 올라 짐칸을 청소하며 일할 준비를 시작했다. 한동안 여러 일에 휩쓸려 에너지를 좀 쏟아서 그런지 차라리 택배가 홀가분하게 느껴지고 쓸데없이 행복하기까지 했다. 제기랄, 진짜 노동자가 돼가는 모양이었다. 아무튼 청소를 하고 있으려니 등 뒤에서 소리가 들렸다.

　"오늘 일할 수 있는 상황이 아녀."

　돌아보니 조 따꺼였다.

　"뭔 소리예요? 그게?"

　"사장이 튀었어."

"예?"

"금요일 월급날이었잖아? 월요일까지만 기다리라고 해서 다들 기다렸는데 사장이 날랐다고."

조 따꺼의 말에 청소를 멈추고 차에 걸터앉아 담배를 물었다. 조 따꺼가 불을 붙여주었다.

"정말 사라진 거예요?"

"이미 주창이가 집에도 갔다 왔어. 주인 말로는 전세계약도 저번 주에 끝나서 돈을 받아갔대. 전화 걸면 없는 번호로 나오고."

작심하고 날랐다는 얘기다. 여기 일하는 사람이 열다섯. 평균 사백만 원으로 보면 육천만원. 적은 돈은 아니다. 하지만 인생을 걸 정도로 큰돈도 아니다. 왜, 무엇 때문에?

"행운동은 사장이 도박 중독자라는 거 알고 있었어?"

처음 듣는 얘기였다.

"몰랐나 보구먼. 나도 오늘 알았어. 알았다면 여기서 일 안 했을 텐데 말이여. 십 년 전에 이혼 당한 것도 도박 때문이라는구먼. 요즘도 휴일에는 경마장에서 살았고. 사람 순하게 보이더니 역시 사람탈은 믿을 게 못 되는 거여."

조 따꺼 역시 담배를 하나 꺼내 물고는 긴 한숨처럼 연기를 뱉었다.

"일단 행운동 숙소에 들어가 얘기 좀 하자고. 대책을 세우려면 야기가 길어질 것 같으니. 괜찮겠는가?"

조 따꺼의 말에 고개를 끄덕였다. 컨테이너로 오자 하나 둘 사람들이 들어오더니 이내 방이 꽉 찼다. 고성이 오가고 한탄과 한숨이 뭉게뭉게 피어오르고 격론이 오갔지만 딱히 뾰족한 답은 나오지 않았다. 작정하고 뛴 사람이다. 잡는다 해도 돈이 남아 있을 리가 없다. 기껏해야 콩밥을 먹일 수 있을 뿐인데, 그걸 위해 매달리기에는 다들 생업이 너무 바쁘다. 억울하지만 포기하는 수밖에 없다는 것을 모두 알지만, 인정하는 데 시간이 좀 걸릴 거라고 생각한 나는 방 안에 있던 소주를 종이컵에 따라 마시며 기다렸다. 예상과 달리 세 시간이 지났는데도 결론이 나지 않았다. 그러자 삼삼오오 따로 방법을 찾아보겠다며 방을 나섰다. 남은 사람은 일전의 난장판 술자리를 함께했던 조 따꺼, 허리 아픈 아파트, 청림이와 주창이었다.

"그 술, 나도 한잔 주겠는가?"

정적이 돌던 방에서 조 따꺼가 먼저 입을 열었다. 나는 네 사람 앞에 종이컵을 놓고는 잔을 채웠다.

"술은 제가 더 사 올게요. 안주하고."

주창이가 자리를 피하듯 일어서서 나갔다.

"주창이 뭔 일 있어요?"

주위를 둘러보며 내가 물었다.

"일은 무슨."

조 따꺼가 대답했다.

"하긴 저놈은 기분이 하루에도 수백 번 변하는 놈이니까 그 속을 누가 알겠어."

조 따꺼가 컨테이너의 방문을 쳐다보며 말했다.

"저놈이 속이 어딨어? 그냥 기분만 있지. 그래도 애가 날 리긴 하지만 나쁜 애는 아니잖아."

아파트 형님이 허리를 만지며 말했다.

"형님은 속도 좋습니다. 젊은 놈한테 맨날 무시당하고도 그런 말이 나와요?"

조 따꺼가 아파트 형님을 보며 말했다.

"이 나이 돼봐라. 사람들 일에 하나하나 반응하며 살기 힘 들다. 귀찮기도 하고. 그냥 지나가는 거려니 하고 내버려두 게 되지."

"형님, 택배 하면서 도인 되셨네?"

조 따꺼가 웃으며 말했다.

"내가 죽으면 사리만 서 말이 나올 거다."

아파트 형님이 웃으며 대답했다.

"에휴, 상황은 뭣 같은데 웃으니 날씨가 좋긴 합니다."

"웃어야지 어쩌겠어. 사장이 작정하고 날은 것 같은데 잡 기도 힘들 테고 잡는다고 답이 있을 것도 아니고. 그냥 한 달 월급 안 받은 셈치고 잊어야지. 생각해봐야 답이 나오는 것도 아니고."

"그나저나 형님은 사장이 도박에 빠져 있다는 거 알았어요?"

"일 년 전에 너하고 같이 여기로 옮겨 왔잖아. 내가 너보다 뭘 더 알겠냐?"

"그래도 형님은 주창이와 친하니까 뭔 얘기를 좀 들은 게 있을 거 아닙니까?"

"그놈이 입이 걸어서 그렇지 남 얘기는 안 하는 놈이야."

아파트 형님의 말에 조 따꺼가 생각하는 표정을 지었다.

"형님 말 듣고보니 그렇긴 하네. 지 얘기는 떠들어도 남 얘기는 하나도 한 게 없네."

"그 녀석 입장이 묘할 거야. 작당한 건 아니겠지만 사장에 대해 입을 닫고 있었으니 원망 꽤 받을걸. 왜 진작 얘기하지 않았냐고."

"그렇다고 그걸 얘기할 수 있는 문제도 아니지 않어? 누구 붙잡고 사장이 도박쟁이라고 흘릴 수 있는 것도 아니고."

"그거야 그렇지. 하지만 사람이란 게 어디 그런가? 종로에서 뺨 맞고 한강에서 화풀이하는 게 사람이잖아. 지금이야 주창이도 당했다고 생각하니 별말 않고 갔지만 시간 좀 지나면 하나둘씩 붙잡고 늘어질걸? 내 돈 내놔라, 하고."

아파트 형님이 용한 점쟁이라도 되는 양 말했다. 조 따꺼가 동의한다는 듯 고개를 끄덕였다.

"그나저나 행운동은 이제 어떻게 할 겨?"

조 따꺼가 물었다.

"글쎄요. 천천히 생각해봐야겠죠."

별일 아니라는 듯 내가 말했다.

"어째 자네는 처지에 비해 매사가 좀 태평이네?"

"그런가요?"

"안 그런가? 그 나이에 컨테이너에 살지 않나, 모아놓은 돈도 없을 것 같은데 사장이 월급을 가지고 튀었다고 해도 소주나 마시고 있질 않나."

"좀 전에 형님들도 그랬지 않습니까? 답이 없다고. 그렇다면 소주나 마시며 다음 일이나 생각하는 게 낫죠."

"우리야 일을 한 지도 오래됐고 모아놓은 돈이 있으니 여파가 크진 않지. 똥 밟았다고 생각하면 잊으면 되지. 속이야 쓰리지만. 하지만 행운동은 당장 한 달 먹고살 돈도 없는 것 같으니 말이지. 아니면 이런 컨테이너에 살겠는가 말이지. 그런대도 모습은 태평이거든."

조 따꺼가 걱정 반 의문 반인 표정으로 물었다.

"그냥 성격인가 보죠. 걱정한다고 쌀이 나온다면 걱정하겠습니다만, 걱정하면 걱정밖에 안 나오잖아요. 해서 뭐 합니까? 닥칠 일은 닥치고 지나갈 일은 지나가는 거겠죠."

"사리 서 말은 행운동이 죽으면 나오겠구먼."

아파트 형님이 웃으며 말했다.

"그나저나 술 사러 간 놈은 죽은 거여?"

아파트 형님이 문 쪽을 보며 말하자 조용히 문이 열리면서 주창이가 들어왔다.

"아따, 그놈. 말 떨어지기가 무섭네. 죽은 줄 알았다."

"내가 죽긴 왜 죽어? 왜 멀쩡한 사람 죽이고 그래? 옆에 구멍가게가 안 열어서 대로변의 농협까지 갔다 온다고 늦었다. 형님들 술 먹이려고. 생각이 그러니까 형님이 허리가 안 좋은 거야."

"너는 나한테 해준 게 뭐 있다고 맨날 허리 얘기냐?"

"아니, 이 형님이? 내가 해준 게 왜 없어? 오늘만 해도 내가 대로변에 농협까지 갔다 와서 술하고 안주를 사 왔어. 형, 허리 아프면 진통제로 마시라고. 그러니까 내가 해준 게 왜 없냐고?"

주창이가 큰 소리로 말했다.

"아이고, 귀 떨어지겠다. 나 아직 귀 안 먹었거든?"

"조만간 멀 거 아냐? 허리도 안 좋은 사람이 귀는 얼마나 가겠어? 내가 미리 연습시켜주는 거잖아. 사람이 고마운 줄 알아야지."

"아이고, 이놈아. 하나도 안 고맙다. 됐고 술상이나 차려라."

"뭔 소리야 그게? 내가 내 돈 쓰고 술 사 오고 그랬으면 됐지 술상까지 차려야 해? 형은 손이 없어 발이 없어? 형이 차려. 왜? 허리 때문에 못 일어나겠어? 앞에다 놔줘?"

"아이고, 알았다. 이놈은 애비도 없나, 하여튼 어른에게 대하는 태도하고는."

"없어. 애비. 어렸을 때 술 먹고 나만 처 때리다가 일찍 갔어. 그래서 배운 게 없어. 왜? 형이 내 애비 노릇하게?"

"내가 미쳤냐? 내 자식도 힘든데."

"그럼 신경 끄고 술이나 먹어. 그리고 이건 약. 술 마시다 허리 아프면 먹어. 농협 옆 약국에서 샀어."

별거 아니라는 듯 주창이가 아파트 형님의 무릎 쪽으로 약봉지를 툭, 하니 던졌다.

"이왕 줄 거면 공손하게 못 주냐?"

"아니, 이 영감쟁이가? 주는 게 어디야. 다시 가져가?"

"됐다. 다음에 잘 쓰마. 술 먹을 때는 약 먹는 거 아니니까."

"술 먹을 때 약 먹으면 안 돼?"

"당연히 안 되지, 이놈아. 넌 그것도 모르냐?"

"몰라. 가방끈이 짧아서."

"그게 가방끈하고 무슨 상관이야? 약봉지에 적혀 있는데."

"몰라, 그런 거. 귀찮아. 난 술 먹고 약 먹어도 멀쩡하던데, 뭘."

"이놈이 큰일 날 짓을 하네."

"아, 됐고. 빨리 술상이나 만들어. 술 앞에 두고 무슨 말이 그렇게 많아? 그러니까 허리가 아픈 거잖아."

"아이고. 그놈의 허리 타령은. 그래, 많이 해라. 그것도 오늘로 마지막이니."

아파트 형님이 안주와 술을 비닐 봉지에서 꺼내며 말했다.

술판이 시작됐다. 언제 그랬냐는 듯 주창이가 나를 보며 떠들기 시작했다. 웬일로 조 따꺼와 아파트 형님도 말이 많았다. 묵묵히 듣고만 있었다. 한 시간, 두 시간, 세 시간. 조 따꺼가 뜬금없는 서두를 열었다.

"그때가 아마 서른하난가 둘인가였을 거여."

컨테이너의 창문 쪽을 바라보며 과거를 회상하는 얼굴로 조 따꺼가 입을 열었다.

"그때는 공장에 있었는데 결혼하고 첫째가 백일이 막 지났을 때였거든."

조 따꺼가 잠시 말을 끊고는 소주를 마셨다.

"공장에서 일하다 다쳐서 손가락이 세 개 날아갔지. 완전히 뭉개져버려 봉합도 안 됐고. 병원에서 퇴원해 나오는데 앞일이 막막하더라고."

얘기를 듣고 생각해보니 조 따꺼의 장갑 벗은 손을 본 기억이 없었다. 여름이라도 모두 장갑을 끼고 일하니 이상한 일은 아니지만 술자리에서도 장갑을 끼고 있다는 사실을 그의 말을 듣고서야 비로소 알아챘다. 타인의 일에 도가 지나치게 무신경할 때가 많다.

"모아놓은 돈도 없고, 월세는 내야 하고, 분유값도 없고. 당시에는 산재 보상이 잘 될 때도 아니고. 아무튼 병원을 나와 터벅터벅 걷다가 '이제 뭘 해서 먹고 사나?' 생각하는데 눈물이 다 나더라고. 배운 것도 없지. 손가락도 없지."

조 따꺼가 자신의 장갑 낀 오른손을 보며 말했다.

"그런데 그때 택시가 서더라고. 기사가 내려서 담배를 피우는데 그걸 보고 있자니 이런 생각이 들더라고. 운전이라면 할 수 있겠다고. 거기서부터 시작이었지. 택시기사를 좀 하다보니 택배가 눈에 띄고, 택배를 하다보니 이게 나랑 잘 맞더라고. 돈도 공장 다닐 때보다 훨씬 낫고. 그러니까 손가락을 바쳐서 택배를 시작한 건데……."

조 따꺼는 다시 술을 한 모금 마시며 말을 끊었다.

"택배는 말이지, 나한테는 밥이고 천직이야. 내 가족을 먹여 살려주는 일이고. 그러니까 고맙지. 그래서 택배를 무시하면서 택배일하는 인간들을 보면 정나미가 뚝 떨어진다 이거지."

조 따꺼가 나를 보며 말했다.

"행운동은 택배기사가 아니야. 절대."

잘 나가다 왜 갑자기 화살이 나에게로 향하는지 의아했다.

"뭔 소리야, 형? 행운동 형님이 택배를 얼마나 잘 하는데. 저 형님 시간당 타수가 얼마나 나오는 줄 알아? 분실도 없어. 프로라고 프로."

주창이가 나를 두둔하며 말했지만 조 따꺼는 주창이 쪽은 보지도 않았다.

"행운동은 별생각 없이 택배 하는 거 맞지?"

조 따꺼가 채근하며 물었다.

"예."

"그럴 것 같더라고. 그건 이 일로 밥을 벌어 먹고사는 사람들을 무시하는 거여."

무시한 적은 없지만 무시한다 생각했다니 그런가 보다 했다.

"어떤 일을 하든 그 일에 감사할 줄 알아야 해. 그게 일하는 사람의 도리야."

조 따꺼의 말에 고개를 끄덕였다. 물론 전혀 동의할 수 없었다. 부코스키는 《팩토텀》에서 이렇게 썼다.

'도대체 어떤 빌어먹을 인간이 자명종 소리에 새벽 여섯 시 반에 깨어나, 침대에서 뛰쳐나오고, 옷을 입고, 이를 닦고, 머리를 빗고, 본질적으로 누군가에게 더 많은 돈을 벌게 해주는 장소로 가기 위해 교통지옥과 싸우고, 그리고 그렇게 할 수 있는 기회가 주어진 것에 감사해야 하는 그런 삶을 기꺼이 받아들인단 말인가?'

일어날 침대도, 이를 닦고 빗질할 시간도 없지만, 나 역시 전적으로 동의하는 바이다. 하지만 내가 동의한다 해서 그의 말이 진리는 아니며, 조 따꺼와는 일에 대한 견해가 서로 다를 뿐이다. 게다가 내가 생각하는 어른의 정의는 이렇다. 이제부터 남의 말은 듣지 않기로 작정한 사람들. 논쟁으로 사람이 바뀌는 게 아니다. 조 따꺼나 나나. 그러니 대충 고개나 끄덕이고 자리나 모면하는 게 상책이었다.

"나는 은근히 행운동이 신경 쓰이더라고. 그게 뭔지 잘 모르겠던데 오늘에서야 탁, 하고 감이 오는 거여."

"아니, 이 형님이 주사는 내 몫인데 오늘 자기가 가져가네? 갑자기 분위기 싸하게 뭔 얘기를 하는 거야? 일이 좋은 사람이 어딨어? 마누라 있고 애 있고 도망갈 수 없으니까 하는 거지. 택배가 뭔 대단한 일이라고? 그렇다면 사람들이 택배기사 하면 우와, 하고 떠받들어야지. 사람들이 그래? 그러냐고. 갑자기 뭔 헛소리야?"

"그래도 행운동은 성실한 사람이야. 넌 아예 말할 자격도 없고."

"내가 왜 자격이 없어? 내가 택배를 몇 년 했는데? 나도 이십 년 가까이 했어. 초창기부터 했다고. 그런데 내가 왜 자격이 안 돼? 형이 뭐 자격증 발급해? 형이 뭔데?"

"오래만 하면 뭐 하냐? 일을 성실하게 안 하는데. 넌 택배가 아니라 뭔 일을 해도 안 되는 놈이여."

슬슬 진도가 너무 나가고 있다는 생각이 들었다.

"이 형님이 듣자 듣자 하니 열린 입이라고 막 하네? 형이 뭐라고 사람을 판단해? 뭔 자격으로? 손가락 없으면 그래도 돼?"

이제는 걷잡을 수 없을 정도로 진도가 나가버린 것 같았다. 아니나 다를까 조 따꺼가 주창이의 멱살을 잡으려 일어섰고 동시에 주창이도 막으려 일어섰다.

젠장, 또다시 술판은 개판이 될 판이었다. 바나나 형님의 말이 떠올랐다.

'주창이와는 술 마시면 안 돼.'

정말이지 마지막까지 주창이는 인연의 질긴 끈을 만들고 있었다. 고맙다고 해야 할지, 이제 그만 좀 하라고 해야 할지 감도 잡히지 않았다.

주먹질이 오가는 사이 아파트 형님이 말렸지만 역시나 엉덩방아만 계속 찧고 있을 뿐이었다.

"아이고, 허리야. 행운동 너 좀 애들 말려봐."

도움을 바라는 눈빛으로 아파트 형님이 말했다.

"놔둬요. 저러다가 말 텐데요, 뭘."

소주를 비우며 말했다. 어차피 일반인들의 싸움이라는 건 전문가나 폭력조직과 달리 그저 개싸움일 뿐이다. 멱살을 잡고 고성이 오갈 뿐 타격은 어지간해서는 일어나지 않는다. 말리는 사람이 있으면 시간만 더 길어질 뿐이다. 아니나 다를까 삼십 분쯤 지나니 멱살을 풀고는 조 따까가 나가버렸다. 아파트 형님이 따라 나가고 차 시동 거는 소리가 들렸다.

음주운전이라……. 일에 성실한 사람이 할 행동은 아닌데 싶었지만 그러려니 했다. 말린다고 들을 것 같지도 않았고.

셋만 남자 주창이가 먼저 입을 열었다.

"그나저나 이제 형은 어떻게 할 거야?"

"글쎄. 이제부터 슬슬 생각해봐야지."

"갈 데는 있고?"

"그것도 생각해 봐야지."

"없으면 여기 있어. 아직 계약이 삼 개월 정도 남아 있어. 이거 계약할 때 일 년치 월세 선불로 계약한 거거든. 중도해지하면 월세는 안 돌려주는 조건으로. 대신 싸게 했지. 사장이 계약할 때 나도 옆에 있어서 알아."

마치 자기가 머물게 해주는 양 주창이가 말했다.

"잘됐네."

"반응이 겨우 그거야? 잘됐네? 형, 내가 이 정보를 안 줬으면 형은 내일이라도 나갔을 거 아니야. 이 겨울에 어딜 간다고? 갈 데도 없다며?"

"고맙다."

"됐어. 엎드려 절 받기도 아니고. 그나저나 형, 다른 데서 택배 안 할래? 내가 아는 지점들이 많거든. 아침에 세 군데 연락해봤는데 내일부터라도 출근하라더라? 청림이도 갈 거고. 형은 나하고 같이 갈 생각 있어?"

없었다.

"생각해볼게."

"생각하고 말고가 어딨어? 택배가 택배 말고 할 게 뭐 있다고?"

"생각해볼게."

"정말 생각해볼 거야?"

"응."

안 할 생각이었다.

"정말이지."

"응."

안 할 생각이었다.

"알았어. 당분간 휴가 왔다 생각하고 여기서 쉬고 일할 마음이 들면 연락 줘. 형한테 물량 많고 쉬운 구역으로 준비해

놓고 있을 테니. 알지, 내가 형을 좋아하는 거?"

대충 고개를 끄덕였다.

"그럼 나 갈게. 내일 전화할 테니 결정 내려두고."

주창이가 일어서며 말했다.

"음주잖아. 자고 가."

"알 게 뭐야, 그런 거."

"사채는 해결했어?"

"좆나게 더 일해서 갚아야지 뭐. 알 게 뭐야."

"자고 가."

"됐어."

주창이가 신발을 신으며 대답했다. 다시 묻진 않았다. 문이 닫히고 시동 거는 소리가 들렸다. 다음 날 주창이에게서 전화가 오지 않았다. 말은 돈이 들지 않으니까. 사는 게 바쁜가 보다 했다.

지옥에 빠진 인간들

숲속의 아침이었다. 강가의 아침까지 있었다면 더 좋았겠지만 숲속의 아침만으로 감지덕지했다. 더 멋진 건 일이 없는 아침이라는 거였다. 새소리를 들으며 가게로 소주를 사러 나갔다. 돈이라면 당분간 지낼 정도는 됐다. 춘자에게 받는 돈과 쓰지 않은 월급. 이천만 원이 조금 넘었다. 소주를 사 와 책을 폈다. 마틴 크루즈 스미스의 《고리키 파크》. 첫 장부터 다시 읽기 시작했다. 다음 날까지 읽었다. 다시 새소리를 듣고 일어나 소주를 사러 갔다. 서머싯 몸의 《인간의 굴레》를 폈다. 첫 장부터 다시 읽었다. 그런 생활을 한 달쯤 반복했다. 터미널에는 눈이 쌓였고 찾아오는 이는 없었다. 음악과 책과 소주만이 있는 생활. 음악은 주로 레오나드 코헨만 들었다. 〈famous blue raincoat〉. '자네가 사막 깊숙한 곳에서 작은 집을 짓는다는 소식을 들었다'는 구절만 맴돌았다.

'그래, 내 기분이 그래'라고 말해주고 싶었다. 한 달쯤 지나
자 얼마 전 겪었던 일들이 모두 오래된 과거처럼 느껴졌다.
아주 오래돼서 먼지마저 내려앉은 것 같았다. 흘러가도록 내
버려뒀다.

그 사이 채권자로 보이는 두 사람이 찾아오긴 했다. 컨테
이너 앞의 차 번호판을 확인하더니 차 키가 꽂혀 있는 걸 발
견하고는 몰고 갔다. 컨테이너의 창 너머로 보고 있었고 채
권자라 해도 불법이라는 것을 알고 있었지만 내 물건이 아
니어서 관심을 껐다.

몇 번인가 눈이 더 내렸다. 생활은 바뀌지 않았다. 계약 기
간까지는 이대로 눌러 있을까, 생각했다. 이곳의 적막이 마
음에 들었다.

멀리서 봄이 오는 소리가 들렸다. 그 사이 땅 주인으로 보
이는 사람이 다녀갔다. 이번 달로 계약이 끝인데 연장할 건
지 물었다. 사장이 오면 전하겠다고 했다. 올 것 같진 않았지
만. 슬슬 여기서도 떠나야 할 때가 된 것 같았다. 며칠 후 소
주를 사서 휀스 대문을 들어서니 마당에 벤츠가 서 있었다.
낯익은 차라는 생각과 동시에 브루스 브라더스가 차에서 내
렸다. 이어 뒷자석에서 춘자가 내렸다.

차림이 몰라보게 달라져 있었다. 고급스러워 보이는 오피

스룩이었다.

"회장 따님이시라더니 맞긴 맞나 보군요. 하마터면 몰라볼 뻔했습니다."

대답은 기다리지 않았다. 컨테이너로 소주를 들고 들어가자 춘자가 따라 들어왔다.

"제가 준 돈이면 방 한 칸 정도는 구할 수 있었을 덴데요?"

춘자가 방 안을 둘러보며 말했다.

"여기가 조용한 게 꽤 괜찮아요. 그나저나 어쩐 일입니까? 우리 놀이는 예전에 끝났다고 생각했는데."

"인사차 들렀어요."

"인사라! 뭐, 오셨으니 일단 앉으시죠."

방석을 내밀자 춘자가 앉았다.

"실례가 안 된다면 술을 좀 마셔야겠는데 괜찮겠습니까?"

"아침부터?"

"일이 없을 때 행복한 알코올 중독자가 누릴 수 있는 호사죠. 심각한 알코올 중독자라면 일 따위는 상관 안 하겠지만. 뭐 종이 한 장 차이겠지만 말입니다."

대답도 떨어지기 전에 술을 따랐다.

"당신 집이잖아요. 핑계가 없다 해도 만들어서 마실 사람이고."

330

술 따르는 모습을 보며 춘자가 말했다

"그나저나 어쩐 일입니까? 한동안 연락도 없으시더니. 설마 그 놀이를 다시 하자고 온 건 아닌 것 같고."

"말했잖아요. 인사차 왔다고. 작별인사지만."

"작별인사라……. 와줘서 고맙긴 한데, 우리가 그 정도 사이였습니까?"

"나름 독특하다면 독특한 사이이긴 했죠."

그랬나?

"그 사람이 죽었어요."

정말이지 다들 왜 이러는지. 나에게 자신의 인생을 일일이 설명해줄 필요가 어디 있냔 말이다.

"보통은 삼가 조의를 표합니다,라도 하지만 당신에겐 다르게 말해야겠군요. 그래서 행복합니까?"

"제겐 예전에 죽은 사람이지만. 그래요, 행복해요."

부녀 간의 정이 넘치는 집안이었다.

"그거 다행이군요. 소설이라면 평면적인 캐릭터라고 욕 좀 먹었겠지만."

"인생은 소설이 아니에요."

그걸 누가 모르나? 술이나 따랐다.

"감사의 말을 전하고 싶었어요."

"작년에 한 여성은 감사의 의미로 공짜 술을 줬죠. 덕분에 망치와 심각한 사랑에 빠질 뻔했고. 그래, 당신은 감사를 가장한 무엇으로 날 피곤하게 할 생각입니까?"

내 말에 춘자가 작게 웃었다. 이게 웃을 말인가?

"당신의 그 말투, 그 태도에."

"혹시 병이 더 악화된 거 아닙니까?"

"괜찮아요. 이제 사회생활을 할 수 있을 만큼은 돼요."

"그게 그리 빨리 나을 수 있는 병입니까?"

"달고 살겠죠. 죽을 때까지. 하지만 당신 덕분에 여러 가지를 정리할 수 있었어요. 그게 도움이 됐고. 혹시《아이린을 찾아서》라는 영화를 알아요?"

"네덜란드 영화죠. 삼십 년도 더 된 영환데? 당신 연배의 영화도 아니고."

"그 사람이 좋아했던 영화예요. 그래서 알게 됐고. 안다니 설명은 필요 없겠네요. 내용 기억나요?"

"대략. 죽은 아내와 똑 닮은 여자를 만나 사랑에 빠진다는 내용 아닙니까? 그걸 사랑이라 부를 수 있느냐가 주제고. 저는 그렇게 봤습니다."

"저도 그렇게 생각해요."

"설마 저를 사랑한다는 이야기는 아니죠?"

"아니에요. 하지만 당신이 그 사람과 정말 닮은 건 사실이에요."

"당신은 남자 취향도 문제가 있는 것 같습니다."

"제가 사랑한 건 그 사람의 외모가 아니에요."

듣고 있자니 뭔가 확인사살당하는 기분이었다.

"상냥하고 자상한 사람이었어요. 강한 사람이었던 거죠. 저는 그렇게 생각해요. 강한 사람만이 상냥하고 친절할 수 있다고. 우리 집에서는 절대 볼 수 없는 사람이었죠."

그녀의 말에 내가 손을 들어 그만하라는 표시를 했다.

"그 얘기는 예전에 했습니다. 내가 이런 얘기를 듣고 있어야 하는 이유를 모르겠군요. 하고 싶다면 남편 사진을 보면서 하는 게 어때요? 보시다시피 난 술을 마시는 중이고 술 마실 때 방해받는 것을 정말 싫어합니다."

"당신을 처음 봤을 때 죽이고 싶다는 생각을 했어요."

젠장, 내 말을 무시할 생각이었다.

"가장 짜증이 났던 건 당신이 세상일에 관심 없는 얼굴을 하고 있다는 거였어요. 그 사람이라면 좀 더 다정하게 대했을 텐데 말이죠. 하지만 그 사람에게는 시간이 없고, 시간이 있는 당신은 남편의 얼굴을 하고 그 시간들을 흘려버리듯 쓰고 있었어요. '저 사람에게는 시간이 남아도는데 왜 그 사람의 시간은 멈춰버린 것일까?' 싶었죠."

'엘리베이터는 사용하라고 있는 거요'라고 말을 하고 싶었지만 속으로만 삼켰다.

"그래서 당신에 대해 조사해봤어요. 육 개월이나 걸렸어요. 이력이 독특하더군요."

"면접관들이 좋아할 만한 이력은 아니죠."

"한 가지 물어볼 게 있어요."

"물어보는 거야 당신 자유죠. 대답을 할지 말지는 내 자유고."

소주를 한 잔 더 마셨다.

"어떻게 딸의 죽음을 극복했어요?"

그 말에 춘자의 눈을 보았다. 간절하게 대답을 구하는 눈빛이었다. 생각하기 싫은 기억.

"에릭 클랩튼이 〈tears in heaven〉을 발표했을 때 한 기자가 물었답니다. 죽은 자식을 위로하기 위한 곡이냐고. 그러자 클랩튼이 이렇게 대답했다죠. '아니요. 이건 저를 위로하기 위한 곡입니다.'"

다시 소주를 한 잔 마셨다.

"부모가 죽으면 산에다 묻고 아이가 죽으면 부모 가슴에 묻는다는 말이 있죠? 맞는 말이죠. 하지만 인간은 돼먹지 못한 존재예요. 아무리 슬프고 괴로워도 밥을 먹고 똥을 누는 존재란 말입니다. 아픔이든 뭐든 자기 생이 먼저죠. 아무리 사랑했다고 해도. 아프다고 변명을 아무리 해봐야 자기가 먼저라는 사실에는 변함이 없어요."

춘자가 빈 잔을 내 앞으로 내밀었다. 소주를 따랐다.

"하지만 당신은 아직도 딸을 그리워하고 있잖아요. 그러지 않았다면 거기를 떠나지 않았을 테고."

춘자가 잔을 입 가까이 대면서 말했다.

"그리움에는 돈이 들지 않죠. 대가를 지불하지 않는 걸 희생이라고 생각지도 않고. 떠나온 건 순전히 내가 살기 위해서지 딸 때문은 아닙니다. 당신이 어떤 생각으로 그런 말을 하는지는 모르겠지만 내가 돼먹지 않은 놈이란 사실은 변하지 않습니다. 여기까지만 합시다. 당신도 남편을 잃었기 때문에 그나마 여기까지 한 겁니다. 더 할 말은 없어요."

잠시 망설이다가 춘자가 잔을 비웠다.

"당신에게서 남편의 모습은 하나도 찾을 수가 없었어요. 내심 기대하고 있었는지도 모르죠. 하지만 어느 순간 안심이 되기 시작했어요. 당신을 보며 그 사람에 대한 생각이 조금이라도 떠올랐다면 전 힘들어서 견디지 못 했을지도 몰라요."

조금 이해가 되긴 했다.

"이해가 될지 모르겠지만 남편의 얼굴을 한 당신이 그 사람과는 다른 행동을 할 때마다 조금씩 남편의 기억을 지울수 있었어요. 말로써 쉽게 설명은 안 되지만."

춘자의 빈 잔에 다시 술을 따랐다.

"개에게는 불성이 있죠. 말해준다고 해도 말로써 간단히 설명될 수 있는 건 아니지만."

나의 말에 춘자가 엷게 웃었다.

"제 전화번호는 입력돼 있죠?"

고개를 끄덕였다.

"도움이 필요한 일이 있으면 연락해요. 당신 일이라면 만사를 제쳐 둘게요. 당신은 내게 큰 도움을 줬으니까요. 당신이 의도한 바는 아니겠지만."

춘자가 자리에서 일어서며 말했다.

"참, 한 가지 궁금한 게 있는데 당신은 예전에 K라고 불렸더군요. 무슨 의미죠?"

춘자의 말에 술잔을 놓으며 일어섰다.

"예전에 나에게 칼 쓰는 법을 가르쳐준 교관이 있었습니다. 티모센코라고. 그 친구가 붙여준 별명이요. knife라는 의미로."

춘자를 따라 밖으로 나섰다. 마당에는 여전히 브루스 브라더스가 서 있었다.

"넥타이 바꼈네?"

브라더스1을 보며 말했다. 짜증이 선글라스 밑으로 잠깐 지나가는 게 보였다. 그러거나 말거나. 차가 대문을 나서자 핸드폰을 꺼냈다.

춘자의 번호를 지웠다.

계약이 끝나는 날, 가방을 꾸리는데 땅 주인이 한 남자를 데리고 안으로 들어왔다.

"얼마 전까지 택배지점이 있었거든. 사장님도 택배지점을 한다니 딱이네. 전 사장이 여기서 아주 잘 돼서 나갔잖아."

컨테이너 문을 나서자 땅 주인이 나를 흘낏 보았다. 따라온 사람도 나를 보았다.

"혹시 택배일 안 구합니까?"

남자가 나를 보며 물었다. 어쩐지 얼굴이 가지를 연상시켰다.

"아뇨. 택배는 해본 적도 없는걸요."

가방을 들쳐 메고 길을 걸었다. 사무실로 쓰던 컨테이너에서 챙겨 온 서류를 두 장 꺼냈다. 주창이와 청림이의 통장 사본. 폰을 열어 내 통장의 잔고를 긁어 입금했다. 십만 원을 남기고. 지하철을 타고 강남 버스터미널로 향했다. 거리의 흡연실에서 담배를 몇 대 피운 후 하늘을 보았다. 더럽게 맑은 하늘이었다. 그때 전화가 울렸다. 먼 육지에 있는 친구의 전화.

"아직도 사막에서 집을 짓고 있나?"

오랜만에 듣는 티모센코의 음성이었다.

"그러려고 했죠."

"이봐, K. 우리는 지옥에 빠진 인간들이야. 지옥에는 입구만 있지 출구는 없어."

저음의 탁한 목소리로 티모센코가 말했다.

"혹시 요즘 책 읽습니까? 어떤 책인지는 모르겠지만 당장 그만 읽어요. 두 문장뿐인데도 유치함이 차고 넘치지 않습니까?"

"자네 말투는 여전하군."

한동안 침묵.

"이제 돌아올 건가?"

또다시 침묵. 하늘을 올려다봤다.

제길, 더럽게 맑은 하늘이었다.

아내에게

직업을 전전했다. 하는 일마다 실패여서……. 의도했던 바는 아니지만 어쩌다 보니 그렇게 됐다. 남들보다는 아니었지만 남들처럼은 고단했던 것 같고. 견디게 해준 건 소설이었다. 위대한 작가들부터 무명작가들의 소설까지. 그 속에서 레이먼드 챈들러를 만났다. 서른 중반쯤이었을 거다. 그의 문체는, 그때까지 읽었던 어떤 소설과도 달랐다. 단지 한 문장만으로도 살아남을 수 있는 작가였고, 왜 이제 만났나 싶어 책의 표지까지 핥고 싶을 정도였다. 작가가 되리란 건 어렴풋이 알고 있었지만 그의 소설을 읽고 나서야 비로소 작가가 돼야겠다고 결심했다. 그렇게 결심한 후,

다시 직업을 전전했다. 역시나 하는 일마다 실패였다. 의도했던 바는 아니었지만 어쩌다 보니 또, 그렇게 됐다. 남들

처럼은 아니었고 남들보다는 조금 고단했던 것 같다.

'어둡고 탁한 반생이었다. 나에게 청춘이란 게 있었을 리 없다.'

마쓰모토 세이초는 《반생의 기록》에서 이렇게 썼다. 그랬던 것 같다.

뭐, 그랬거나 말거나.

켄 브루언은 그때 만났다. 마흔 초반이었을 거다. 간략한 묘사, 위트 있고 짧은 대사, 빠른 전개.
그런 소설을 쓰고 싶었다.

그 사이 작은 일들이 있었다. 2009년 계간 《미스터리》 겨울호를 통해 등단을 했고, 두 개의 장편을 써서 문학상 두 곳에 응모했다. 둘 다 최종심에만 들었다. 대개의 시간은 노동에 치여 살았고. 비유가 아니라 정말 노동에 맞아 죽을 지경이었다. 그나마 덜 맞고 있을 때, 겨우 부은 눈을 떠가며 틈틈이 쓴 것이 이 소설이다. 노력했다는 뜻이 아니다. 그 시간으로 나머지 대부분의 시간을 견뎠다는 뜻이지.

아무튼 이 소설은 그래서 오마주다. 챈들러와 켄 브루언, 그리고 내게 영향을 준 소설, 영화, 미드, 팝에 대한. 인용한 이유는 그래서다. 가능한 한 소설 문장의 범위 안에서는 출처를 밝혔고, 한계가 있는 부분은 생략했다. 예를 들어 "엘리베이터를 타기 귀찮았나 보죠" 같은 대사는 미드 《크리미널 인텐트》 시즌 중에 한 에피소드, 엑스트라 형사1의 한 줄 대사다. 이것을, 나는 미드 《크리미널 인텐트》 시즌 중에 한 에피소드, 엑스트라 형사1의 대사를 떠올리며 말했다,라고 쓸 수는 없지 않겠는가?

"그때는 마음이 좀 가벼웠죠"라는 대사는 영화 《프로페셔널》에서 리 마빈이 한 대사고. 그런 인용이 많음을 미리 밝혀둔다. 나와 취향이 비슷한 사람이라면 알아볼 수 있는 부분들이 있을 거라고 생각한다.

아무튼, 오마주다. 표절 아니고. 이 한마디를 쓰기 위해 그다지 쓰고 싶지 않은 작가의 말을 썼다. 하고 싶지 않은 일은 하지 말자 주의자이지만, 문제가 생겼을 때 처리하는 일보단 훨씬 에너지가 덜 들기 때문에 할 수 없이 썼다. 천성이 게으른 성격이다.

아무튼 책이 나왔다. 많은 일들이 있었지만 얘기하고 싶진 않다. 구질구질하다는 뜻이다. 그래도 결과는 기쁘다. 비록 작가로서는 미미한 한 걸음이겠지만, 개인으로서는 위대한 한 걸음이니까(설마 이 문장의 오마주 출처도 밝혀야 하는 건가?).

마지막으로 한 마디만 더 쓰겠다. 작가의 말이니 작가 마음 아니겠는가.

커트 보네거트가 이런 말을 했다.

"예술은 생계 수단이 아니다. 예술은 삶을 보다 견딜 수 있게 만드는 인간적인 방법이다. 잘하건 못하건 예술은 진짜 인간으로 성장하게 만드는 길이다."

그의 말이 맞았다. 적어도 내게는. 예술이 내 삶을 견딜 수 있게 해줬다. 성장은 나와 관련 없는 이야기 같고. 아무튼,

이 소설이, 당신이 삶을 견디는 데 먼지만 한 위로라도 된다면 바랄 것이 없겠다. 그 뿐이다.

침입자들

초판 1쇄 인쇄 2020년 3월 16일
초판 4쇄 발행 2023년 11월 20일

지은이 정혁용
펴낸이 김선식

경영총괄 김은영
콘텐츠사업2본부장 박현미
콘텐츠사업6팀장 임경섭 콘텐츠사업6팀 한나래, 임고운, 정명희
편집관리팀 조세현, 백설희 저작권팀 한승빈, 이슬, 윤제희
마케팅본부장 권장규 마케팅4팀 박태준, 문서희
미디어홍보본부장 정명찬 영상디자인파트 박장미, 김은지, 이소영
브랜드관리팀 안지혜, 오수미, 문윤정, 이예주
지식교양팀 이수인, 염아라, 석찬미, 김혜원, 백지은
크리에이티브팀 임유나, 박지수, 변승주, 김화정, 장세진
뉴미디어팀 김민정, 이지은, 홍수경, 서가을
재무관리팀 하미선, 윤이경, 김재경, 이보람, 임혜정
인사총무팀 강미숙, 김혜진, 지석배, 황종원
제작관리팀 이소현, 최완규, 이지우, 김소영, 김진경, 박예찬
물류관리팀 김형기, 김선진, 한유현, 전태환, 전태연, 양문현, 최창우, 이민운

펴낸곳 다산북스 출판등록 2005년 12월 23일 제313-2005-00277호
주소 경기도 파주시 회동길 490
전화 02-704-1724 팩스 02-703-2219
이메일 dasanbooks@dasanbooks.com
홈페이지 www.dasan.group 블로그 blog.naver.com/dasan_books
종이·출력·제본 북토리

ISBN 979-11-306-4593-3 (03810)